尺寸

千里远景，如在尺寸之间。

这本假托斯坦霍普伯爵作品的《鲛典》，

代表我对时间、空间的一种思考方式。

其中即使有参照文本，也经重新创作。

绝大多数人名、书名为虚构。

唐晋

谨以此书献给 Rose 与 Hellen，

她们与我缘悭一面，

却永远迷失在了那座吹拂着奇异海风的盛大迷宫之中。

鲛典

唐晋 著

Merpeople

P.Stanhope

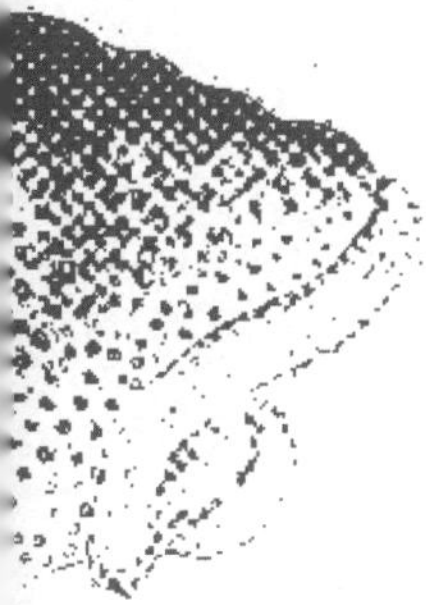

中国工人出版社

前言

1744年，斯坦霍普伯爵在一家光线昏暗的店里发现了一本航海日志。日志的记录时间是17世纪，这位名叫范德萨的荷兰记录者当时正在亚洲海域。引发伯爵兴趣的是日志上一百余种的海兽描述，它们奇异而新鲜，有着通灵的能力和智性行为。几天后在伦敦，一本书在一个吹号角的人手中出现，它没有来处，没有邮寄者的名址，却指名让伯爵收下。这本书印于1718年，阿姆斯特丹，书名为《南亚的杀人鲸》。其中记载了60余种在南亚海域出没的海兽，并附有图绘。伯爵认为它们并非鲸类，而是传说中的人鱼，也就是儒艮的变种。短时间内发生的两件事情令伯爵疑惑不解，尽管如此，他还是渐渐喜欢上了对这些物种的研究。无法解释的是陌生的邮递物越来越多，都与海中异物有关，一页泛黄的记录纸、标有海兽图样的航海图、羊皮卷中的几段文字（邮寄者用加重线画出来）、杂七杂八的书籍、几片剪下来的纸头，甚至还有一截不知什么动物的脊骨。夏天的时候，伯爵给他的儿子写信询问此事，最后证实，所有的邮寄品都与儿子无关。紧接着，邮差送来了一本新的书，书名为《往中国的海图》，著者为意大利传教士波蒂切尼，刊行于佛罗伦萨。很显然，这位作者对中国文字一知半解，从第81页开始直到96页为止，他照章全录了中国的一篇文章，密密麻麻的方块字令伯爵不知所云。几个星期后，他的儿子为他推荐了一位中国学者，九个月前他们从印度回到欧洲，令人不解的是，这个年轻的中国人坚持保留脑后一根粗大浓黑的长辫。伯爵很快会见了他。过了五天，中国人把译好的文字送到伯爵府上，神秘的东方文字变成了伯爵熟悉的字母。它是一篇名为《南海鲛异灵志》的海怪传记，作者据这位叫作J.Tang的中国人注释，大约是明朝仕子。J. Tang特别说明，在古老的东方海域，鲛不同于鲸、鲨、豚、鳖，它是一种有思想的边缘类生物，介于人和海兽之间。对鲛的追索研究，中国人于三千年前便开始了，相关文字四处散落、蕴藏——这些似乎与我们共生于不同的世界，中国人说，没有任何人真正见到过鲛，海市蜃楼，每个信誓旦旦的人看到的只是虚幻，以及虚幻中他们自己那改换了面目的影子。这些话深深触动了伯爵。1746年5月，由伯爵出资修造并装备的“斯坦霍普号”五桅帆船下水，驶向东印度群岛，船上载有英国知名的生物学家和标本制作家。七个月后，别的船只捎回了“斯坦霍普号”遭遇不幸的消息。可能是瘟疫，可能是其他，总之没有人活着。那艘看上去还比较新的大船现在一直在海上漂移，仿佛幽灵一样。在儿子的帮助下，伯爵在三个月后回到了科茨沃尔德丘陵，休养了整整两年时间。1749年暮春，伯爵收集各方资料，开始撰写一部与神奇海兽有关的辞典，后来由中国人 J. Tang 译为汉字，名为《鲛典》。1757年8月的一个晚上，《鲛典》的编撰圆满结束，伯爵亲手画了大量的插图，并用羊皮将手稿装帧成册。完成后，他开始给中国人写信，信中提到感谢，和内心的快乐。

他写道："……虚幻之物对应着冥冥之路……"天刚亮时，乡村的邮差给他送来一件邮包，依旧没有落款。同样是一本书，不过书名、内容与伯爵刚刚完成的手稿一字不差，插图也一模一样，就像是由同一块石板刻印出来的。过了几分钟，伯爵死了。

中译本前言

P. 斯坦霍普伯爵完成的这本书为冥想之物。海疆之大，万事不可测度。不列颠国环海而生，却鲜有神异奇物所闻，与东方大国不能相比。所以这本书颇为重要，它某些方面印证着无中之有。相关内容可参照荷国（荷兰）出刊的《南亚的杀人鲸》《会所龙池》《黄金与抹香鲸》，意国（意大利）出刊的《往中国的海图》《摩揭陀行记》，日本国出刊的《鲛鱼的传闻》。

J. Tang

1761 年 8 月

荷版中译本补记[注]

炼金术士大里士阿认为亚洲的鲛人能为其提供黑色水晶和胎盘，捐金以助本书印行。

J. Tang

1766 年 2 月

注：由于海路原因，中译本《鲛典》于 1766 年在阿姆斯特丹印行，仅印一版，印数不详，并且取消了斯坦霍普伯爵亲绘的插图。

目录

鲛典

第 1 条 在东方人的记载中，她长得极美，善于水遁。水遁是惨烈的，因为她最美的时候，海水最空旷。那些雄性往往只听从歌声的召唤，事实上他们不瞎，而是离她很远。她只好唱歌，海水波动着，传递到数里以外的他们耳中。海水慢慢变成她身体的颜色，歌声高亢起来，她的身体透明不见，而海水却异常的赤红。当他们气喘吁吁赶到这里时，便朝红红的海水排精。

第 2 条 邓恩博士认为它就是柠檬鲨。我认为，一个物种如果变换了名称一定有其他原因。依据东方人的观察方式，这很有可能是柠檬鲨胎产中患了眼疾的那一条，然后它被驱逐，在别的环境里逐渐迷失本来面目，惊人地庞大起来。它不伤人，说明内心依然怀着羞愧。

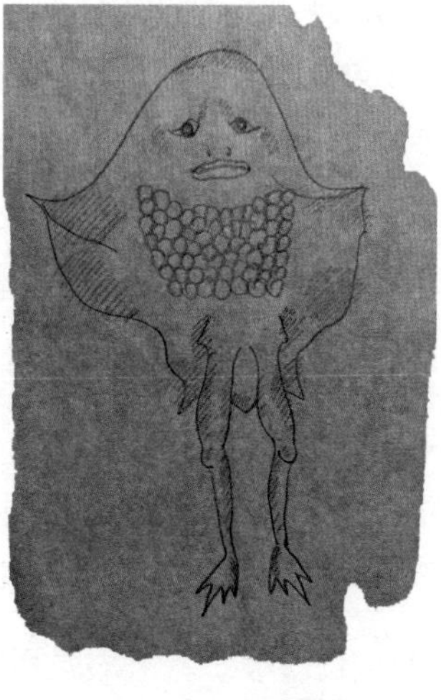

第 3 条 邓恩博士认为这是鳐鱼，是深海中的电鳐，因为只有海水有足够的压强，才可以使它们一代代地扁下去。从荷兰人随手画下的素描来看，这个东西固然像鳐鱼，但是明显有下肢，我想那是它发汗的主要通道，也是它身形迅忽的根本原因。就是说，它既可以漂浮，又可以在水面奔跑（身体可以起帆或风筝的作用）。热带人时常看见它从海上一闪而过，却无人知道它为什么奔跑。

第 4 条 它是一种奇特的物种，有着强壮的尾巴，不过背鳍上附生着一个很大的钙质角壳。正是这个角壳让它胆小如鼠，任何东西（哪怕弱小种类）轻轻一触它的身体，它马上丢掉尾巴，像壁虎那样，然后身体垂直降落，你会看到珊瑚礁处忽然多了一种海螺。休养半个月左右，新的尾巴会重新长好。渔民们经常骗它的尾巴煮来吃，味道极其鲜美。它一生最多可以自断 300 多次尾巴。

第 5 条 它的血液温度极低，这使它的行为异常，不停地打战，牙齿撞击之声清亮，这是其名由来。基努岛上的住民称它为“搅拌器”，如果有什么酿打之物，正午时分将这些大木桶放到沙滩上，关起门来，人从窗缝中偷窥。它们就会蹑手蹑脚地上岸，跳进木桶里，一边晒太阳一边发抖。时辰到了的时候，住民们便吹着响器冲出门来装模作样地顿脚，它们立刻哆嗦着逃回海水中不见形迹。不过只要看到某片水域有反常的波纹，它们一定藏身于那里。荷兰人品尝过这种酿造法做出的果酒，相当好喝。住民们解释说，那主要是因为有它的尿液在里面。

第 6 条 中国人的笔记中，它是在摩鹿加被发现的，喜欢不停地唱歌。有被它俘虏过的船员说，它的歌声优美动听，就像中国的古乐器“瑟”发出的音似的，这也是它名字的由来。我认为这是塞壬在东方的遗存，不同的是吃人的恶习没有了，它捉拿人类，只是为自己找一个听众而已。

第 7 条　中国梅州缫衣居士描述道：“鳊者大淫，多击樯橹，取壮男而去，昼夜不休。”我认为这个记载有问题，这实际上说，这个物种只有雌体，显然令人困惑。如果说是雌雄共体，那么它应该以卵生方式繁殖，但从其行为上看，多半不是。唯一的可能是，雄性以另一类行为获得了一个单独的命名。中国的象形文字很有趣，J. Tang 给我解释这个字形，说这个物种每一个体同时拥有三个生殖器官，这是“大淫”的原因。东方人的确具有伟大的想象力，我宁愿事实真的如此，这将引起轰动。

第 8 条　中国人认为，它是一种性情温和的动物，喜欢与小孩子玩耍。在记载中，澎湖有一陈姓家族遇到了海难，大部分人都被它救上了岸。为此，陈家专门刻写了功德碑立于滩涂。我想，能够让小孩子不会感到恐惧，其形貌有可能接近人类。邓恩博士坚持认为这是海豚。

第 9 条　居于乌禄东（又译忽里东），长有五个腕体，经常和章鱼一起出没。一旦遇上船只，章鱼将腕体探入人的咽喉，它则将腕体从肛内探入，二者在人心脏处交会而纠缠，人并不会死掉。放回去后，人心中有了阴谋，有了伎俩，有了攫夺之欲，同时诱引源源不断的人到它的地域去。吐蕃医术里有一种名叫石龙的药材，就是古生物化石，碾成粉末，以水调服，可以治疗受害者。

第 10 条　通体洁白，浮行在水面，很近处都不容易辨别。

喜欢用鳍污染人的手脚，被染者肝脾肿大，一般活不过十日。我想可能是它的体液中含有极浓的汞毒的原因，荷兰人曾网捉过一只，卖给法国一位名叫卡里斯脱罗的炼金术士，得了五百个金币。后者不久因诈骗罪被投入巴士底狱，从入狱到病死，恰好十天时间。

第 11 条 这种生物识矿脉。中国人记载，有的采工利用它爱吃活羊的习性而喂养它，它则以提供矿藏作为回报。我想那一定不是锰矿，多半是石墨种属的宝石矿，应该分布在火山活动区域。那么这种生物既可升至海面，又可潜下深渊，身体构造是很奇特的了。只是不知人又如何采矿？

第 12 条 东方人说："鲂者眇一目，栖于礁石，日以暖流涤洗，其穴透若烛火，利迷途者。"那么，它的身躯无疑是庞大的，否则一只眼孔之光又能照多远？不过东方人的笔记道听途说，不足为信；但也算奇思妙想。

第 13 条 这种生物在记载中亦是玄妙无比，东方人说，它可以"焚石油以炼彩石"，这就是说，它既有某个方面的技术，又会使用工具。中国福建的学者高廷桢断言它是东方传说中的人物女娲所造，用来补海底火山之漏的。中国哲学喜谈阴阳，虽然是传说，也不免两极的对应。女娲炼石补天之漏，听上去气势宏大，力量非凡。而它既然可以如女神之能，想必也不是一般的种属，至少——它应该有上肢（或前肢）和活动自如的关节，同时，它不怕高温和废气。东方人说，它"多于千丈之暗往来，人罕见之”，这更像在讲述幻觉中的事物。按照中国人的逻辑，我觉得它完全符合女娲忙碌时在海面的投影。不过，有些格陵兰人也提到过类似的情形，往往在靠近极地的水下，不时有烟火蒸腾，渔民认为那里存在着龙穴。

第 14 条 在亚平宁的海上，据说只有传教士才能看到。中世纪有传教士捉住一只，囚禁于某处修道院地下的石室。它在记载中有着两条鱼尾，像人的下肢一样由腰以下分开。基维德雷大教堂有它的石雕像，距今差不多有一千年了。通过雕像的素描可以知道，它的上身是无鳞的，一双纤细的上肢和小而圆的乳房。在 A. 莱切的一本小册子里写着石室囚徒的命运，最初他们还取回海水为它浸浴，但这显然不能满足它的需要。很快，它就死了，身体被薄薄一层盐粒包裹，尾巴与石头紧贴在一起，无法分开。

第 15 条 被古代的人们视为死亡的象征，是人与鸟的结合体。它的身上看不到生殖和性的诱惑，使那些受害人匆匆奔赴死亡约会的是它的歌声所传递出的天堂的幻觉。它吞食着每一个神情迷醉的男人，奇怪的是他们丝毫不感到疼痛和恐惧。它的出现是有征兆的，一些古籍里提到，在它到来时，刺猬会住进人的屋子。

第 16 条 身躯娇小，常于夜间出没，有近十英尺长的一对翅膀，住在有着恶浊漩涡的海边悬崖上。古籍记载，它是海盗们酒醉后戏耍大蝙蝠的产物。以落水者为食，偶尔捕食海鸟和海鱼。

第 17 条　它的智性极高。威尼斯人和它做交易，很少有能计算过它的。在穆拉诺岛，专门有渔民受雇于它，当耶稣升天节到来的时候，用车子载它去玻璃市集上购买香水瓶、圆瓶和托盘。它所用的钱物是从海底沉船上取来的，多数是罗马时期的金币。除了这个日子，它从不升出水面。据见过它的人说，它的体形较胖，有五官，能简单发音。一些博物学家向受雇者探询，却一无所知，因为在被选中后，它已用更多的金币买去了他们的舌头。

第18条　古罗马人称她们为“袅丽德”。有关史料记载，她们有着妇人的优美体态，和画家所描绘的一模一样。然而画家同时也欺骗着人们，那些水面游动的妇人，她们的皮肤并非是小鼠毛和蛋清扫出来的——在佛罗伦萨，你的手指肚可以光滑地从她们的肩头直摸到臀部，而不会有磨砺感。事实上，她们的身体非常粗糙，鳞片无处不在，甚至连她们的私处也不例外。她们的鳞在分布时奇特地分作两部分，在背部是鱼类独有的骨鳞，据说她们的年龄就密藏在发着贝类光芒的鳞环里；而腹部和腿肢内侧，哦，还有她们的胸部，则是外缘锋利的角质鳞，就像一些陆栖动物的那样。如果说有区别，这些鳞片有蜕换期，在春秋两季，每次大约三天。J. Tang拿来的一本书里讲述，很久以前，南部高卢的贝撒留在海上遇到了风暴，依靠船体的碎片漂到一座孤岛上。这是海洋中很小的一片陆地，有礁石和珊瑚石粒积成的沙滩，人走在上面感到刺痛；但她们并不怕。晚上，几个袅丽德从水中上岸，追逐嬉闹，惊醒了睡梦中的贝撒留。他被她们的美貌深深地迷住，当她们惊慌失措地逃走时，他紧紧抱住了其中的一个。月光映照着她怯惧又娇羞的脸庞，那双游移闪烁的橄榄色眼睛令他怦然心动，他情不自禁地吻她，很快便引来了激情的还报。他抚摸她，想要与她交合，却发现这是不可能的，坚硬的鳞甲阻碍着，他失望极了。看到他落寞的神情，她默默不语。后来的时日里，他们彼此熟悉，一同玩耍，相拥而眠，只是仅此而已。秋天，她开始了她的第二次蜕变，胸腹的鳞片全掉了，新的尚未长出，这时她的肌肤嫩红柔软，却非常薄弱。即使如此，她决定要满足情人的愿望。他的燃烧冲动令她遍体痛楚，她不知道交合原来如此难以忍受，于是本能促使新的鳞片早生了。在他幸福的晕眩里，尖锐且密集的鳞片缓慢地进入他的肌肤，他丝毫没有觉察，相反，在高潮将至时他把她抱得更紧，直到快乐结束，他和她已不能分开——他的血把白珊瑚变成了红珊瑚。等到她惊醒过来，一切已无法挽回。她悲伤地抱着情人的尸体，一天一天看着他在自己的怀里腐烂，直至化为白骨。这个令我们伤感的故事没有说那个心碎的女孩最后的结局。普林尼的《自然史》中写到，恺撒的一个官员曾在高卢不远的海滩上见到被海浪冲上来的美人鱼尸体。我不知道它们之间会不会有联系。大瘟疫时期，据说有人收到过臬丽德们送去的蜕鳞，熬制成药汁，治好了一些黑死病人。60 年前西班牙人还在外海的荒岛上见到过这些人鱼，他们说那些鳞甲如同美洲的犰狳一般暗淡，并不像传说的那么明亮耀眼。见到船只，她们呆呆望上几分钟，然后便潜入海中不复再现。有人寄给过我这些西班牙水手的证词。

第 19 条　这是让戏剧家 W. 莎士比亚念念不忘的海妖。一些人认为它是追忆的产物，也是遗憾和愤怨的郁积。在《仲夏夜之梦》中，他让它骑一头海豚出场，并且唱了一支让人忘情的歌谣。它的相貌和意态有现实里的参照，这一点不少论述者都提供了猜测对象。

第 20 条 中国古籍中说，它的形态像人，体长有一尺多。它的皮肤和鲨鱼没有区别，肉却不能吃。在它的脖颈处有小洞，气流从里面出来。这项描述与鲸类相同。它被发现于东海台州。中国第一个皇帝秦始皇嬴政家里所用的烛油便是提取它的脂肪炼制而成的，古籍称之为“人鱼膏”。但后来的一些中国学者指出，它也可能是鲇鱼，也可能是乌鳢，也可能是特有的一种鲵鱼。

第 21 条 最早被发现于色德兰，频繁出现大约是在 5 世纪。它升上海面时总要选择多雾天气或雨天。在一些记载中，它的皮肤呈棕黑色，在空气中暴露久了，盐晶会结出不规则的白斑，最大的斑块是胸背部的对称骨突带。它的性特征不明显，从外部不能分辨雄雌。它的食物是鲱鱼，但也接受面包和小薄饼。据说它喜欢夜晚进入村子，偷看当地人举办舞会。有时人们会给它一杯酒喝，它的习惯是加一些海水在酒里，喝完往往要把小杯子拿走。在一些传闻里，它曾告诫奥地利人最好不要食用海鲜。15 世纪时法国洛林的一个人受某位外国船长的委托，为他腌制一百头小猪，后来发现其中有一具它的幼体。他们不知道它是如何被混入这些清理了内脏的小猪里的，屠宰工照例也把它弄得很干净。尝过它的肉的人说差不多就像鲱鱼。这件事被记录在《炼金时代的奇闻》这本书里。

第22条　几年前，瑞典那艘神奇的“哥德堡”号帆船沉没时，一位船员的航海记事簿连同其他随身物品全部丢失了。去年[1]六月，博廷医生在阿姆斯特丹的朋友发现了这个簿子，借来给我翻看，其中便有这种生物的纹章图案。旁注上写道它生活在中国东海的长江入海口，通体银白，脸部奇长，游速极快。从图案上看，它的背部棘突明显，有后肢，上身短而肥硕，乳球较小，不知道描绘与实际样态有多么大的区别。文字列举了几种藻类和贝类的名称，可能是依据中国人的读音记下的，猜测是它的食物，根据简单的素描辨识，好像有贻贝和紫藻。船员同时记下了它在冲积沙洲上睡眠、散步的行为。

第23条　欧洲人的眼里，它们只有雌体，它们的出现和存在与生物物种源流无关，一些著作里认为这是神话时代战争的产物，是怨愤者的诅咒和精气的郁结。它们的长相与女人无异，

1　译注：1748年。

形体却独特。鲥的上半身是女人，下半身是鸟；鳍和鯳也有着女人诱人的上身，只不过它们的下身是鱼。所以它们总是浮在海面，暴露美艳之处，并深藏丑陋的地方。在13世纪的著作《动物爱情故事》中，法国人R. D. 富尼瓦尔写道："（它们）会同时唱歌奏乐。第一个鲥吹响号角，第二个鯳弹拨竖琴，第三个鳍则展现媚人的歌喉。海妖的歌悦耳动听，聆听者无不急切地凑上前去。待有男人中计，它们就使他们神志恍惚，等他们彻底昏睡过去，就杀死他们。"中国人说，香艳温柔的地方就是英雄们的坟墓。

第24条 这是地中海有名的"白发妇人"。它也长着鸟的下身，一双厉爪上有粗大的筋节。它的上身如同老妇，乳袋瘪垂，褐斑无数。引人注目的是它的鼻子，极像土耳其人的弯刀，角质。它从不与人接触，捕捉游速很快的鱼为食，比如箭鱼和金枪鱼。它捉住鱼后总要挟持着在低空滑翔一段距离，仿佛巫婆骑着她的扫帚。

第25条 在冰岛附近的海域，荷兰水手称呼它为"莉莉"。它十分贪吃，他们喂给它上好的鳕鱼，只为它游到船边时狎玩它那一对粉色的乳房。它的下身是鱼，黄昏时喜欢立出海面；很少群居。性情温和。

第26条 中国人的笔记里，它们被发现于南海的麻鲁基阿尼打。从这个地名的读音上分析，应该是南太平洋而不是南海。中国人在三百多年前就掌握了先进的制图技术，但作为凡俗者不

免显露某处的无知。中国人把它们视为一对情侣，它们有着纤巧身体以及令人匪夷所思的生殖器官。鲳是雌性的名称，它的外阴形状像“蛾眉”，就是飞蛾的触须。J. Tang 表示，在古代中国，妇女的眉毛都被称作蛾眉，进而用来描述下弦月。鲷是雄性的名称，所以，它的阳具仿佛弦月的样子。二物每逢月首月尾才交合，产出的卵如同贝类。中国人的记载显示，它们并非胎生，这的确有些不寻常。不过东方很少注意胎生卵生的区别，他们只迷信化生，所谓天地的造化。

第 27 条 遍布各大洋，体态与人无异。有雌雄，婚姻稳定，彼此忠诚。一般七岁至九岁性腺成熟，每胎必隔两年。雌体比雄体躯大且寿长，可活三百余龄，而雄寿不及其三分之二长。一些神话学者指出它们是宙斯与女仙在海中交合的流逸物所化生。情欲私心重，报复心极强。澳洲渔民曾捕获一雌体，雄体多次索还不得，便运用神力毁掉整个港口。据记载，一个丧偶的雌体去追求住在人岛的某位青年男子，理所应当地遭到拒绝，它便用重重浓雾封锁了整座岛屿，直到它死的那天才消散。

第 28 条 有趣的史学家哈乌尔·格拉贝提到，如果不给它们新的命名，所有在翻建的修道院都会倒塌。在他笔下，这种生物有足够大的肺叶与脚掌——一对像肥鹅的脚掌，保证它们在城镇里能够逗留较长的一段时间。它们是世界末日的宣告者，偷来僧侣的衣服穿上，在街巷里蛊惑人心。它们狂热地支持暴力，用沉船里的金币收买年轻人，唆使他们拦路抢劫、暗杀贵族。不过在陆地上它们待不了三天，一般在第三天到来之前，它们便回到近海，半浮在水面仰望远处钟楼尖塔上的天空，等待彗星出现。格拉贝探访过一个被他们雇佣的名叫梅尔的年轻人，他因为谋杀卢瓦尔的修道院长而被捉住关押。据梅尔透露，从建立契约关系的那一刻开始，他们便以三天为一周，分别是离惑日、驱难日和彗灵日，因此他们的生命要比其他人短一些——他认为这是自己离末日旋涡最近的缘故。梅尔死于公元1038年夏天，死时27岁。

第29条　格拉贝还记录了一个孤独但隐秘地生活的人，他的名字是绍尔，当地人称呼他为“黑骑士肖”。开始的一些日子他总在森林里出现，那时人们的描述往往不是很清晰，一般都会讲到他那奇长的腋毛和股毛，以及他那白色皮肤上群青色的豹纹。他的脸十分漆黑，这是他绰号的由来，但没人可以准确说出他的坐骑，有人说是马，有人说是麋鹿，也有人发誓那是一只雄鸡。公元999年欧洲的气候异常干燥，疾病流行，于是他顺着河流进入大海。目睹者说，他有一条铠甲保护的尾巴，他的腋毛和股毛原来是四张锋利的鱼鳍，从此，森林里再不见他回来过。他是那些逃犯和逃役者的真正猎人，他杀死他们，并把尸体放到森林边上，送给饥饿者食用。据说他还教给人们白黏土与黑绒菌的混食方法，能有效地阻止身体脱水。

第30条　公元9世纪的医生相信这种生物可以帮助他们从众多的病人里找出那些可以治愈者，当然也会指出将死的人。据记载，它们从不上浮，只在水面露出头部，那种尖尖的、有着宽吻脸突和褐色短毛的头部。在法国人看来，它通灵的原因是那些被它所豢养着的、由溺死者灵魂化成的白色海鸥。在一些插图里，它干脆被描绘为死神，肩膀上停落着它的鸟——斯堪的纳维亚人称呼其“致死者海鸥”，它的叫声“克拉”正是拉丁语“明天”的意思，凡听到者都会在第二日死去。

第 31 条　中国的古籍中说，它是往来于海洋和江湖之间的奇特生物，暗绿身躯，体长四五英尺，能人言。一次这种生物穿戴着地方官的服饰，驾着地方官的车马，像旋风一样在官府院落里巡游，吓得官员们不敢出来。有个名叫费长房的异人捉住了它，让它向人认罪，然后写了一封通神之信，请葛地的青龙神杀死了它。

第 32 条　见于日本诸岛。体矮小，一般约高两英尺，色泽青蓝，背鳍对生，上肢短弱，下肢为椎节状骨板，包以脂肪和硬皮。身形接近纺锤样式，又像木屐，在一些传说里，它又被称为“荣子的木屐”。比较早的时候，日本的京都有一个年轻貌美的舞姬名叫荣子。荣子什么都好，只是患有脚疾。制屐工匠为此精心制作了一双木屐给她，屐带由千层绸叠缀而成，屐面依经络走向镶嵌了数十粒圆润光洁的黑色卵石，据说是采自日本境内三十六瀑潭。屐边镂雕了各式蝴蝶，间以樱花饰样。工艺精美，荣子爱之甚重，时刻不离。一年春天，舞姬们结伴去樱岛，游乐兴浓，不知潮水悄生。逃离之际，荣子遗失了一只木屐。

不久有画师细田绘屏风，偏爱荣子独特的脚型，便请荣子做模特，日久生情。荣子无以为赠，于是将剩下的那只木屐留给细田为念。细田非常喜欢这只木屐，却又忍不住惦念另一只给了何人。时间一长，妒心成疾，加上饮酒无度，虽然年纪尚轻，细田仍早早逝去。荣子感伤万分，将细田葬于樱岛半山，可以望见失屐之处，并将所赠木屐随葬。没过多久，市井坊间、闺阁祇园，凡有木屐售卖、妇人聚集地，经常可以见到细田消瘦的身影，他总是问着一句“是荣子的木屐吗”，人皆以为患。荣子便去神社祷告，说明失屐的原因。差不多一个月后，荣子梦见细田水淋淋地站在自己面前，怀里抱着重又成双的木屐，告诉她，知道屐的去向后，细田的魂魄遂入大海，向拾取者大鲔索取。大鲔不给他，细田因此向大阪城主借得神刀之灵与其交斗，战三天三夜，斩杀大鲔，夺回失屐。不想惊动了大神。大神允许他自愿充任鲔神，放弃转世的权利，而木屐也可以归他拥有。细田与荣子作别，早有水晶车马前来接迎，从此再不听说细田之魂作怪一事。这个故事是 J. Tang 讲给我的——我多么想也有这样一双木屐……

第 33 条 哦，关于鲔的传说还有最重要的一点。荣子等人挖开细田旧坟，木屐已不知去向，只在棺内留一片乌鳞，如玉般温润。荣子收之制为纽扣。鲔这种生物也是在日本近海存在着的，据说是由一个想做最好的舞姬的女子变化而成（具体的故事 J. Tang 没有提供）。它留有一头长达十余英尺的绝好青丝，像平时一样穿着和服，于月圆之夜在波涛上往来踱步，对自己的倒影叹息不已。

第 34 条　1605 年，西班牙人的船队发现了萨基塔里亚岛。一场强风把他们吹到了岛的西海域，有水手发现在波浪里有二三十个从未见到过的生物在捉鱼吃。这些生物像人，头发是深金黄色，四肢健壮，肤色棕黄，关节处有胡须状长鳍。雌性乳突大如椰枣，雄性背生硬鳞。见到船只，它们撮口传声，四散而潜。船员依稀记着那声为“考林”或“考科斯”之类，短促而洪亮，仿佛香料群岛上的一种鸟叫声。他们发誓见到的绝不是土人。

第 35 条　纽芬兰人传说它的身体是海水的一部分。某种意义上说，它有着透明或半透明的躯体，血液是蓝色的。据挪威的探险者们讲，它们二三十只结群，从不近人，彼此间形貌酷似，无法区分。它们像人一样哺乳，在水中行动自如，并不溅起浪花。它们的天敌是海豹。

第 36 条　疑是鲷。但挪威人说它们吹的号角不是牛羊角，而是狭长的海螺。

第 37 条　“她们的娇美仿佛幼女，我们看不到她们的父母。她们来到船边，双手捧着大贝壳，里面装满了珍珠。她们想与桨手们交换锡壶和玻璃……”葡萄牙人 J. 伊奈斯在 16 世纪的一封信里写道。这是东方鲛人泪化珍珠的又一个证据，他们凭借良心和美德换给她们所需，一旦有不公平，换来的珍珠很快便会失去光泽，变作盐晶。弗拉芒的龙巴德赛德打鱼时误网了一条，他可怜这个小家伙，于是放她回海里。她转过头去，一下子捧出许多珍珠献给他。中国南海也发生过同样的事情。

第 38 条　中国古称“和尚鱼”“海比丘”。一种描述称它长着人头、鳖鱼身体，没有甲壳，却背生红鳍，有七八英尺长，居住在东海，随潮而起。人们避之不及，传说它可以魅惑年轻女子。另一种描述却说它介于人和鱼之间，体白而腻，顶端无发，极为肥胖。古代有浙东药商乘船去澎湖，夜晚遇大风而泊于浅水。药商饮酒至醉，出舱呕吐，有水手担心他失足坠海，于是扶着靠近舷边。稍清醒时，二人忽闻夹舱传来鼾声，奇怪地看去，却是它在熟睡。水手拔斧在手，力劈其颅，它一闪而逃，只留下几处血污，腥气扑鼻。水手提取海水冲洗舱室，未想到在它入海的甲板缝隙仍留有血迹。第二天，遗血凝为膏块，药商识货，认为这是世间罕有的灵药。J. Tang 认为，它或许就是东方传说中的大鳖。

第 39 条　①可译成“鮀”，同鳍。

②中国唐时有胡儿，双目皆盲，流落于首都长安。胡儿善于弹奏一种乐器，如同希腊竖琴[1]。当时有日本使者罕之，于是带胡儿回国，置于自家庭院，每于晨昏听之，皆感鬼神惊泣，妙不可言。一天使者有事远行，院中胡儿独自弹曲抒怀，忽听

1　译注：箜篌。

有脚步由远及近，有男声对他说，不远处的临海寺院僧众聚会，想请他前去奏乐。胡儿犹豫片刻，出于对佛法的敬仰，便携乐器随之而走。高高低低，疾疾徐徐，听罢了流泉飞瀑，鸟振猿啼，闻遍了各种花香，最后是大海的咸腥之气。及至寺院处，男声请坐，胡儿自觉为礁石，无非较为平坦而已。调弦而奏，百里寂声，偶有唏嘘低慨，也很快随风而逝。二三时辰后，来人又送胡儿返回，如此连着三日。使者归闻此事，顿觉有异，只因周边近海并无寺院。于是密令家中武士执器跟踪胡儿，及至海边，早有数十个秃顶披鳞的海怪或俯卧或高坐，等候听曲。胡儿双手弹拨一轮，它们已如醉如痴。武士们遂呐喊而出，它们慌乱四散，入水姿势如同海豹。此后胡儿再没有遭遇这类事情。

③中国古代笔记写道，蓬莱人陈士元一日见海面有人滑行，发秃体肥硕，看上去像一和尚。士元以为这就是一苇渡江的本事，于是在岸上遥拜祈愿。未过多时，海下浮现一巨大龙虾，二物相搏，像人之物折龙虾臂螯嚼之，其声十里可闻。士元才知此为海怪。

第 40 条 它的发现也在麻鲁基阿尼打。中国人说，它喜欢放牧海牛，并说土人误把海牛当作猪。不过笔记寥寥，并不能排除它具有两栖性的可能。放牧还是捕食时的驱逐？欧洲历史上未见相似传闻。

第 41 条 梅州缫衣居士只记有一句：“鲴者以群聚之，吵嚷翁营之声不绝。”邓恩博士说，这可能是某种海洋鱼类群体迁徙中发出的声音。

第 42 条　喜欢女士们有一件红色的披肩吗？哦，还是蓝色的看上去高贵些。它像那些有癖好的女孩，披着深红色的披肩在希腊的岛屿间出没。天晓得它们从什么地方找来了这些纯羊毛的披肩，但与那赭黑的肤色并不相配。它们的鳞片粗大密集，披肩也许不是用来遮掩的。如果运气好的话，你可以找到古代的一些陶器，你会发现很久以前它就有了披肩——当然，我们可以判断那或许是交战某一方的旗帜一角，染着浓重的烟血色。

第 43 条　在几乎所有的神奇海兽中，这是最像人类的一种，它们四肢完美，鳞片细小洁白，雌性生有浓密的头发，是淡淡的金色。有的学者指出，它是由一些水手的妻子杜撰出的，用来影射佛罗伦萨的妓女。6 世纪时，某个醋意横生的女人想起她出海半年的丈夫，于是写了一首有趣的诗。在诗里她大骂这种无耻的海妖，并警告水手们："绿草遮盖了白骨，你们一旦落入，肉都将烂掉。她们的血来自你们，她们的香气来自你们的呼吸。"

第 44 条　中国古籍中说，这是个体长几千里的大鱼，还可以变化为鸟，遮蔽天日。（原稿以下一段被涂掉）

第 45 条　它只存在于古代罗马。当时的海岬上空偶尔能够见到这种长着一对庞大的墨绿色翅膀、躯体宛如少女的生物。比较奇怪的是，它们总会被流星击中，然后沉没死去。据说它们一生从不交配和分娩。邓恩博士戏言道，它们来自某种人类未知的珊瑚，是卵生。

第 46 条　荷兰人说，它的行踪很神秘。有时候水手们会遇到搭船的它，往往在快进入大浪区的地方。它一般坐在船首，抓着帆索，静静地看着海水。如果不是拖着一条暗青色的尾巴，它真像一个高傲的夫人。除了搭船，水面根本见不到它。据说它下潜速度极快，有一次它甚至把一件中国瓷盘放在甲板上，作为搭船的谢礼。

第 47 条　范德萨的记录里，它的身长差不多有十七英尺，有四条类似人类上肢的鳍，但鳍的特征已不明显了。它的眼眶是几乎标准的圆，有眉骨与鼻骨，嘴较大，有小小的吻突。喜光，常于夜里随船浮游。

第 48 条　古希腊人认为它是那些被驱逐、被惩戒的不道德女子的监看者。泰阿诺记载着它的相貌：它的背羽被拔光，虽然有着女人的形体和歌喉，却长着一双斑鸫的脚。它住在第勒尼安海岸的悬崖上，目光跟随那些寻欢作乐的水手，然后给纵欲者和妓女们洒下毒菌——肺结核、梅毒、伤寒以及鼠疫。它会让美貌者的头发掉光，让她们的美腿只剩下骨头。邓恩博士指出，这是宗教的产物。

第 49 条　东方人欣赏这种生物的牙齿。它的嘴巴很大，牙齿极白。笔记里提到，它的牙齿每三年换一次，如果在夏秋季节，牙齿脱落后会化为砗磲；若在春冬季节，就转变为窗贝。所谓窗贝，据 J. Tang 讲，中国闽地和台湾澎湖一带称作明瓦海月，圆形或椭圆形，两壳平状，壳质薄且半透明，表面有珍珠光泽，用来做房屋的顶和窗户。哦，这是个不喜欢玻璃的国家……这种生物的牙齿也被当作上品的食具使用，看来它的体形不小，但啮咬能力差，应该是靠海藻蜉蝣为生，性情温顺憨愚。

第 50 条 差不多在 17 世纪以前，博物学者汉斯定做了一个密封性极好的透明铅玻璃瓮，系上粗大的锁链，请他的朋友把自己关进去，然后垂入海里，试图观察这种困扰人的生物。离海面七八米的地方，他被那些人鱼包围。根据他画下的样子，它们有鲨一样的垂直尾巴，上肢粗壮并在肋下长有绿蹼，双目发射着荧光。它们撞击未果，便招来墨鱼把四周弄得一片漆黑。

第 51 条 被发现于中国的大鱼山。当地称呼它们的发音为“卢亭”，J. Tang 亦不明其意。据记载，它们身高如人，头发焦黄且短，眼睛也呈黄色，肤色黧黑，尾巴有一寸多长，看见人便惊恐入水。一般随潮水到来，人们便驱赶。有顽劣者捉住一只雌性，强行和它交合，它闭口不言，却像人一样笑。后来留它在室，学会了穿衣吃饭。偶然带它去大鱼山，一下子便没入水中，不见踪影。

第 52 条 一些炼金术士相信它的鳞片就是黑水晶。它最早被发现于印度洋的锡兰海域，大约在 13 世纪，当地人还经常看到它那黑丝绸般的皮肤在水中沉浮。人们传言它们在海底有坟场，那里堆积如山的水晶有时会使过往船只的罗盘失去作用。有限的史料没有提及它的样貌等。

第 53 条 5 世纪时被印度移民在婆罗洲发现。它体形巨大，上浮速度快，多在深海游弋。它通体发黑，但有着丝络般的网状萤斑；有竖立的前后对生肉质鳍，鳍尖生有骨质亮羽。脸部肥硕，眼小，颊侧有对生月牙状萤斑。当地渔人不越过它巡游的地带捕捞，他们认为那里是冥界的边境。15 世纪的中国海军曾抓获它的一个幼体，据记录其长约三十英尺，腹内有水晶结石。

第 54 条　16 世纪时，帕雷介绍它是一种人、鱼、龙、兽的结合体。它的面部、胸部以及臂膀双手完全与人无异，但它的腹肌呈四块状；它的尾部是鱼形，并有尾鳍；从腰部以下则接近龙躯，有强劲的后肢，虽然爪趾已经鳍化。值得一提的是，它有一对多毛的兽耳。博廷医生认为这是幻觉或头疾的病征反映。

第 55 条　印度古籍中记载它出没于僧迦罗的海域，生性凶猛，攻击一切水内物体。它的嘴部前突，长度倍于头部而与身体相等。嗜吃腐肉和硬木，人们相信正是古代战争使某些生物性情大变。我想可能是鲨的一种。

第 56 条　被发现于红海。体长五英尺左右，上身构造近人，皮肤遍布棘突，微有毒性，干后如粗砂条，一些作坊的工匠用它来锉去玻璃制品上的毛刺。喜欢接近人类，能在陆地上留置较长时间。13 世纪后消失。

第 57 条　在比利牛斯地方的锡岛，腓尼基人最早发现了它们。传说中，这些锡矿石的守护者力大无比，能够洞察人类的阴谋，但它们畏惧火。水手们对一位阿拉伯的学者说，一场彗星引发的森林大火曾让它们中的七个化成了盐岩（穆・马赞《迦太基故事集》)。人们利用它们的弱点成功地把它们逐回海洋，一旦没有了从前的栖居地，它们的皮肤变成沙砾状，也不再害怕寒冷。

第 58 条　那些爱尔兰人称它为“夏夜的风笛手”。它是深海生物，夏季上浮而交配。升起之前，它将前躯鼓成球状，在上浮过程中定时排放空气。在它的颅腔上方有三个圆形孔洞，气流以及水花由此喷射，传出极像风笛的声音。上升完毕，它便恢复原形，修长的身躯就像大理石雕的美男子；肤光无鳞，生有一对已退化为肉鳍的前肢。

第 59 条　中国笔记中写道：“鲉者多娇，其状绝类捧心之姝，避人，子时或可见。”疑为儒艮。

第 60 条　中国东海岸及琉球海域有现。通体金色，体长约两米。不喜见人，常居于深海。数年前有葡萄牙国教士偶遇，被土人网获，不停流泪。

第 61 条　范德萨说，在北欧的一些海岛上，人们都称她为“兰恩夫人”。她有一张无比巨大的渔网，专门用来捕捉在海洋上冒险的人。不过她的好客是出了名的，她把溺死者们带回她在海底的宫殿，请他们品尝味道鲜美的鱼。据荷兰人描述，往往在黄昏时分，海面便会呈现出金色网状，有经验的人就会迅速驾船靠向海岸，这时他们能够望见远处她海藻似的头发浮在水中形成一片巨大的阴影。范德萨的水手完全相信她的存在，她善于变化，介于善良、邪恶之间。一些老水手说，她是一个神经质的女人，同时也是一个孤独寂寞的女人。有时她会抢走那些在海边玩耍的小孩，然后把他们永远关在宫殿里解闷。那些孩子一去不复返，只有一个女孩例外，因为她的母亲也是寡妇。即使如此，兰恩夫人还是看中了寡妇柔软的金色头发，逼她用头发编织成大衣给她。有记载说，她能豢养黑鳕鱼、蛇鱼、鱿鱼和大梭鱼，一旦她过生日的时候，她会慷慨地驱赶鱼群到渔民的网中，人们一般都会唱歌给她听。

第62条 据中国人记载，它是生活在南海和东海的一种小型人鱼，身体稍扁，嘴小齿细，喜欢成群结队地出没。它们可以沿河流入海口潜入内陆，所到之地必有嘈杂碎音，如蜂群往来。生性多妒，厌人之高大，如遇到村民单独行走，过桥或沟渠，它们便纷纷掬掏淤泥投掷，片刻将人口、耳、鼻封实。又有渔人出海挖蛤，船就停在浅滩，它们拾取蛏蚬甲贝之类抛打，很快便把船埋住。邓恩博士认为，这可能是某些射水鱼类和鳚鱼的混成品。

第63条 ①体长约二英尺，肤色赭黄，下身有霜花，上身布有盾形纹章样式。颅细小，生有髯状触须，无声道。圣莫里斯修道院过去在水池中养着它们，数量恰好与修道士相同。据记载，有一次某个修道士去世，前两日便有它们中的一只先死掉了。

②见于中国古籍，相貌无多大差别，体长却可达6英尺。据说它经常利用其他鱼类来传递消息，喜欢生活在淡水，并与往

来渔人、商旅嬉戏。一次某读书人效仿古人用丝绸写情书，丢入水中使其顺流而下，好去他的妻子那里。于是它询问船上有谁的妻子住在河的上游，将其书信掷入水里，竟然逆流而上。见者都感到神奇，其实是它驱使鱼类所为。与欧洲记载相似之处是，它也能预知人的生死。有僧侣去洛地的寺院，在水中被它阻拦，言其不久将死，劝其早日返乡。僧侣以为妖物挡自己求法学道，怒斥一番后坚持行路，果然第二天病死在船上。

第 64 条 它的出现源自一个传说。许多年前，与中国隔海而望的高丽国的某个岛上有个村庄。那里的人们通过海洋飓风的来去计算一年，通过花开谢、果实长成来计算一季，通过日月的升落来计算一天，至于一天内的时辰则白日用沙漏，夜里用脂鱼来估算。这样不知过了多久，忽然有一天岛上小山崩塌，露出一块质地很好的天然翠玉，有个从中国回来的人便与村中老者商议，拿它来做一个日晷。日晷很快就打制成型，只是缺了做晷针的材质。老者们在村中找寻，得知妇女权氏手里有一面铁镜。老者们认为，晷与镜恰好有共同的意义，实在是天意使然，于是说服权氏献出了她的镜子。哦，权氏的美丽在凡俗村落里显得异常古雅——大凡有故事的人都是这样，因为她降生在一个不和谐处。晚上临睡时要照镜，权氏立刻便后悔了。不必怀疑，她心里一定怀有水仙情结，尤其当她的丈夫只是寻常莽汉时。她决定趁天黑把镜子偷回来。伴随着这一念头，不幸的事出现了。权氏虽然拿到了镜子，但在路上被村人看见了。她顿觉羞愧无比，便投海自尽。因为有镜子的原因，她的魂灵进入了一条幼鲸体内，然后幼鲸长出了四肢，胸前的衣结变成了金斑项鳍，环腰的裙摆变成了碎纹腹鳍，而镜子落在背上，化作了一个圆圆的脊斑。从此，人们总会看到一个鱼人不停地潜浮，把海底的锰铁矿石推上岸来，天天可以积一小堆。村里的长者便忍不住摇头叹息说，唉，这个权氏……

第 65 条 日本的船民说，它在本州岛的海域出没，背鳍奇长，身体壮硕无鳞，喜欢攻击，如相扑者。一些版画描绘它为一个手持利器的巨大妖人，传说有个身高不到一寸的法师曾用缝衣针降伏了它，并把它驱逐到深海。邓恩博士分析说，它可能就是逆戟鲸。

第 66 条 在高丽传说里，它是妇女的纺锤变的。但是高丽人的古籍又称之为老者。J. Tang 解释，老者的喻义乃传自中国，中国人认为老者背上的老年斑像鲐背上的花纹，是吉祥长寿的象征。汉字确实有其神奇之处，就像那个权氏故事里的晷吧，上面日字象征太阳，而下面的咎字却含有灾祸、罪过的意思，是不是中国人认为所谓时间的意义就是在太阳——宇宙的代表——的注视下，依次排列人类所犯的过错？这倒与末日审判相同。权氏其实也只犯了一点小错，不过东方人所推究的是内心的违逆——这看不见的东西。还是讲讲它吧！ J. Tang 的故事真是不少……这也是个小错。一个小气的妇女不愿意把自己的纺锤借给妯娌，假称纺锤丢了。没多久妯娌因为别的事情来看她，

她慌忙四处藏起了纺锤。这里也不行，那里也不妥，情急之下，她一扬手把它丢进窗外的河水中。妯娌走后，她跑到河水里捞，却怎么也捞不着。后来就奇怪了，她的纺锤不停地丢失，用一个丢一个，不知去向，莫名其妙。她被纺锤的问题深深困扰，纺机上永远是空空的。她知道老天在责罚自己，羞愧中便投河自尽了。她的灵魂化成了一种奇鱼，身似纺锤，青白相间，游向大海。到了海里，她的那些丢失的纺锤一齐拥到她的身边，形成了一个无比浩大的鱼群。从此只要一有照亮纺车的灯光，她就奋力游去。

第 67 条　被发现于大西洋。半人半鱼，皮肤上有非常浓密的软毛。它的头顶有类似冠冕的饰物，这令它从远处看去十分耀眼。有经验的水手会提前扔一些酒瓶子给它，以免除它的纠缠。传闻它敬畏上帝，害怕人类的祷告，因为祷告尤其是长时间的祷告会将它变成海底的黑潮。二三百年前的人们相信它能够骗去年轻男子的灵魂，如今关于它的传闻越来越少，大概都化作了洋流的一部分。

第 68 条　出现于中国唐朝首都长安附近的渭河。相貌若人，肤色淡黄，有翠色花纹，生有鱼尾，上面亦有翠色斑点，据说列状如斗箕。性聪慧，有灵异，常在桥梁下与读书人交谈，天文历法无不知晓，文辞高古，所作诗句很少有人能比得上。当时一些中国诗人多结伴与它们唱和，凡被它们指点者，都在后世留下极大名气。J. Tang 讲述，曾有长安幼女蕙兰随家人出游，于桥上和它们相遇。因喜此女貌美，又佩服她处变不惊，便赠枣瓜让她吃下。蕙兰回去后所看典籍过目不忘，才思敏捷，所作律绝非同寻常。后来蕙兰出家做了道士，取名鱼玄机。不久有人夜渡渭河，听水里有人说话，所谈女道士因仙果而得文才，却自称由此而了解冥冥中的一切玄机，只怕这样的狂妄会招致祸端。果然没过多久，女道士因杖杀了她的侍女而被判处死刑。（哦，9 世纪的中国法律如此完备！）农民黄巢发起暴动推翻政府后，它们便不再出现。

第 69 条 中国人提供的一个故事里，它是在战乱年代里唯一可得安宁的生物，居于洛水，化形为美妇，有一双流转自如的明眸，承载了当时许多男子的性幻想。有位将军的儿子狂热地爱上它，为它写了一首长长的动听的诗歌。他称呼它为“甄甄”，疯狂时称它为“我的甄甄”，因此还生了一场大病。据说这种生物没有卵巢，它依靠它出奇长的生命长度代表了一个种族。

第 70 条 关于它的确切形貌和体态，据说真实的记录已在 13 世纪哈里卡纳斯修道院的火灾中被销毁了。那场大火的传奇性使得它作为单独个体存在的经历更为扑朔迷离，越来越多的画家和世俗作家不停地按照自己的意愿把它变来变去。安特卫普的铜版画插图家 P.R. 克伦坚信自己童年时在夜航中见到过它。那是临海的一座废毁的围柱式神庙，在第四根和第六根正面的柱子之间——他确信当时从甲板上看去，它就处在那个位置——圆月让大理石的反光折射在它纤细的长尾上，它伏卧着，像一位慵懒的美妇人。克伦多次蚀刻出自己看到的情景，神庙的柱廊、鱼尾、蜡像般的肉体、优雅的姿态，以及月光和阴影。他的模特，也是他的学生，无数次套上特制的大尾巴，并用白垩泥与银粉调和的色膏涂抹鱼尾以外的裸体。她爬着，像他记忆里的那样，而他的精液滴落在铜版上。意大利的吟游诗人维阿利认为它是传说的产物，来源于古罗马。科林斯的一位少女在婚期将至时不幸病亡，她的乳母收集了她生前喜爱的物品装在篮子里，拿到墓碑顶上，并用石瓦做盖子。春天到了，野葛的根茎从篮下蔓生出来，遇到石瓦无法延展而变成美丽的涡卷。才华出众的建筑师卡塔忒克诺斯采用这样的涡卷设计出伟大的柱头——诗人写道，满月映照着柔美的科林新式柱头，墓中的少女也被惊醒。在无人的郊野低诉她的怅惘，啊，被爱情抛弃的人鱼。邓恩博士认为在神庙遗址游荡的只是一些古代献身习俗的信奉者，或者是妓女。

第 71 条　日本人传说在伊豆的水上见过它。它身躯娇小，长着一条鲤鱼的尾巴，居住在大扇贝中。清晨有时可以听到它在水底歌唱。一个名叫兵卫的人在笔记中说，它能够决定海参的产量。

第 72 条　这是个擅长雄辩的家伙，它没有鲜明的性别特征，也不常住在海中。从北欧的河流入海口，它潜入各个城市，浮在河水表面，寻找着哲学家和语法学家，以及陪审员、信使、车夫和烧制窗绘玻璃的工人。炼金士夏伯雷埃尔说它是海神奥尼的文书，因为丢失了记录思想的金笔而变得浮躁不安。据说它的博学可以让雕像倾倒。

第 73 条　它生活在极度寒冷的地方，那里的天空都是由坚冰构成。这是喜欢群居的生物。每年秋天，它们成群来到香料群岛和澳洲海域，生下后代并哺育一段时日。据观察者记录，它们每隔两年交配一次，每胎只育一子，倍加怜爱。从相貌上看，俱如三四十岁妇人，温和但警觉。天冷时便群体返回，路虽遥远，未见其疲倦。以船只做参照物，它们的体长惊人，有六七十英尺。

第 74 条　安特卫普于 16 世纪出版的《动物服装大全》里，有趣的作者斯吕佩利尤斯称呼它为海主教。插画特地给它披了一件灰蓝的主教衫衣，并使它像人一样直立。它有着鱼类的头、目，类似鲨鱼的唇吻。它的腹鳞粗大，前肢短小而鳍化。我不知道这种生物从哪里弄来一双肌肉发达的后肢，像极狮子、豹的后肢，关节处生有鳍翅。描绘显示了它两栖的能力，有资料指出，这种生物是海豹。邓恩博士肯定它是个人的幻象，并不存在。

第 75 条　11 世纪时，这种生物多次在意大利沿海被发现。它是鲨鱼的体形，却四肢俱全。它有着葡萄紫的肤色，脸部丰满，脂肪丰厚。性别不明显，不怯人，爱吃土豆，经常追逐船只讨要。能发声，有“民、须、哦、沙、驰、射”六种音。昂

古莱姆的一个法国商人曾带回一只，并教会它烤熟食来吃，把它交易给夏鲁的一个餐馆店主。店主利用它做招牌，发了不小的财。后来一场大火把夏鲁烧毁，这个生物从此下落不明，估计也成了灰烬。

第 76 条 在炼金术士鲁根豪森的一次奇遇里出现。“在量杯里游动显然是轻松的，它们只有几英寸大小，身体透明，可以看到蓝色的血液流向心脏。它们用气泡显示字母的方法与我交谈，并告诉我一些炼金的诀窍。后来因为气压的原因，其中一只死掉了，我于是便放了它们。”

第 77 条 东方香料群岛的土人认为它是天空里虹气的妻子。当雷雨过后虹气出现，它就会急切地浮上海面与丈夫相见。有时，它还会刮起短暂但强有力的旋风，向土人索讨香料和鲜花，发出类似劈撕棕榈叶子的声音。在中国古代，人们描述它的体形像幼鲸，平时居住在一条名叫“洛”的河里。只有当美丽的女神出行游玩时，它才有兴趣一同前往，无知者便以为它是女神的坐骑。

第 78 条 在希腊的莱斯沃斯，一个喝了酒的水手在岛上寻找温泉。当他进入一处洞穴时，看见这个浑身散发着琥珀色美酒之光的美女；他立刻就爱上了她。13 世纪的吟游诗人穆莱埃尔曾对他的朋友说，我相信，他找到了他的温泉。酒醒后的水手想带她上船回家，却不见她的衣服，于是注意到她有一条鱼的尾巴。他害怕起来，迅速逃走了。从那天起，无论他的船走到哪里，帕罗斯或开俄斯，拉兹海岬或蓝色海岸，奥尔德尼或述特豪，洛兰或萨恩多伊，甚至格陵兰的赫马，都能听到她忧伤的歌声。一天夜里，他看到她就坐在月亮最暗淡的一角，孤寂无助，他为自己的行为感到羞愧，下决心弃船随她入海，生活在一起。虽然如此，此后的几百年里，还是会有他们的后代从海中上岸，定居在水手的故乡。我为这个传说感动，但认为它并不具备物种学意义。J. Tang 的看法不同，他指出，大凡传说，都有它一定的现实依据。

第 79 条　据说日本海上一些捕夜蟹的渔民偶尔会见到这种在水面慢悠悠行走的生物。它个子不高，脸圆圆的像个女孩子，当然头发也被剪得很齐整，刘海儿短短的。它的身上是用大多数红藻和少量的蓝藻编织的衣服，手里拎着的却是一盏货真价实的红纱灯笼，上面贴着黄边黑字：吉田家。渔民相传，这个吉田家的女孩儿名叫吉子，她有个弟弟名叫阿助，是个弱智儿。吉子对阿助很好，经常去海边钓虾烧给他吃。有一天钓虾回来的路上，下起了大雨，吉子跑到神社里躲避，直到雨停了才回去。弟弟阿助却不在家，邻人说他去给姐姐送伞，走了很久了。吉子看到天已黑，急忙提了灯去找他。路上吉子没有见到阿助，在陶的幸二家她听说海潮卷走了一个男孩，便疯狂地跑向海边。从那时候起，夜里的茫茫海上总有一点昏黄的光亮像流萤一样来来去去，那是吉子在寻找她的弟弟。看到这一幕，领着孩子的父母总会用手掌捂住那些小小的眼瞳。

第80条 见于中国东海。中国诗人李贺在他的一首诗里说，波涛的白沫是从它的腹内喷出来的。

第81条 ①1世纪时，罗马人阿格里科拉的士兵在安格尔西岛[1]见到过它那庞大、黝黑的身躯。士兵传说，它有六只手臂，两条腿，身上没有鳞和鳍，背部是骨状甲板。它的眼睛巨大，每一只相当于人的脑袋大小。头顶有角状凸起。

②大约在9世纪，诺曼人在日德兰半岛的海域上注意到这种擅长捕捉越冬天鹅的海生物。它的体躯高达四五十英尺，有六只长长的手臂，臂上有七处关节。相貌丑陋，背部无鳞，只有带龙骨的甲板，就像一只覆舟。上浮和下潜速度极快，曾与他们的战船误撞，致使近50人落水。

第82条 被发现于斐勒邦国。身体红色，高热难以接近，当地人传说它是龙族中负责闪电的神灵。邓恩博士分析它多半是深海电鳐电鳗的变种，至于传说，他认为这可能是它多在雷雨天上浮出现的原因，也许它的耗氧力极大。

第83条 被发现于斐勒邦国。中国人写道："鳙者在日，鳢者在夜，善潜移，其鳞为世间罕珍，国人多捕杀。"这说明二物常见，但为何不做形貌描述呢？据J. Tang猜测，鳙的躯体应该是泛黄的，鳢的躯体则是鲜绿的；他的依据是汉字的组成内容。但是，鳞是可以比得上翡翠的吗？罕珍于何处，又为什么不说

---

1 译注：我们称为曼岛。

明呢？

第 84 条　被发现于斐勒邦国。中国人的记载中说，它的舌头具有奇异的香味，人嗅闻之后能昏睡一个多月。每当船只路过其出没的水域，水手商旅们就会纷纷倒下酣睡，任由船体漂浮。然后这种生物就会登上船，把人们在甲板上排开，如同水獭整理它捕获的鱼。遇到身体健壮的，便会吮吸他的精液和髓液，直到干空。有办法说在船上置以硫黄可以驱赶它，但未经证实。邓恩博士认为这纯属无稽之谈。

第 85 条　15 世纪时，在英格兰的某座修道院前，人们正准备做祷告，忽然阴云密布，天空里垂下一只巨大的铁锚，深深扎入泥土中。顺着锚链，一个像人的生物爬了下来，但不久以后便死去了。一些编年史作者称之为天外来客，由于提供呼吸的气体发生了变化而不能适应。邓恩博士怀疑这只是个不知国籍的被龙卷风带上天的落难水手。

第 86 条　中国唐朝时有胡商携女媚儿去琉球，途中遇海盗劫船，胡商被杀死，媚儿跳海偷生，被暖流带至一处珊瑚环礁。礁上立着数十只玻璃瓶，高不及一英尺，内空无物，媚儿不知何用。黄昏时分，一群海中生物登岸而归，体态如人类少女，肤色黄绿，身高约四英尺，却各找一瓶纷纷钻入。媚儿以为奇术，于是拘住一瓶，威胁要使里边之物窒息，其他生物苦苦哀求，告诉了她入瓶的咒语，并且送给她一只瓶子，说有神奇之效。数年之后，有船去广州，媚儿得以回乡。此后她带着瓶子去了首都长安，卖艺为生，即使有人向瓶中投入千万钱币，看去也不过如米粒几颗。一次，有公差押运国家税银数十车回京，因好奇一试，被她须臾装入瓶中而倏忽不见，遍寻不得。据说这笔钱被用来支持当时的暴乱者。16 世纪初，德·雷翁的西班牙水手们在通往巴哈马群岛的海域里发现一个温泉之岛，在岛上，那些土人们住在大瓶子里，并用植物的藤蔓编织一个瓶套，以使它略高于潮线以及杀人蟹的臂长。

第 87 条 ① 11 世纪的点金石学专家——波卡纳的艾本·切纳担任苏丹王的大臣时，把他的好色之欲发挥到极致。这固然是权力的作用，但不能否认上帝降生他，原本就是把他当成美色的祭品。当时的不少人希望他可以告诉世人更多关于金子的秘密，他们埋怨他总把自己置于酒的巅峰，而不加以节制；人们很少指责他贪恋女色，也许，这是他了解金子的又一个途径。艾本·切纳如此疯狂地挥霍自己的性能力，他渴望越来越多的女人，就像他渴望掌握同样数量的黄金秘密。然而很快，也许五年，也许七年，他已不能依靠肉身的力量，而太多太频繁地凭借酒、药石和女性的技巧。终于，他已不能自主勃起，那仿佛昨日还在享受的酣畅淋漓、欲仙欲死的感觉随着彗星消逝，简直要永不复返——直到他遇见这种奇特的海洋生物。在 1036 年的某个夏夜，艾本·切纳在临海的暂居地进行他第八本点金石著作的写作，他的身边既没有酒也没有女人，这的确罕见，如果历史就此截断，他看上去值得我们尊敬并歌颂。临睡时他来到窗边，活动着有些乏的腰背，呼吸着清凉的海风。当他打算离开那儿时，海面忽然升上来一个美人。在月光下，她大理石白的肌肤、宽阔的额头、挺直的鼻梁表明了高贵的家族身份。她裸着身体，长长的金发半掩半捧着米开朗琪罗才能创造的乳房，她的腰像鱼儿一样——艾本·切纳呆住了。他觉得身体开始躁热，一阵上好葡萄酒的味儿从小腹升上鼻孔；他感到自己比任何时候都精力旺盛。女子渐渐走出海水，走上沙滩，他注意到那双腴亮修长的腿后像丝帕般飘着的鱼鳍，接着看到了她小腹上玉甲泛着的荧光。但艾本·切纳并不害怕，相反，他走了过去，在沙滩上一句话也不说便紧紧抱住她——他知道她就是自己的。她的嘴唇十分冰冷，但唯有这不停歇的冰冷的游走，才让艾本·切纳知道自己的每一寸肌肤是多么滚烫。冰与火的一次又一次短暂却绵长的接触像潮水一样一滴一滴把他抬到最高处，这一瞬间，他发现全身的骨头都聚集到了一个地方。艾本·切纳急切要求着交融，他急不可耐，不能抑制。女子顺从地躺在沙滩上，月光似乎变得更加明亮。他分开她的股鳍和纤细的腹鳍，分开薄膜般的阜鳍，喘息着凑过去，战栗着，这时他看见她的阴部是一个精巧的迷宫。艾本·切纳暴死于此刻。

②这种生物有着和人一样漫长的儿童期，却有着绝不相同的剩余生命——让我们内心感到怪怪的正在于此。举例来说吧，一个土著小男孩——被发现于科提利亚尔之地——和这样一个小女人鱼，他们在沙滩上一块儿玩耍，日复一日。七岁时他们相互

之间说好，今生永远在一起。七岁过后的第一天，她会奇怪他怎么还是那么小。第二天，在一群玩耍的小男孩里，她已经认不出他的模样。第三天，她进入了种群的交配期。第四天，她把自己的孩子送到那些裹着兽皮和海豹皮的人住的青枫木屋里，享受火和鲑鱼子。第五天，她开始掉鳞片，牙齿也松动了。第六天，她感觉到了自己的苍老，总是控制不住自己想仰体的冲动。第七天，她遥望着陆地上一个白发苍苍的老男人，想不起来是什么原因最终分开了他和自己，如今很快就都要死去了。她的嘴角露出一丝笑意，然后吐出一串气泡，整个身体浮在海面上，随波而逝。葡萄牙人迪耶拉有一次在水中发现一个美丽的少女人鱼，忙喊他的朋友来看。然而仅仅过了一会儿，他吃惊地见到她已变成了老妇人。迪耶拉大张着嘴，他的朋友高声叫着：在哪儿，美女在哪儿，在这个老太太下面吗？哦——他打了个呼哨，这女孩儿还害羞呢……

第 88 条　被发现于斐勒邦国。中国人描述它的形状“若乌木浮波”，擅长长途洄游。曾经有一位闽地商人去往印度，目睹了它一路的尾随。它喜欢捕食鼻鱼，经常下到珊瑚中去捉，敏捷而有力，并不畏惧珊瑚的鞭毛。荷兰人范德萨亦在航海日志中记录了类似生物，其体约一米长，肤黑而有暗纹，吃珊瑚鱼种，如七带寒鲷、纹背盖刺鱼和黄尾鲽鱼等。

第 89 条　1644 年，四处征收毛皮税的俄国人在冰海的大岛附近见到了这种不畏寒冷的生物。它们骨骼粗大，肌肉发达，身上遍披鳍毛，鳞为雪白色，向中央凸起。眼睛乌黑，眉骨前突，并有上下对生鳍。据目击者记录，它们搏杀海象，生噬海象脂肪。依照海象比例，得知它们体长在七八英尺，性别不明显。它们的第一目击者——斯塔杜赫的手下肖洛赫夫在他的记录里用自己的名字来称呼它们：肖申科。秋天时，他产生了一个疯狂的念头，想亲手捉一只这个庞然大物。他和几个水手弄了一些新鲜的海象肉放在距它们不远的冰块上，试图引诱它们中的偷懒者。不料来了一只大熊，重量足足有一千磅以上，毫不留情地把命名者压成了肉饼。此事由别人记录。

第 90 条　这种生物被称为“马拿迪”。纪尧姆·龙德莱在《鱼类的历史》里写道：“马拿迪是印度洋里的一种硕大的海兽，头大如牛，背平，皮极硬。雌性马拿迪长着两只巨大的乳房，为小马拿迪哺乳。此兽体态庞大，死后须由两头壮牛才能勉强拖动。马拿迪的肉嫩如小牛肉，但多脂肪，无味。马拿迪可以驯服，驯顺如狗。不过受伤害后，马拿迪会记仇。以上是目击者的记载。”邓恩博士认为，这就是海牛，所谓马拿迪便是拉丁语 manatus 的一种读法。格雷斐斯博士认为，它也许是南象海豹。

第 91 条　温尼埃尔·乔是他那个时代最务实的学者之一。1125 年，人们传说在克里米亚的索尔达，一位远方的公主被某个诅咒锁在高塔内，等待命中安排的骑士去解救。快到秋天时，乔完成了在黑海的旅行，并写出了三卷本的地域动植物考察手记初稿。经过索尔达时，乔有时间去亲眼看那座传说中的高塔，他发现塔并不高，是某个城堡的一部分，毁坏得很严重，无人修缮。塔下面已被填平的河道上聚集着三五十个各种装束的人，可以看出他们来自不同的地方，有贵族和仆从、骑士、商人，以及戏剧家、雕塑家和法官、教会人员等。乔疑惑之际想到了传说，询问后得知，确实有一位来历不明的高贵女子住在荒废的塔楼里，人们坚信她被诅咒送到那里，没有人敢去碰那扇铁门。他们抱怨她的骄傲，说，无论什么阶层、什么身份的人向她求婚，她一概摇头。乔轻轻敲击铁门，一些铁锈和尘土落下来。他试着推拉，门轴发出骇人的响声，人群中激起一阵低呼。门打开了，向上的狭窄石级被残孔照入的光分割成明暗交错的段落，在亮的阶面上，乔找到几片厚厚的鱼鳞。他警惕着、胡思乱想着登到顶处，一眼看见旧椅子上坐着的惊恐不安的女子，她披了一件泛灰的天鹅绒帘子，花绦下一条鱼尾在抽搐。乔尽量和缓地与她交谈，她表示懂意大利语，生活在地中海，误入渔网，被带到这里后侥幸逃出。她恳求乔帮助她回家。乔的袋子里有些面包和盐渍鳕鱼块，她狼吞虎咽地吃了。领她下塔时，乔和她提起外面的求婚者，他好奇地问她到底喜欢什么、要些什么。她告诉乔，她只要对方也有一条鱼的尾巴。因为这样的回答，乔对她念念不忘，后来把这件事写进《物的欲望和海妖的角度》（1129 年，佛罗伦萨）一书。

第 92 条　亚洲人相信它们在 4—7 世纪时存在于南中国海的近礁水域。它们体形娇小，总是成双成对地出现，不过澎湖的渔人并不喜欢它们的随意——看上去没有哪一个可以耐得住寂寞，一旦其中有某个病亡或被鲨鱼和箭鱼杀死，另一个会很快寻求新的配偶。据说它们肤色血红，鳞片形状因如红桃而被渔妇喜欢。

第 93 条　15 世纪，葡萄牙人科维利扬在写给茹安二世的密信里提到非洲的月亮岛，虽然国王的兴趣并不在此，但是关于一种古怪生物的描述最终还是打动了他。这些生物在月亮岛通向大陆的陆桥上活动，色泽棕黑，体长为十英尺到十二英尺。浑身披挂软毛，毛长二英尺左右，末梢呈金红色。脸型如猴，颈较长，有喉囊。上肢（或前肢）为弯月形，外关节处有伞状鳍；下肢（或后肢）同人，但瘦弱异常。它们的肾、胆、胃、脾都藏有结石，那都是上好的宝石，每只体内差不多能采两磅！据葡萄牙人大概的统计，考虑到海流和逆风的因素，这个海域它们的数量不会低于四千只。有意思的是，国王的理智战胜了诱惑，直到 10 年以后，葡萄牙人才真正登上了月亮岛。

第 94 条　南中国海的渔人总在清晨的水面见到它。它不停地朝向北方和东方行礼，远远看去，有着宽大的衣服和一顶带翅的帽子。渔人传说它是由 13 世纪一位投海而死的中国皇帝变化而来，向北行礼是它怀念故国，向东行礼是它为祖先祝福。曾经有一个黎姓渔人在雾气中与它相遇，据他描述，它有一张苍白的脸，非常年轻，也非常高傲。它的脸颊左右各有三道斜纹，呈八卦符，左坤右乾。它从渔船边无声地滑过，最后消失在浓雾里。

第 95 条　范德萨的航海日志里绘有它的相貌。它的头颅浑圆硕大，五官分布散漫；上躯干如日本伞张到一半的样子，自上而下有六条斑纹，范德萨用密密的斜交叉笔画涂填了，并没有标注色彩。它的下部躯体很怪异，由十数条触手模样的软带子组成，每条带子边缘附有矮鳍（就像大带鱼的那样）。范德萨分段标着目击到的尺寸约数，头长为二英尺左右，上躯为六英尺至七英尺，下躯带子长度差不多在五英尺到六英尺；它的宽度标为七英尺——哦，这可是一个庞然大物。根据范德萨前页的记录得知，当时他们在东印度群岛靠近锡兰的一座小岛处下锚，准备过夜。不多时，原本停好的船摇晃起来，接着便被风吹着漂行。水手们发现水中有不少这种生物，它们竟然将几百磅重的铁锚吃光了。邓恩博士寄给我的信中说，依照范德萨的记录分析，它们应该有强大的咬肌和粗壮锋利的牙齿，或者它们有着腐蚀性极强的胃液，并且具备把胃液呕吐出来的能力，这两点必然有一。不过据他所知，尚未听说海中有食金属的高等级生物，况且身体如此巨大。范德萨虽然绘了目击图样，却没有细细记录它的体征，比如有无鳞片，上躯干是软体还是有脊椎构造，有无其他部位鳍等。邓恩同时写了一则逸闻，看上去与此有相似之处。大约在二三十年前，法国人大发幻想财的时代，让·赛缪尔将一部分价值数万里弗赫的金属币装入一只海兽的尸体中，混在水产车里运出国境。到了阿姆斯特丹取出时，这些金属币大多

数已被腐蚀成块状，海兽的体液都变成红金色。我曾问过博廷医生，他说他在印度时并没听到过类似传闻。范德萨记录的日子距今也就是八十余年，难道这短短的时间就让一个物种灭绝了吗？它的身体构造说明它在海里占有足够的升降空间，如果没有铁锚，它肯定以深海海床上的矿石为主餐，它那带状下肢支撑它迅速上浮——不过，它真正耗时耗力浮上海面的原因是什么，尚且不清楚，但我想不会是为了铁锚。博廷医生认为，嗜铁藻菌的存在倒有可能，这么大的嗜铁生物的存在应该置疑。很可能，他说，范德萨与他的水手们见到的是一群大水母，至于铁锚的消失，也许是被别的生物或暗礁弄断了缆索，沉入海底去了。

第 96 条　这是但丁的东西。在他的《神曲·炼狱篇》里，他梦见了这个奇怪的女人。她面色如土，有一双反转的脚，说话结结巴巴，仿佛刚刚获得了说话的能力。她唱歌给睡梦中的但丁听，歌里她坦承自己是海妖，她把那些水手引到惊涛骇浪中，因为他们乐意聆听她的歌声。可以说，但丁是她好不容易找到的听众，他的注视令她的脸红润起来，舌头也柔软了许多。除了但丁，没人会记载她。她既是一些海妖的缩影，又是但丁爱恋的女子的化身。

第 97 条　阿拉伯医生卡罗吕斯据说解剖过这种生物。它的标本是在南太平洋旅行的探险家们提供的。记载中说，它的前后鳍宽大，身躯臃肿，富含脂肪，可以用来照明。当地岛邦的土人以其肉为食，味道如小牛。它有怀子夜哺的习惯，好奇心强。

土人一般以响器和舞蹈吸引并诱捕它，一旦中缚，必竭力将子掷于远海。

第 98 条　中国古称“列缺之鱼”，意为由天而降的鱼。分为青、黑、赤、黄四色，依次按春、冬、夏、秋从天而降。凡降时，海水聚如长龙，天色阴晦，波高浪急，渔人被禁止出门。传说降鱼可在海面奔跑，形如小人，或有入内河湖者，水族必繁盛于往年。邓恩博士认为这多半是龙卷风吸鱼。

第 99 条　一些南亚人认为它是在出生时被母体的收缩挤压了颅腔的鲨鱼。由于挤压，它的牙齿被迫向外翻出，渐渐长成梳状，并且开始从浮游生物中获取食物。9 世纪时，用它制作的鱼酱作为贡品被送到唐朝皇帝的宴席上。

第 100 条　8—17 世纪，日本有人用它来做绘画的主体。传说那只是单身汉们自身欲望的寄予对象，后来看到的一些浮世绘中，她们的姿态极像当时有名的乐姬——但事实上，它们（绝非她们）皮肤粗糙，身躯短小，有着由颈部一直下到尾椎的灰黑鳍毛，片刻也离不开水。或许是它们半仰在海面的比较姣好的脸庞以及一种诗意般的忧郁表情吸引着绘画者，恰巧与他们内心的目标重叠起来。一本描绘伊豆风情的册子里，这些鱼人占了很大的比重。据传有人还从鱼人那里学来了用蓝藻和矿石制作最好的颜料的技术，还有人掌握了用柏木和其他一些海中植物合成的灰料为瓷器抛光的秘术。江户城的一些画师借鉴它们的面部轮廓替当时红剧人做像，有意想不到的效果。有趣之处正在于此，世俗社会偏好这样的变异。

第 101 条　在香料群岛更南边的海域，据说就连当地的土著都很少看到它们。在葡萄牙人带回来的口信里（显然已被水手们故事化了），它们有着紫红色的细鳞，脊椎和臀线十分优美，体形是典型的东方人的，娇小、灵活、足智多谋。水手们提到成年的雌性长有一个独特的腹袋，它们的胎儿被装在里面。那些单个的胎儿需要两年到三年的时间才可以游出腹袋——听起来很是有趣。

第 102 条　在范德萨有关鳍的一段记录下方附有一句现在看来是另一种生物的说明："它有时候与它们结伴，更多的时候则与它们背道而驰。"（原稿此条被删去）

第 103 条　东方传说之物。身体纤瘦，臂粗壮，颈部长有雀翎，梅州缫衣居士认为是"鳌虾之幻"。

第 104 条　东方传说之物。土人的描述不一，都是浮光掠影。该物喜好吃娑罗树的果实，不知有什么玄机。与前条之物同见迹于尼喀累邦国。

第 105 条　苏格兰的奥尼[1]讲述他在北大西洋的经历时提到这种生物，据说它曾把他放逐到几百年前。奥尼认为当时出没于大洋里的怪物数不胜数，人们见怪不怪，但这种生物却具有不同寻常的魔力。在明亮的月光下，它披着长长的海藻，肥大少

1　译注：他是一个水手，嗜酒如命，大约在 1746 年至 1747 年间与伯爵相识，1753 年死于一场海难。

鳍的身躯浮在水面，有一对象牙似的短齿朝两耳处弯伸——它有两只圆耳。它的手蹼内总是攥着黑线鳕，有时两条，有时三条，选择其中的某一条可以回到过去。“我有过失”，奥尼说，事实上每一次的选择他都认为自己在错失机会。最糟糕的一次那里什么也没有，包括小小的船只。“我打算挽回我的女人，谁想连渔场都不见了。”奥尼说，它不屑于他的质问，它讥笑他，难道回到过去就不用从头开始了吗？“你不会再一次遇上你的妻子，你只是重新开始了人生”，奥尼为这样的话愤愤不平。“它还说道，还有，你经历过的时间并不同时被偿还。”

第 106 条 它的游动就像是湍急的流水。不知道是什么原因使它看上去并不完全具有物的形状，也许是鳞光的珍罕，也许它是非脊椎生物，这种奇怪的东西在南太平洋被发现，西班牙人认为它像比目鱼的一种。通过相对细致的观察，16 世纪的一本小册子正式把它归入不明生物。它的前鳍张开后与体长相同，与躯干以厚厚的胶状蹼相连。在强光下，它几乎是透明的。

第 107 条 H. 林确的私人笔记[1]里提到过这种生物。它们

---

1 译注：这个笔记簿是伯爵从杂货店里买来的。H. 林确是根据扉页上的签名而来。前几页是一些账单记录，后面便是这篇长达 44 页的文字，未注明出处。因为字迹并无零乱、断续和删改，伯爵可以肯定它是这位不知何方神圣的人抄来的。其后还有一些杂笔和一些潦草的涂绘，主要是松鸦的各种姿态，像是写生。这篇长文有一个比较古怪的题目，译写过来便是：“万岁”家的丝绸。内容无疑与中国皇帝相关，写作者所叙述的是只有极少数人才可以享用的丝绸罕品，它们并不是像我们已知的出自柞蚕的腹中，而是由不同的奇迹所贡献。这个海怪的足液是其中大约二十个出处之

出没于礁石丛生的海岸，随着潮水一同到来，但并不深入陆地。目睹者描绘它们的模样不会被人喜欢。它们的鳍毛浓密，呈灰绿色，应该不是肤色和鳞泽。它们的身体短粗，下肢鼓凸有力，在粗糙坚硬的礁石上健步如飞。它们的头颅如同罴。坐在石头上，它们一边捉那些螺贝小蟹吃，一边左顾右盼，瞳光深蓝幽邃。退潮后，窥伺已久的人们便赶去寻找它们遗下的足迹，刮取足迹上那一层较浓的淡黄色黏液，据说回去可以纺织成上好的丝线，所结丝绸细密柔软，带有沁人肺腑的凉意，绝不被人肌肤的温度所改变。这样好的东西只做贡品安排到夏宫，做皇帝的睡衣和清洁帕。大约在1世纪的时候，为筹备皇帝巡察各地时需要的物资，有位郡守召集了不少弓箭手以及十几个不怕死的囚犯，跟踪它们出海，想求得更多的黏液，结果遭遇风暴被迫返回陆上。郡守因此受人诬告失了性命。

第108条　古代东方的术士宣称，他们在海上发现一个面积十分辽阔的水域，那里翻涌的皆是玉液。一些通体散发着翠绿之光，双睛如红宝石的鱼人在其中游来游去，它们有一个怪异的名字：御煮玉。这些灵物用长柄芝勺舀取液体置于铜鼎，以水晶圆镜引天火烧煮，最后结成的美玉世间罕见。术士们说，煮成之玉是神仙的食物。此事由中国琅地的读书人记载，距今约有

一。文中同时说，这种丝绸亦是一味良药，调灰而服可治腹胀、消渴、血亏、眩晕和呕吐，浸水而服可治瘖惊、中暑和喉痈，其制衣久穿则益神智。伯爵去世后，这个簿子通过博廷医生交给了他在印度定居的儿子。

1600年。

第109条　荷兰人范德萨记录道，它生活在马鲁古群岛，身长约有5英尺，仿佛海鳗。它的胸部如人，但腔体短促狭小，喜欢啼鸣，声音像老鼠。

第110条　西西里岛的卢佩蒂在他的五卷书《梦境航记》（3世纪前后）中提到过一些海妖，这是其中一个与人类相近的物种。它们懂得人类的语言，有的熟知文明世界里的诸多事情。它们的身体像龙，坚甲如同黑铁，但头部与猿相似，长有一对引人注目的大耳，耳郭布满交错的花纹。客旅的醉舟经过时，有人听到它们在朗诵提布卢斯的诗句："牛颈上的明轭，葡萄攀上弯曲的树蔓，劳作啊劳作，收获啊收获，土地被铁犁劈开，大海被青铜冲开……"人们给它们酒和猪蹄，它们便不再吟诗，换上鄙夷的神情，很快便四散而去。

第111条　这群生物因为它们糟糕的习性早早灭绝了。博物学者恩塔瑞克曾经追踪过它们，在非洲北部海域，种群约为60—70只，雌性的数量约有三分之二。这些是海里的智人，体形巨大，能够使用工具捕猎，即大鲸的肋骨。凭借这种武器，它们搏杀猛鲨和章鱼，作为食物。除了捕猎，雄性其他时间里喜欢聚集辩论，没有多久便很是激烈，直到相互殴斗。恩塔瑞克始终未能了解的是它们的辩论内容，但殴斗的后果往往很严重，倒霉的一方总会身负重伤，然后他们自我封闭起来休养，变得更加暴戾。当然不幸也会发生，一次某个雄性在殴斗中被打死，属于它的两个配偶按照惯例离开了种群，恩塔瑞克知道，用不了多久这两个被弃者就会让复仇的鲨群撕得粉碎。恩塔瑞克发誓要解决这个疑惑，为了弄明白辩论的内容，他甚至忘了危险。231 年，他的助手目睹了他在它们怒火中的死亡。

第 112 条　发现于婆打吉打。中国人认为它们美艳无比，长相有如西域精绝国人，鼻子挺拔，前额宽大，多数被土人养在家中做妻子。中国人这样夸赞它们：“鲏者善织锦，鲣者善染。”邓恩博士认为这是太平洋未开化岛族之间的战利品，有奴隶性质，仍属人类。

第 113 条　发现于婆打吉打。中国笔记里说，鲶背生三鳍，胸生三乳，夜里潜入人宅，义务为贪饥小童哺乳。鲰则背生双鳍，胸生双乳，不喜欢陆地。它的双鳍十分有力，能够在水面飞速奔跑。船与船之间用它来做信使，传递消息，从无闪失。它爱吃甘蔗，这是它做信使的奖赏。除了这一点，它的身上有着赫尔墨斯的影子，特别是那一双像翅膀一样的鳍。中国唐朝天宝年间，即公元八世纪中叶，一只鲰不幸被恶商诱捉，被运到首都长安的街市上展览，没过多久便朽萎如蝙蝠的样子。

第 114 条　埃及人称其为“涅瑞伊德”。这是生活在传说中的海上女仙，由那些醉生梦死、渴望放纵但又害怕遭受惩戒的水手们一代代地流传下来，并被赋予最完美的容貌。最早的时候，大约在公元前，她们游荡在桑·诺扎拉岛的烟波中，像梦幻一样引诱水手们下船。在他们享受着冒险带来的快乐，认为迷失并不可怕时，她们却把他们变成了鱼，一条条地扔进海里。

第 115 条　传说在阿拉伯的高热海岸附近有这样的生物：它肌肤光滑，像极了由玻璃吹工做出来的长腰瓶，但不是绿的和透明的，而是灿亮的黄金色。传说被远征军队带回欧洲，在公元前的几个世纪时，尽管最好的匠人聚集在一起，但事实的确难倒了他们——面对一具被石机砸死的怪物尸骸——没人会想到黄金竟然也能腐烂。

第 116 条　这种生物有着极强的贪恋之心。它喜欢一切亮晶晶的东西，只要过往船只上有女眷，她们佩戴的珠宝大多要被它取走。它跟踪船一直到夜深人静，乘她们熟睡时上船窃取。大约 11 世纪时，有个意大利人沿海岸线航行去南部的一个城市，同船的有他的妻子和妻子的妹妹。哦，那个时代这种情形不多见。后来发生的事情被当时的一个神职人员记录下来，被 14 世纪的朋德收进他的《惩戒录》一书中。那个名叫彼亚莱斯的意大利人的妻子戴了一串项链，它半夜去偷窃，结果被发现。人们被这个“长着瘦小的像人的脑袋，一双触手不停地晃动，身上微微发着光”的怪物吓呆了，于是它强行抢夺，人们才把它捉住。彼亚莱斯狠狠抽打了它十几鞭，因怕招惹祸端而没有杀死它，把它丢回了海里。它心藏怨恨，便捉来一些肥硕的鱼，塞入自己的产道逐个捂死。天亮时，它将鱼献给彼亚莱斯，请求他的宽恕。意大利人吃了这些鱼，按捺不住地与妻子的妹妹相爱，结果被神父判罚终生独身，不得再接近自己的妻子，并被自己的罪折磨，苦修以求减免罪罚。

第 117 条　见于中国古籍[1]。这种奇特的生物据记录者的考证，既不是鱼中的一类，也不是蛟龙灵异之属。它体长近三十英尺，如同一艘船。这种生物雌雄异体，器官阴阳若人，只是像其他哺乳动物一样在腹部生着双乳。有人曾捕捉到一只幼体放在岸边观察，其发出类似婴孩的啼声。在它颈部有一个孔洞，通向头顶，时有气流冒出，像水蒸气般滋滋作响。记录者言，每当小孔喷气时必有大风刮起，外出的人借此来把握气象变化。人们传说它是由懒惰的妇人所化，在它头部藏有相当于十余蒲式耳的膏脂，用来燃灯采光，遇读书纺织之事则暗，如果是嬉乐饮宴便大放光明，实在是有趣得很。邓恩博士认为过于玄虚，他觉得这只是鲸的一种，东方人的察物思维一般过于泛灵，记录者虽未必捕风捉影，但也总是人云亦云。有待进一步考证。

第 118 条　7 世纪时，这种生物被发现于中国四川。根据笔记叙述，它被当地渔父视为水神，享受香火祭祀。塑工绘图往往夸大它的力量，随着时间的种种附加，它最后成为一个长着水牛头颅、河豚身体，并有一对人手人足的灵物。万州有乡绅曾经见它驱逐江鲟，它的鳍骨如同一双琵琶，青纹黄纹交错，速度极快。邓恩博士认为，它可能是一种大鳄鱼，或者仍是幻觉

1　译注：即《太平广记》，见其卷四百六十五，原文名之奔鲟，怀疑由速度得名，也有学者指出是其憨态的体现。我以为亦含有中国古时不齿的奔妇之喻。

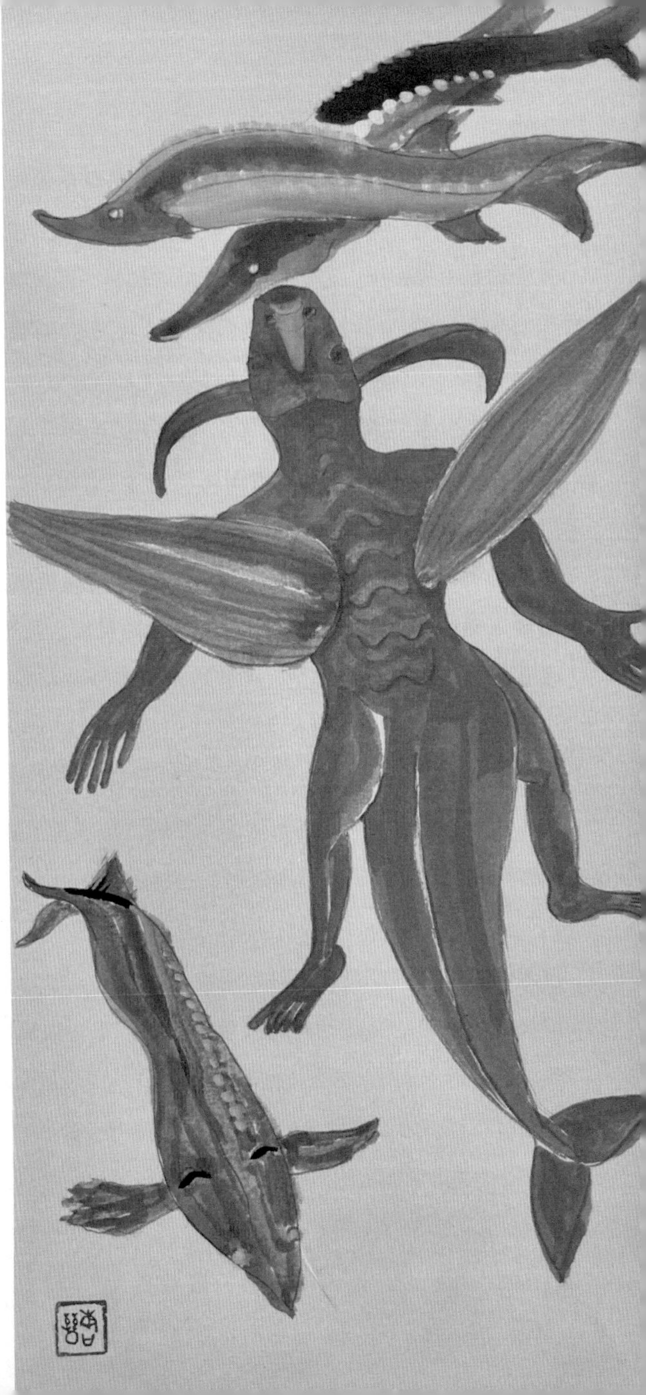

之物。

第 119 条　中国古籍中记载，淮南地方有杨姓人家，妇人懒惰不喜劳作，被夫家小妹斥责，于是投水自溺，化形成鱼，人皆称之为懒妇鱼。它的脂肪可作灯烛燃料，当照耀弹琴下棋玩乐时光芒灿烂，一旦照以纺织则彻底熄灭。这与奔鲟极为相似，却又干脆得多。

第 120 条　被发现于爱奥尼亚海和亚德里亚海，希腊的一些河流入海口也有它们活动的踪迹。它们体态娇小，一般身长介于三英尺到四英尺之间，肤色淡蓝，有黄绿色絮状花纹，上体接近人类，下身如豚躯般光滑无鳞。雄性脑后至尾椎处有青灰短鳍一列，雌性位于两胁处，鳍长可达两英尺，并布有胶状物。喜欢接近人类，十分聪慧。种群数量不多，孕期同人类，胎数一般不超过两只，幼体成活率低，一些学者认为是不能自主排盐的原因。它有排盐的特性，每五天便会进入淡水脱去体内多余的废盐。有人见过死去的幼体，其腐烂状仿佛粘了盐粒的蔬菜。雌性生来厌恶交合，发情期极短，一年仅有 9 个小时。8 世纪时它们的群体只数可以达到三十只以上，12 世纪时偶可见到，也仅五六只而已。现在，我再未听说过它们了。10 世纪时，神圣罗马帝国皇帝的特使利乌特普兰主教进行了一次惊险的海上旅行。因为遭遇了暴风雨，他们差点儿葬身鱼腹。后来经过长时间的虔诚祈祷，海面彻底平静下来——祈祷声吸引了这些水下的生物，于是它们便跟随船只航行。主教曾经送给科孚岛的总督一件东方丝袍，当另一位希腊地方官也想要一件丝袍时，主教送给他的却是银杯。于是恼怒的地方官密令船长把主教一行抛弃在奥特朗托海峡附近的一个荒凉岬角上，企图饿死他们。它们在水底听到主教动听的祈祷声，纷纷游到海面上阻拦船只，最后一只帕特雷的船救了他们，让主教平安回到克雷莫纳城。主教后来对人们说，他相信是圣·安德烈的力量。

第121条 据说它是由中国的一位宰相发现的，出没于明州海域。此物鱼身鸡首，生有两足。后人多见其众浮于海面，以长吻捕食，鸥鸟每每避之。法国有人以它的相貌作为纹章图案。

第122条 东方人传说这是一种寿命奇长，一生不停地在诸种生物形貌、习性间选择栖居之地和方式的生物。它化生江水之中，幼年状若小鱼，变成飞蝗以五谷为食；长到百岁时，则为鼠类；近老时成为蛟龙；如果长到千岁，便化作剑鱼，体狭而骨骼清奇，仿佛一种名叫琵琶的乐器，并且喜欢鸣唱。[1] 邓恩博士认为它乃是小说家的臆想之物，展示了一个群体的强大，繁衍能力的强大，形体的强大和秘密的强大的思想轨迹。难道它不是东方帝国的社会等级吗？邓恩说，中国人喻百姓群氓为蝗[2]，

1 译注：伯爵这里疑有误笔。在《述异记》里，这种东西被作为几种不同的生物分别记述。然而如能自由幻化，像它们一样，识破空间玄妙，最终藏于天籁，真是美妙无比的事啊！

2 译注：应是低级官吏之喻。

喻公侯为鼠（即硕鼠），喻帝王为蛟龙，而剑鱼之影即神仙所指。我想，邓恩是有道理的。它只能是东方的产物。

第 123 条　见于尼喀累邦国。中国人记载：“鲶者为雌物所称，鲯者为雄物所称，形体奇特，合如儒艮，分若虎符，喜于晴昼交尾，雌者低唱，雄者肤生文花，状似红梅。交尾者如众及十双以上，可引发海啸。”

第 124 条　见于尼喀累邦国。按中国人所说，鲟是雌名，鳙为雄名，喜欢在月明之夜交合。有人怀疑它们就是鲶、鲯，是四时变化所引发的视觉误差。曾经有读书人就此询问土人，土人更细分成八种，大概是依据意态姿容各方面的细微区别。

第 125 条　鲶、鲍，八种之二。由鲶分。

第 126 条　鲯、鲱，八种之二。由鲯分。中国人记载道：“惠州杂俎更分鲯以五种，缘于肤之文花异也，志梅，志菊，志牡丹，志芙蓉，志黄华，皆未亲历。”依汉字之意，黄华应该与菊花相同，询问 J. Tang，猜测可能专指雏菊。

第 127 条　鲶、鳎，八种之二。由鲟分。

第 128 条　鳙、鲍，八种之二。由鳙分。（以上四条均见梅州缫衣居士《南海鲛异灵志》）

第 129 条　发现于亚洲的勃淋。范德萨的绘图仍然潦草，可能还有点儿变形。它的面貌像犬，同样有一对犬似的下垂大耳，披着密鳞。它的躯干接近鲸的样子，但比鲸小得多，旁边标有它的体长，在六英尺左右，几乎就是普通水手的身高。当地有人豢养它，骑着它到另一座岛去。

第 130 条　发现于勃淋。范德萨在记录中也表示了一丝迷惑，他觉得它与第 129 条所说的好像是同一种生物，但最终还是听从了当地人的意见将它单独列出。当地人的理由是，它要比那一个更可靠，岛与岛之间的人们用它来传递信及物品，绝无差错和延误，而那一个只会驮起传信的人。

第 131 条　在锡兰的某处海域，荷兰水手捕获了这种像人类侏儒的海生物。在甲板上，范德萨比较详细地记录了他的观察结果。它身长顶多三英尺，四肢粗短，肤上披满坚厚的骨状鳞片，鳞片呈乌金色，侧看其上有血丝样反光。它的腹部是对拼的骨板，羊油色；手脚与常人相比无异，只是有绿蹼联结。这是个雄性，范德萨检查了它的外阴，呈葫芦状，有环生短鳍。后来水手们费了很大劲才削除了它的鳞甲，用浓胡椒汤煮其肉吃，有点儿像鹿肉。

第 132 条　①在海洋生物中，它是比较少见的有着大型寄生鱼的灵智性物种。范德萨在多个海域看到，它背负着不同的鱼类潜游。比如在锡兰的东北角，它与金枪鱼在一起，而到了印度的南海岸，竟然变成了大青鲨。范德萨在头几个月里一直认为这些鱼是它的猎获物，在他的笔下，这种魁伟的生物体长近二十英尺，其中五分之三的部分属于它剪状的尾巴。它的上身几乎是标准的三面锥体，胸部扁平，一对上肢异常粗壮，披满纹章式骨质鳞。它的椎骨略凸，呈一个刃面，上面丛生着黑褐色的硬鳍。差不多在四个月后，范德萨在日志里修正了他的看法，原来问题出在它后背的硬鳍上，这些东西的生长速度极快，弄得它的脊椎很不舒服，于是便用这类大鱼来不时地吃掉。至于它的相貌，范德萨只记下其椭圆的脸形和黛青的肤色，以及那夸张的上翻的鼻孔。12 世纪时中国近海也有此种生物出没的记录。中国宋朝一位官员曾邀众出海游玩，船行北向，渐入大洋深处，海阔无边，水手们害怕而不敢继续，这位官员十分愤怒，拔出剑来逼迫。当行到最浩瀚处，忽然风浪兴起，船颠簸得很厉害，几乎要翻掉。这时便见有三条面目诡异的海生物相附冒出水面，太阳照在它们的皮肤上金光耀眼。官员注意到其中一个极像鲵鲸，好像被另两个约束。众人见此奇景早已吓得面目皆白，唯有这位官员毫无惧意，又饮酒又作诗，感到非常痛快。中国古籍里提到这些异物的体长为十余丈，按 J. Tang 所言折算下来就是一百多英尺，我认为这里面有幻觉因素。如果我们把令我们害怕的事物力量扩大，这样的描述有助于我们内心一些情绪的缓解——实际长度不可能如此；而往往此类数字几乎都出自过后的追忆。

② 8 世纪初，波斯人在非洲东海岸的玻尔彼拉见到过一种奇特的海生物。据记载，首先发现单只物种出现的是某位商人雇用的水手，他感觉到单桅船不停地晃动，而水下船体处传出一阵阵沉闷的响声，于是俯身舷边察看，便隐隐约约见到有一条像沉船似的黑影在那儿拉弓弦般地忽左忽右。他好奇地看了很久，

猜测它是借船的龙骨来蹭痒。又过了一阵子，船不再动了，那个生物向前游了一段然后上浮，露出它高凸的脊椎，上面的鳍磨得稀烂，参差不齐，最上端一部分呈骨白色，微带红晕，零零星星还沾着船上的椰皮纤维。它的背鳞是栉形骨片，呈青金石色；尾巴十分巨大，几乎与船上的三角帆相仿，这只是它在水面露着的上半尾翼。他描述他肉眼判断的体长，差不多在四十英尺。他认为它是星座偶临俗世。

第 133 条 16 世纪初，西班牙人在瓜纳哈岛附近的海域曾目睹了这么一幕：黎明的水雾里划来一条独木舟，看上去那像是一棵未砧尽旁枝的大树，稍近时还可以发现小舟舟体上那些成排镶嵌着的亮晶晶的骨质鳞片。几个印第安人坐在上面，携带着一些丝织品、水果以及成串挂着的热带大鸟的尸体。靠近沙滩时，那些印第安人拿着他们的东西下了小舟，这时，西班牙人惊讶地看见那条独木舟渐渐膨胀起来，原本凹入的舟舱很快便高出，直至饱满，然后竟然直立于海水中。他们仔细观察，所谓的独木舟原来是一只浑身长满褐绿鳍羽的海怪。印第安人给了它几只大鸟，另外还给了两颗可可豆。它把豆子塞入宽扁的大嘴，一边咀嚼，一边抓了大鸟朝深海走去。临下潜时，它回头望了望西班牙人和他们的大船，眼中掠过一丝困惑。他们认为，以印第安人做参照，这个海怪的身高大约有七八英尺，它很肥硕，一些部位的鳞片不时抖动。比较有趣的是，它的一双眼睛略偏于右侧，这令它显得很滑稽。

第 134 条　可能在 1456 年到 1458 年之间，葡萄牙人迭·龙巴跟随卡达莫斯托在非洲海区航行。14 年后，他成为一个博物学者，写了一些风物奇闻方面的著作。在《圣地亚哥岛考察行记》一书里，他提到一种靠掠夺海鸟捕获物为食的鱼怪。据他已知道的，这种鱼怪的活动区域在萨尔岛和博阿维斯塔岛一带。它身长约四英尺，有一双善弹跳的后肢，鱼尾退化成桨叶形。它的前肢细长，几乎接近身长的四分之三，尤为奇特的是，指趾之间并无蹼连接。它身披细鳞，青灰色，有股鳍和后肢鳍。头颅比例稍小，鼻唇前突夸张，牙齿尖利，并且具有舌齿。以小型鱼类为食，也吃蟹、贝类。自己很少捕鱼，非常喜欢从海鸟口腹中夺食。它的跳跃高度惊人，可以高过身长，速度极快，常于海鸟即将腾空之时将其击落，以夺其喙内小鱼。如有已下咽者，必力压其腹脯嗉囊挤出。种群数量极少，龙巴所见也只有十数只而已，与海鸟的数量根本不能相比。邓恩博士怀疑它可能是一种未发现的狐猴变种。

第 135 条　9 世纪时，在中国农民黄巢在广州与异邦人的领地之争里，一些锡拉弗的水手幸运地逃离了。在外海，他们遇到几艘无人的船只，舱内满载着生丝和大米。船下水面浮游着几十个从未见过的物种，猿首人躯，颈脊生有红鳍。它们的首领是一个健硕男人，做过海盗，被通缉。显然这是它们趁乱打劫的成果，那些船应该是阿拉伯人的。

第 136 条　11—12 世纪，在中国的金代，曾经有一场大水冲毁了太原的一座道教寺庙，当地人称其为九龙庙。泛滥的洪水中，有人看见一物起浮于波涛之上，通体土黄，呈蟒蛇状，唯其上躯干宽硕厚实，如同壮年男子。可能是移动速度快的原因，也可能是目睹者内心恐惧的原因，据说它的面目十分虚幻，以至于看上去像一团阴云。村人相信它应该是被祭祀的九龙里的一位。

第 137 条　据记载，它原是 16 世纪法国一位侯爵的情妇。由于贫贱的出身，14 岁时便被送入侯爵的隐秘住处。它有一个名字“梅菲”，后来的船在海上偶尔会碰到它，便会听到它不停地自语“梅菲梅菲……”它是在 26 岁时失宠的，原因有不少，对于它自己，皮肤的急剧变化是一个重要因素。它不幸患上了比较怪异的鱼鳞病，这使得侯爵十分厌恶。它相信洗肠能够恢复健康和美丽，然而过于频繁的洗肠又使它的排泄系统出了问题；它不能自控。侯爵对它说，还有什么能洗干净你？于是某个晚上它进到了河水里，继而来到大海中，永远低着头，手里握着粗大的灌肠器。

第 138 条　发现于霍尔木兹附近的海域。范德萨绘出两幅这种生物的图样，其中有解剖图，这一点对于他来说是罕见的。根据图示，它的四肢为宽大的肉质鳍，鳍长标为二英尺，而它的体长为六英尺四英寸。它的鳞呈瘤状，头形若人。在解剖图上，一条粗壮的脊椎直贯全体，上端三分之一处是四条对生鹿角肋和六条对生胸肋，有心脏、肝脏、胃囊、胆囊和回形肠道，奇特的是，范德萨还标了盲肠位置。此图右上角标有罗马数字Ⅳ。

第139条 ①中国古籍记载，它生活在草木繁茂的柢山[1]。它的样子像牛，长着蛇类的尾巴，臂下腰间有一双翅膀。它居住在靠近水的小山丘上，所发的声音仿佛犁耕[2]。中国人说它有冬眠的习性，并说食其肉不患肿疾。邓恩博士认为是幻想的产物，世间不可能有此种东西。据J. Tang分析，它的出现应该是在家畜形成之际，由于生产力的制约，中国人希望有更加强壮的牲畜来帮助完成农耕，所以它在保留了牛的主体形貌的同时，又给它增加了一条象征神性的尾巴。出于表示梦想的内心因素，它有了翅膀。至于冬眠，那更简单，因为冬天也是农人的休伏期。但我疑惑的是，为什么中国古籍中要将它归为鱼类？J. Tang认为，对于中国远古农人而言，天与水因其不可测知而成为鱼龙神物出没的地方。他说中国人相信鱼龙互为形体，无为时如鱼蛰伏，起势时作龙腾跃。他还告诉我一句中国古诗："水不在深，有龙则灵。"另外，他说洪水的经常泛滥致使人们择高地而居，这也是这种生物住在山丘的缘故。

②据范德萨记录，在琉球一带的海面，他的水手见到过一种生物，身长差不多有五英尺到六英尺，呈紫黑色，背生一对可以支撑水面滑翔的巨鳍。它的头部圆秃，有护耳三角鳍，鼻

---

1 译注：应该是没有一草一木。伯爵可能弄错了。来自《山海经》。

2 译注：伯爵此处原文为"LOO"。

略上举，阔口，有尖长犬齿。因未见其完全上浮，他们并不清楚他们所判断的它应该有像鲸一样的尾巴最终是否正确。几天后，水手们目睹了它和几头水牛的搏杀，那里是一片浅水湾。据日志记录，它后来咬死了一头小牛，咬着小牛的一双后腿迅速返回深海。从远处看，它仰首高举着牛的躯体，这情景很容易让人想起中国古籍里描述的奇物。1663年8月的一次记录表明，它也同时生活在南中国海，范德萨和他的水手又见到它捕食儋地野鹿的场面。他们试图捉一只，但实在没有很好的方案，何况它绝不接近任何船。

第140条 它们最初是一体的。大约在一千年以前，它或者它们活动在法国那些与海洋相通的河流里，穿着湿漉漉的亚麻衣，用水草和香草编织成假发，像一个妇人似的搔首弄姿。不知是哪一天，两个出行的骑士在林地遇到了它，并被它的姿态吸引。它问他们，如果把自己分为上下两段，他们会要其中的哪一段。骑士们都不假思索地表示会选择上半身，因为他们追求的是精神的欢悦。它嘲笑他们的虚伪，对他们说，难道最终不是必定归于下半身的目的吗，没有这样一个通道，又如何达到精神的欢悦？他们被它激怒，其中某位骑士拔出剑来将它砍为两段，于是，它便成为它们。上体被迴流所阻而进入湖泊，渐渐趋向蟹的生活方式；下体顺水沉入深海，形如蚝似的大蚌，靠诱惑而捕鱼为生。骑士们东征时，它们开始消失。

第141条 这种生物在不少地方都有踪迹，它们不选择水域，或者存在着只有依靠细节才能够区分的变种。它们是两栖的，雌性比雄性更为适合陆地生存。一些历史学家通过对它们已知影像的捕捉观察，分别称呼它们为“水女”和“海男”。最早的记录大约在三百年前，一个水女出现在荷兰的湿地，潮水使它搁浅。人们不能与它交谈，但它很快便学会了穿衣和沐浴，后来还掌握了织机，完全如一位勤朴的主妇。它死后被安葬在哈勒姆。17 世纪时，不列颠海岸的居民捕捞了一个海男，它的胸毛茂盛，下巴生有尖锐的鳍针。它从不发声，吃生鱼和熟鱼。一些顽劣少年把它吊起来鞭打，向它投掷石块，它也不为所动。史料提到，它对教堂没有丝毫的感觉，没多久便潜水逃走了。从描述中看，它们与人类无异，但据几乎同一时期的马提尼克岛上的土人讲，它们有着分叉的鱼尾。学者们对此认识不一，一些人猜测这些很可能只是落难的水手或旅客，也有人认定确实有介于人与智兽间的海洋生物。我想起 14 世纪的纪尧姆·德弟居勒维尔曾大胆断定，肯定有被驱逐的女子变成了海中的女妖。这个想法非常独特。诗人沃尼曾经朗诵过他的诗章《摇篮边徘徊的美人鱼》，他写的是梅柳辛的故事。梅柳辛嫁给了雷蒙德，生活非常幸福，只是每到星期六这一天，她总要把自己关在浴室里。后来家人怂恿雷蒙德从钥匙孔里偷窥，于是他发现了妻子的秘密：她坐在浴盆内，快乐地摆动着一条鱼的尾巴。悲剧便发生了，梅柳辛绝望地逃开，从此雷蒙德再也没有见过她。不过据保姆们说，每天晚上人鱼都要回来给孩子喂奶，她们屏声静气，悄悄看着她徘徊在摇篮边。自中世纪以来，一些热衷于纹章学的法国贵族证明他们出身于人鱼。博廷医生说，从血液学的角度来看，这根本不可能。

第 142 条　这种生物现在恐怕已经灭绝了。据记载，它的频繁出现是在 3 世纪至 5 世纪，一般单独游玩。它的体长在三英尺左右，肤色黄白，下体为鱼形，鳞和鳍都是绿色。这种生物性情温顺，天旱时，高卢人便捉它来，放到内陆的河流中，派几个妇女看守，并用天仙子草根不停地抽打它，催它产卵，据说可以带来雨水。人们相信青蛙就是它的卵在淡水里的变异。后来捉不到它时，有些地方的仪式里就用小女孩来代替，也不再抽打她，改为牵系，同样灵验。至于为什么只用天仙子这种植物，我想恐怕与它那奇特的气味有关。有趣的是，在过去这类仪式往往被认为是有罪的，参与者要被罚在二十天或更长的时间里只能吃面包，喝未经煮过的水来进行斋戒。我听说在东方的一些地区，人们用泥土为一种传说之物——当然也和海洋有关——塑像，然后用沾了水的柳条来抽打它，直到它全身湿透，这样就会很快降雨。两种仪式相似的程度是惊人的，两者之间是怎样沟通的，目前还弄不明白。但有可能是在欧洲海域消失的生物迁到了东方，同时带去了它受虐打的习惯。

第 143 条　15 世纪发现于苏门答腊的南巫里海域。17 世纪时见于地中海的休达岬角。两个地方的住民习惯利用它作导航员，按中国人的称呼就是“司南”。它的习性使它乐于向海洋的最南方迁徙。各地目睹者的描述大同小异，它有四肢，尾巴已完全退化；四肢均有鳍，长度不超过一英尺，三鬣，红棕色。头形似兔，唯缺两耳。巴达霍斯的博物学者胡利奥·桑丘认为休达岬角只是它的繁殖地，而它的主要居住地应该在赤道南面的海域。他列出了四个地点，阿森松岛与圣赫勒拿岛之间、莫尔兹比岬角、爪哇岛和塞舌尔岛；他相信在这些海域，应该会发现相当数量的种群。仅仅几年后，大约在 1642 年到 1643 年之间，荷兰东印度公司的阿培尔·塔斯曼在寻找金银岛的航程中，曾经见到类似这种生物的东西，当时他们恰巧处在莫尔兹比岬角的西北海域。他们被疾病困扰，塔斯曼的水手不断死去，致使有人确信这数百头怪物来自深渊，他们是通向地狱的引领者。其余三处直到今天尚未被证实。

第 144 条　根据中国古籍的记载，这种生物与人体貌相仿。浑身炭黑，肌肉发达，高度一般在五英尺左右，未见有雌体。视力极强，能在深海少光处发现远处的物体。7 世纪至 9 世纪的中国贵族常购买它蓄养着，用来到海中寻找财宝。它被称作“昆仑奴”。[1]

1　译注：伯爵这里弄错了。后来学者已确认“昆仑奴”本是非洲的黑种人。就像葡萄牙人在非洲海岸抢掠黑奴进行贸易一样，“昆仑奴”在中国出现，应该是阿拉伯人、波斯人贩入的。据中国学者的文字记载，这些大批量的黑奴来自非洲东部海岸的僧祇国，可能位于马达加斯加岛。通过食物的引诱，黑奴轻易被捕捉。有趣的是，最初的中国人并不以为他们是人类，而称之为鬼怪、野人。在记载里，黑奴不知言语，以生物为食，但性情淳

第 145 条　10 世纪时出现于南中国海。据笔记描述，它体长在五英尺到六英尺之间，背与腹部均有骨板；背脊高挺锋锐，并列有四根骨刺（骨质鳍）。笔记写道，在它的背板上有元宝形甲线，合为十八之数，色或淡黄或褐赤，元宝中心有一圆环，仿佛莽制钱大小。它的四肢较长，爪钩尖利，常以大鱼、坚贝为食。笔记对它奇特的长相这样叙述："其颈短而多褶纹，颅体浑圆若僧首，眼睛上端对列杏色甲片，有如吊眉。尝有遇之者以叆叇察视，言其左甲阴刻以福，右甲阳雕以寿，皆鸟虫篆法。"它有时登上陆地，土人见到都会招来小孩子，认为可以获得庇佑。宋代太宗皇帝执政时[1]，琼州渔人曾看见一只鲠难产，卧于沙地久久不起，于是召集妇人以热汤为之沐身，甲坚难入，又以热酒混合香油、蜂蜜等喂食，须臾便生下数十只幼仔，"胎白如凝脂。唯恐避男子不及，以细沙掩众子及产道，泣谢群妇。"后面还有它携子谢恩，送给渔人镇惊丹丸的记录。邓恩博士分析认为，中国人所说的很有可能是玳瑁。

第 146 条　发现于安吉州。中国笔记写道："……以天之征

朴，绝不想逃走。人们相信这是他们乐于享受豢养的环境，没有人伦亲戚之眷恋不舍的原因。中国人描述他们的相貌，肤黑如墨，牙齿却十分洁白，嘴唇鲜红，头发呈褐黄色且卷曲。人们买回家中后，首先要训练他们习惯熟食。连日的熟食引发大量的排泄，是为换肠。渡过这一关而不死的才可以被长久蓄养，蓄养熟了能听懂人言，但自己不会说话。寻找财宝恐怕是贵族们偶尔为之的兴致，在中国广东沿海，"昆仑奴"的主要作用是修补漏船。中国笔记说明，他们有雄雌之分，这一点亦与伯爵不同。

1　译注：笔记原文为"雍熙中"。

象得名。此五种俱为雄性，随天水化生，不与凡人相近，乃神物也。古传五海龙王或为五者，土人应时献祀。”邓恩博士认为均为幻觉产物，或者与虹霓蜃楼的映象有关。

第 147 条 关于鲍恐非鲍鱼、大鲍鱼。一些岛邦有为收获、渔猎设偶像的传统，猜测类似鲍神。南海擅采鲍者据传都与鲍神私下定有协约，即使如此，莫名其妙的失踪时常发生。在中国南部城市广州，某个熬制鲍汁蚝油的男孩曾在蒸汽中与他采鲍时失踪的父亲见面，他的父亲满脸羞惭，被难言之隐折磨，泪如雨下。

第 148 条 中国宋人在分析它的习性时用了这四个字："波流弟靡"。有一段时期，杭州的外海群岛附近活跃着它们的种群，这种生物体长"若橝"，宽约四五英尺，色泽呈砖青，尾段列生长鳍，形似妇人的裙裾，有一种极为缥缈虚淡的烟灰色。有骨骼，但表现为软体生物貌，喜欢卧于水面自由漂浮，自身极少产生动力。偶有渔人网获，原本宽硕之躯在舱内堆积如小丘，神情萎靡，不以死生为计。没有渔人愿意品尝它们，大凡回去之后泊舟于岸而不置一顾，任其自行离开。也有涸死舱内的，施之以田肥。

第 149 条 发现于南中国海。宋人周迪在他的画稿补录里较为细致地记叙了这种生物的体貌。据他的观察，它的身高相当于八九岁小儿（*差不多有四英尺？*），结实壮硕。它的肤色青绿，恰好与当时流行的绘画颜料一致。它的脊上是鳞区，并有浅青色的晕斑，略大于豹纹；它的腹部光滑，有骨板光泽，六列条纹由颈下至腿跟，渐次细窄，呈色为石绿。周迪认为，它的前肢短小，就像小孩子般无力，是因为它的颅骨如船首，尖可劈波。而后肢与人仿佛，脚掌蹼化。这位了不起的中国画家大胆地说，它的四肢一定先天性缺乏协调能力，所以前肢才会渐成附庸。周迪注意到它的鳍，他用“坚羽”来指称。在它的背上有一对长鳍，色泽黄绿；另有若干短鳍，排生于脊椎两侧，略呈褐黄。周迪相信，它可以凭借长鳍飞空。画家还写道，大观年间，有人从南海来，送给他一个这种生物的胃囊和一些鳞片。囊如坚革，暗褐色，周迪用它来装铜钱，称之为鲣囊，后来又称作悭囊。研磨鳞片成粉，敷于山水有氤氲之意，敷于仕女有明润之态，敷于花草有鲜湿之貌，周迪以此为宝物，写信索求多次，只是再无所得。在高丽海域，也有关于这种生物出没的记载，有匠人用它的鳍针做折扇的龙骨，持之轻盈，有自来凉风之奇，惜乎不能多得。范德萨的日志上有与它相类者的记录，不过那物体长略过，在五英尺到六英尺之间，且有对生腹鳍。差不多有五个世纪的间隔，物种在细微之处的不同也是常态，遗憾的是荷兰人未知古老东方的所知，丧失了一次（可能不止）绝好的机会。

第 150 条　15 世纪时，卡塔赫纳的商人在巴利阿里群岛偶然发现了它。被观察到的是一个小小的种群，共有 7 只，其中有 3 只为幼体。根据目测，它的相貌由超出自然规律的比例的五官

组成，两眼之间距为面部宽度的三分之二；鼻穹巨大，鼻骨排嵌数十只圆白贝壳；嘴奇大，长与鼻脊相仿，恰巧符合两眼间距。因为一直半浮于水面，他们只记下了它无任何鳞甲的上身，乳核之间亦排嵌圆白贝壳，由此横排至腹下，形同小盾。较远看去，有人认为它的腰长有三英尺，有人则认为在五英尺，相差颇大。它们面向商船，无法判定是否有背鳞、背鳍以及可以表征尾巴存在的其他短鳍。邓恩博士觉得传言有虚，是当地人游泳也未可知。（鲼在中国的意思是指白而小的贝壳，伯爵原命名为巴利阿里鱼人，以鲼替之。译者补。）

第 151 条　发现于婆利国。有着美丽的牙齿，每于月夜浮升，口唇之际银光闪耀，凡目睹者无不噤声。土人坚信这是海底宝藏的知情者和守护者。

第 152 条　通体银色，体躯与人无异。鲶雌鳃雄，有致人幻梦的力量。多现于珊瑚环礁，往往在人熟睡中与人沟通。婆国伽蓝洲人常常梦游，第二天追述夜间游历，总在奇异之境。有白衫使者送来珍果，无不是罕有的美味。洲人经历相似者众多，曾有一位龋齿老者颊间藏了一粒果籽，大小若燕麦颗粒，呈泥金色。播植于壤，适期不见芽苗生出，于是翻土寻种，却再也不见。罗马时代的法兰西布尔热湖，在那里有萨瓦家族的圣堂，他们相信湖心有女性的梦岛，有致梦的银鲛出没，给独居者带来痴想和忧郁，继而产生晕眩感。不过格雷斐斯博士指出，那一定是空气中弥漫着高浓度的麻醉植物香气的原因，比如曼陀罗花，以及激发性欲的薰衣草、荷兰芹、胡椒和阴兰之类。巴黎的画商手中有不少相关的画作，一幅素描便要价五个法郎，纸页都熏了香。

第 153 条 曾经，它被称作“易洛魁巨蛙”。1588 年，几个英国人从北美的易洛魁人那里弄来了这块化石。通过当时的记录可以知道，它的脊骨长度为四十八英寸左右；仅存的一侧上肢长二十二英寸；下肢完整，长度为六十英寸左右。化石在头部连接处缺损，大多数人认为它是一种类似于蛙的两栖生物，后来干脆以巨蛙来指代。因为这个记录寄来时，并没有更多的内容，但我怀疑它与海洋有关——事情也确实诡异，1596 年，英国人把化石装船运回欧洲，但在百慕大群岛附近沉没了。

第 154 条 它也是存在于文字中的。几年前我曾收到过一个戏剧剧本，不知道来自何方，第一页的左上角用墨笔潦草地写了一个大大的字母 F，或许与剧作者有关。剧本占用了我的午餐时间，因为它薄如馅饼。讲述的故事从一开始就淹没在琐碎的世俗闲谈里，照例，它指向贪婪无度的犹太商人。那是在 12 世纪，托斯卡纳的虔皮在海上失去了自己的船只，同时也失去了那只代朋友抵押给犹太商人的“尊贵城主的锚”。年轻的法官蓝德缟斯对虔皮做出赔偿犹太人损失的判罚后，他心情十分郁闷，于是便应友人之邀出海游玩。不料海上起了飓风，船只迷失了方向，十数天不见陆地。又过了一些天，蓝德缟斯一觉醒来，发现远方出现了茂密的树林，高高地居于海平面之上；他们庆幸看到了陆地。然而到了近处，却发现这是一大群高如巨人的海怪，所谓树林便是它们的鳍丛。剧作者用大段文字来说明鳍的浓密、杂乱和无处不在。海怪为法官传授了更为精确完美的法律知识，并指给他们回家的路线。依靠这些，蓝德缟斯重新为虔皮赢得了公正，也为自己的内心寻回了安宁。我不太清楚剧作者是对犹太人不满，还是对现行法律不满，或者他是对自身不满？剧本最后，有一幅手绘地图，上面标着一些地名，如第勒龙安海、撒丁岛、巴勒莫和那不勒斯——难道他相信（或是知道）知识的传授就在这里进行吗？J. Tang认为，绘图者未必是剧作者本人，也许正是把剧本寄出的人。他的意图并非是肯定一个文学幻象，而是要印证某种事实，换句话说，这种事实印证着他的存在——中国人说，您一旦把它写入册子里，事实便真切地浮出未知的境域，这样，一个人的大脑竟然强大到与未知接壤，他的骄傲必定因此而生。他一旦骄傲起来，世界在他眼中又哪会有什么虚幻和假，继而又哪会有什么世界呢？——我没有理由不把它记录下来。

第155条　中国明人笔记里记载，南海有一种生物擅吐火为灯烛，形如大猴。渔人以米酒诱之，饮罢必呕吐不休，直到呕出肠节。它的肠肥多脂，受冷而凝，色泽润黄，宛如名贵印石。渔人截为尺段，燃以夜烛，其光甚亮，其味甚腥。不过半月，新肠复生于腹内，才可进食。

第156条　中国古籍里提到，有个身怀奇术的道士游历到松江小城，一日取来江鳅两条，一条黄色，一条黑色。道士用药泥涂了小刀，将江鳅拦腰切断，互调身体粘合，放归水中虽黄黑各半，依旧活泼如常。不久有获罪者被腰斩于市，其家人知道道士的法术，于是苦求他救活。道士起初不允，无奈乡人皆求情，便只得答应。待见尸身，因时间稍久，下体已开始朽坏，道士正为难间，恰遇渔人捕获一条体型硕大的江豚，遂取江豚体躯与人上身结合，很快便醒转。家人尚且高兴，该人见到丑陋鱼身羞愤不已，家中未居满一日，便顺江水游向大海。数年后有松江人出海曾见到他，仍表达对道士的不满。

第 157 条 中国笔记记载，7 世纪初[1]，江都仕子吴某在海边遇到一群奇特的生物，它们头形近人，只是少耳，颈部颀长，左右生有一对骨质颈鳍；腰身周正，密披细鳞，雌妇裹有牙绸，乳锥突。下肢与尾等长，尾略细，遍生油脂性牛毛纹，沾水不湿。有渔人围而网之，吴某怜悯，以银两求释。它们中有长者知晓汉话，告诉吴某，它们原本生活在高丽的卑奢城外海，因躲避战祸而游来这里，以鱼藻为食倒也无忧，只是天气酷热不太习惯。它们送给吴某一件鱼牙饰串，以表谢意。

第 158 条 1539 年，西班牙的科尔特斯在他的加利达·佛尔纳克斯海湾做离开前的巡视。据他的助手在 1547 年的回忆（阿·萨维奥《火岛传奇》，1547 年，萨拉戈萨），当他们一眼

---

1 译注：原文“大业中”。

望见被藻类染红的无边的海水时，科尔特斯产生了一种幻觉。这种幻觉在他们看到岬湾沿岸尽是赤色砂岩时更为强烈，53岁的科尔特斯认为，如果炼狱也是一样的宁静，死亡就不失为美妙。后来一些怪鱼在船的周围出现，它们大约有三十来只，像印第安人一样头戴鸟羽、作有脸饰。但它们比西班牙人碰到的土著还要健硕；它们肉身浑圆，皮肤血红，没有任何鳞片——仿佛一条锁链，它们环集于船头，一齐发出古怪的音节，听起来十分可怕。在是人是鱼这个问题上，西班牙人争论了很久。他们希望它们浮游起来，以观察它们的下身，但没有哪个这样做。据船上的人辨听，它们所发音节不是土著语，大家开始怀疑它们是热病的传播者。科尔特斯对它们说，是给我诅咒，还是给我征兆？它们似乎听不懂，仍然坚持着呐喊。于是西班牙人大声说，那么给我让开。这时全船的人听见它们用非常精确的西班牙语喊道：窒息。

第159条　中国人认为是化生之物。唐人在鄂州发现了它。据记载，它体长寸余，肤有黑纹，四肢若蟾蜍，头颅像人。居住在淤积泥污潭池，以浮游小虫为食。15世纪德国的巴西尔·瓦伦丁在一些下水道里也见到过相似之物，并试着捉了一些，放入炼金的药水中。他认为这种生物可能有助于金属转换。后来也有人怀疑，巴西尔收集的只是妓女们打下的胎仔而已。今天不见记录。

第160条　发现于酉里跋支。中国人记载："此者天敌为海鳄，有识其骨骼者言之若猴。性温怯，喜财宝。水下设宝穴，凡金银、瓷器、耀目之物皆求。以海胆为食。”引发我兴趣的是右边三个不易分清的字[1]，这些充满玄机的中国字让人有做一名汉学家的冲动。J. Tang 说，这三个字都与女人有关，可以看作三种不同的女人。其中——亡：代表了女人的一种特性（比如水性杨花，有动感），同时有她们所畏惧的东西在内，如死亡、漂泊、动荡不安等；口：代表了女人的另一种特性，即以物质追求和满足为根本，由贪嘴所表示的物欲，由不满带来的饶舌、埋怨、喋喋不休等；月：阴性词，表示阴柔以及梦幻企及的高度，美丽、纯洁、单薄、圆满、冰冷、空洞……凡此种种；贝：表示贪财的女人；女：表示女人味十足的女人；羊：表示温顺、弱小的女人；凡：共同的特性，她们都是平凡的人。哦，我的上帝，这究竟是汉学还是人学，抑或是鲛人——这种特别的学问？

第 161 条　卢佩蒂在《梦境航记》中提到，它的样子如同大海龟，却有着较长的颈部，颈部下端粗厚，有椎骨。它的外壳是青铜色，有十字纹饰，尾端竖起一颗圆锥形骨钉。能用西西里语与人交谈，墨西拿的水手曾根据它的讲述绘出一幅藏宝图，传说位于克里特岛附近。有探寻者数次前往，从未找到。

第 162 条　中国古籍言此物出没于淮水，身若巨蛤，卵形壳突呈现鲜明的银色晕环，颈存雀翎，翎毛间杂金色和铜色，

1　译注：伯爵指嬴、羸、羸。

四肢淡紫，行如烟水，迷茫迅忽。传闻秋天水浩渺而在波洲之上，以蛤的方式生活；春日气流鼓荡，清明爽朗，于是化成黄雀居于空中。此物限寿五百年，时间一到，便如蜃气般缈然聚形，若有若无。

第 163 条　发现于郎婆露斯。身体修长，头发暗红而与体长，发根有黏液。嗜贝类，会用火熟食，雌性彼此间能接生，出没于无人环礁。初春交配，暮冬生子，每胎一子，单年为雌，双年为雄。产后脱发，以发结织婴服。煮其弃服取汁沐浴，可治癞痢、红斑狼疮。中国大明郑氏宝船曾得其婴服二件，后为仁宗或宣宗皇帝内宫取用，据传另有奇效。可惜相关记载均被大明销毁。

第 164 条　中国笔记里提到，5 世纪时，湘州有樵夫夜宿山中，夜半忽闻金器相击，并有呼号低喝声。天明时分，樵夫寻至一处沼泽，见一少女卧于泽边，臂伤流血，昏迷不醒。樵夫于是为其裹伤，又喂以泉水。少女醒来，自言游山迷路，与家人失散，幸得相救。樵夫见其肤色红润，绿衣如翠，怀疑非是常人，便问昨夜之事。少女告诉他，有竹叶青蛇来袭，与之相斗，被剑气所伤，幸无大碍。说完向樵夫拜谢，化为一只青蛙跳跃而去。

第 165 条　发现于东方古南越国，体形阔大，方圆三十余英尺，有一双深不可测的大眼。其嘴生长在腰肋处，齿外翻露，咬肌赘凸。颈颅侧生一对肉质角，粗壮如耕夫之臂。它还有两只薄膜翼翅，各长约七八英尺。有尾，长约五英尺。翅已退化，仅仅可以浮出水面。虽然附生物众多，但在水中十分自如。它没有鳞甲硬壳之类的记录，一些读书人的笔记里摹状它仿佛犍牛，遍披绒毛。据某些宾客的谈话，出海人一般以此物皮囊为宝，悬挂于空，可以知晓潮信。每当海潮将至，皮上绒毛即直竖。

第 166 条　中国古籍记载，这种生物出现于章安之地。它的面颊闪耀赤金之色，雄健非常，渔网并不能制服。雌性腹大，为幼子居藏处。幼子早晨从母腹中出来寻找食物，嬉戏游历；晚上便返回母腹。据说腹纳四子，看来出生率并不高，这一点与人接近。当地俗众称它为河伯健儿，视为神物。邓恩博士指出，纳子非腹，应为口腔。

第 167 条　中国古籍记载，在舒这个地方有一位名叫子英的人，善于潜水。有一次他捉到一只赤红色的鲤鱼，养在家中。一年以后，此鱼长成数十英尺大小，头顶生出角，脊上生出翅膀。开口对子英说，我来接你。于是驮着他升空而去，后来又带他返回探望他的家人。当地人以之为神异，家家建立神鱼子英祠来祭祀。

第 168 条　中国古籍记载，此物色黑紫，有红斑纹，有几英尺长，数百只群居于豫章地的沼泽里。有幻魅之术。在它们居地周围的农田，人们都不敢侵犯，只有拿礼物供奉，并交付一大笔租金，才可耕种，收获必丰。有经验的人不用真实姓名租地，并且三年之后舍地不种，据说这样可以免受它们的祸害。

它们害人时常常把人的手脚弄成相反的方向。它们夜行于陆地，所经之处可以听到指唤狗的声音，见到泥的痕迹。有符书可以制约它们。

第 169 条　中国宋人所著的《惘知录》中记载着东海的一种海怪。它的肉身被厚厚的脂肪包裹，或许在一千年或更多年以前它曾被认为是阻碍求仙之道的大鲸。它的寿命据说约有三百年，在生命的前二百多年里，即生命的三分之二时间中，它拥有的是符合肉身规定的鱼类的大脑。这样的大脑让它十分敏感，除了捕食、消化和交配，周围没有什么可以影响它去反省自身。在差不多二百六十岁时，它的大脑开始裂变。一方面是老化的颅穹无力继续支撑海水重力的原因，它的颅缝处向下陷落，变得扁平。头几个月里，它夜不能眠，昏昏沉沉，行动迟缓，麻木失察，对一切感到陌生。但作为鱼的大脑退化，被剥离出它的世界——那些日子，从它口腔里升逸而出的气泡浑浊不明，气泡里有破碎的、零乱的、不能拼接的记忆，在高浓度的盐的围挤下很快便化作幽暗中的一分子。作为灵物的大脑带着鲜红稚嫩的肿胀和疼痛把颅腔填满，它就像从一个长长的梦中惊醒，面对自己庞大的身躯以及身躯外更为庞大的海洋世界一片茫然。慢慢地，它试着向陆地靠近，并且试着与人类接近；这使得它如同人类最小的孩子。当然，所谓的接近也只是一场远处的仰望，漫长的岁月将它的四肢全部变成波浪的形状，在水里毫无用处，在水面又是沉重的赘肉。它没有知识依据，它获得智慧是从对自身形状的不满开始的。它纠正自身，甚于了解世界。在它将死的日子里，从它的内心可以感应死的来临起，到最终的消失，有180天到210天的时间。这也是它远离鱼类的头脑以来最为明晰的时间。它有了对“错误”的认知，它确信自身即错误。然后它为自己就要抛弃这个丑陋的躯体感到欣慰，它为自己能够改变“错误”而骄傲。遗憾的是，我们对这场伟大的变化一无所知。（在这则笔记的前页，有人告诉他的朋友，虽然是野趣，但西溪于昨夜到来了一批可爱的官妓。）

第 170 条 中国人认为它是鲤鱼的异种，他们描述它的不凡之处在于脊中的一道鳞线，大小恰合三十六数，每片鳞上生有黑点，以志阴阳。在唐朝专有法律规定，此鲤捕取后必须放归，不准食用，也不许买卖。买卖者将受杖刑，大约为六十下。中国人的习惯里，三十六为天数，六十为一甲子——那真是个神秘的国度。[1]

第 171 条 一种有趣的生物。中国人在古籍中一方面明确提到它是乌贼，另一方面又说它是水神的助手，当年秦王赴海巡游，不慎将所戴的用来装筹算工具的袋子掉入大海，于是化为此物。记载里还提到，江东那里的人用它体内的墨汁来与别人写契约，骗取钱财房地。所写之契约笔迹比常用墨汁要淡一些，过一些日子便消失无字，只剩下白纸。这种手段真是闻所未闻。

---

1 译注：来自《酉阳杂俎》，名为赤鲜公。唐人认为鲤鱼有诸种美德。

第 172 条　这是东方记载中人的色彩最鲜明的生物，除了鱼的身体，它有人的面部和双手。发现于西海的列姑射山，传说能够带来飓风和大浪。中国的一本古籍描述道：“背腹皆有刺，如三角菱。”并提到它生气时可以吞食小型船只。据邓恩博士分析，这可能是某类古生物在造山运动后形成的内陆湖泊内的遗存。传说源于人们心里的畏惧和无知，但人力无法降伏的物种总是会有神性背景的。

第 173 条　据记载，这种生物具有极强的致幻力量。在地中海沿岸，它总是出现在夜深时分，一般总要寻找那些与丈夫交合完毕相拥而眠的妇人，让她们在睡梦中相信，是女神狄安娜来邀请自己狩猎游乐了。于是她们纷纷推开身边的丈夫走出门来，骑上各种家畜，一同随它到海边的林子里。她们恭顺地服从它，当它骗奸她们时，那些妇人的脑海中延续的却是与丈夫交合的场景。人们把幻梦中出行的这些妇人叫作“狄安娜的马队”。一个名叫拉桑梅莱的法国妇人曾对别人讲过她的奇异经历，在那里，女神为她展示她未来的幸福与不幸，展示天堂的情景，并且女神还暗示她，她是唯一被她爱的人。后来这个法国妇人被罚进行一年的斋戒。

第 174 条　这种生物据说不对肉体感兴趣，它往往在人熟睡时把生命灵魂取走。由于孩子的力量弱小，他们成为主要的受害者。防范它的有效物是圣水，人们在晚间临睡前把圣水洒在卧室的每个角落，并做祈祷。航海者最害怕它在暗处的窥伺，他们相信死在海上，人会变成幽灵而被飓风撕得粉碎。因此他们在入睡前要反复诵念《忏悔诗》，或者念古老的拉丁咒语。

第 175 条[1] 发现于扶南园。扶南古籍记载，此物高约三十英尺，四肢俱备，卧下像大壁虎，嘴和脖颈完全像人，眼睛环突，头部至全身披有硬鳞。力大无比，可两栖，善与熊斗。变化多端。关于它的形体变化，记载里提到三种，说它春夏时如鳄鱼，潜居在深潭中很少上浮；秋天时化形为虎，只有三只爪子，人称郭雷或骨雷；冬天则形迹与人无二，常在南海的雷州、思州一带出没，可以知善恶辨罪责。据传官府以它作判罪依据，十分灵验。

第 176 条 中国古籍记载，济南这个地方的东北处就是这种生物的聚集地。6 世纪初，魏朝有人在这一带打井，得到了许多像镜子般大小的鱼。当天晚上，河水泛滥，淹入井坑，坑中的鱼全部化作人形，以坑为家居。[2]

第 177 条 发现于南中国海。四肢俱备，嘴生于侧背。左前肢长，右前肢短。习惯以长肢搏物捉食，置放于短肢掌中。短肢奇异之处在于掌心生有砺齿，将物磨啮，然后再送入嘴里。进食时它的嘴可以张大至三四英尺长，咀嚼之声朮朮不绝，人遂呼之海朮。曾有婆罗洲人携带一只三岁驯虎出海，遇大浪，

---

1 译注：名字是伯爵创造的，发音为太蛮，便译作坦。

2 译注：原文“魏景明中，有人穿井得鱼，大如镜。其夜，河水溢入此坑，坑中居人，皆为鲰鱼焉。”见《太平广记》。

忽闻虎爪在甲板上磨抓不停，见其颈毛竖立，面向涛中做伏跃之势，口中发出阵阵低吼。不久水中浪花豁然，一只大海朮浮升而出，前肢左右摆动，渐近船舷。虎进退数次，项中链索铮铮疾响。二物对峙多时，船员以火药枪击大海朮，却不能伤其韧皮。它犹豫片刻，没入海中，不复再现。但夜间仍可闻听虎的低吼。

第 178 条 中国的古语说："城门失火，殃及池鱼。"据传古时宋地城门外有护城河水，水中住有池姓鱼人一家。城门一日失火，这些鱼人全被烧死。[1]

第 179 条 据记载，它存在于 3—5 世纪，之后便再无传闻。中国古籍中提到，它居于山中湖泊，湖边所种全为桑树。它的体长、相貌没有记录，只是标明两个特征：一是它的鳞片呈火红色，二是它的鳍羽大且坚硬。根据描述，它似乎不喜欢人类，常常摧毁小船。曾有江州使者途经湖边，口渴欲饮，被它驱逐。这或许是某种未被发现的鱼怪，目睹者因为恐惧，没有记清它的样子。

第 180 条 它的体型较大，不易近人。据观察者的记录，在浅海可以见到它的白色肚腹，以及黝黑的肉质鳍。比较独特的是它头部生长的一只角，15 世纪时被认为是逃避离奇死亡的灵物，为贵族们竞相搜求。在喝酒时，他们习惯浸泡一小片角分

1　译注：这一则传闻为旧说，记载于《风俗通》，后收入《太平广记》。

割的片。平时也有很多人把角块镶嵌，作为护身的饰品。邓恩博士认为这是一种有角鲸，当时的药剂师可能建议他们用这种角来解毒，因为用毒物谋杀是最常见的手段。我同意他的看法。

第 181 条　关于异物的传说有很多，其中一些被认为是幽灵，然而随着海洋航线的延伸，似乎再没有什么角落可以让幽灵安歇。当越来越多的物种在美洲被发现，不少原来被误认为怪物灵异的东西恢复了它们的真实面目。这种与成人躯体相差无几的水生物一百多年前就生活在纽芬兰、亚速尔群岛之间的海域，每个个体只与其配偶在一起。早年的消息里，某对这种生物由目睹者描述为操纵死者之船，在马萨诸塞沿岸任意漂行的幽灵。同一时期完成的一些个人著作里，它被反复引用，变换成说法不一的实证，并被冠名为海洋流浪者、奇怪的恋人以及精神的自我放逐者。人们有理由相信，它们正在被送往天堂的路上。1688 年，探险者道森在纽芬兰一只被冰困死的弃船上获得了这种生物的一对尸体，遗憾的是他不懂解剖，只在日志上简单记录了它们的一些特征，比如灰绿色的皮肤，有蹼的手脚，数百个大小不一的肌瘤（或血瘤）遍布全身。道森确定它们占据船只已有很长时间，在底舱有众多的干藻、嚼碎的豌豆渣，还有成捆的发霉的烟草。道森设想，除了年龄，置它们于死地的也许就是这些烟草。他用两只箱子装好它们，连同那些烟草一起运往英国，第二年初在布雷斯特港转往法国时丢失，下落不明。博廷医生猜想，那些体瘤也有可能是骨质密度变化所造成的，不排除这种生物具有先天缺陷的因素，它们的肌体和血液或许不能长久持续地为其在水里的停留供氧，体瘤将会是一次次痛苦经历的纪念。

第 182 条　这种生物对水质的要求非常高。范德萨的记录里，种群数目为 9 条，栖息在珊瑚活跃的海域，发现地位于班达群岛东南。据水面观察描述，其体长在十五英尺左右，肤色呈银黄，鳞为碎豆状，细密精致。颅形如鲇，口鼻突出，有前肢一双，无后肢，鳍短且疏，颈两侧有丝带状软鳍各一，长约二英尺。见三个幼体，均长不过成体的三分之一。水十分洁净。据当地人说，因为外来船只的增多，它们的数量急剧下降。对它们几乎没有什么了解，它们只待在水下五六十英尺处，从不上浮。

第 183 条[1]　在寄给我的一些文献里有几份是西班牙士兵的探险笔记，其中一份来自有名的奥雷连纳团队。根据笔记，大约在 1541 年 6 月至 7 月间，他们在亚马孙河上的某一个幽暗地带遇到了一群女人。记录者怀疑她们是河水内部的精灵，因为她们个个力气很大，会用咒语弄湿火药和弓弦。在目睹者的记忆里，她们的肤色呈淡棕色，脑后有长长的主鳍，黝黑透亮。她们附近或身边没有雄性存在，也没有家庭的形态，比如幼子。士兵们杀死了其中的七个，剩余的带着愤怒离开了。在当时，

1　译注：伯爵所用名称援引自西班牙著作，取其首个音节发音为汉字名称。

这件事情被认为是无稽之谈，也有人认为奥雷连纳在夸大他的发现，以逃脱罪责。笔记中提到，后来又有一些人专程赶到亚马孙河去寻找这个奇特的地带，但什么也找不到。

第 184 条　一份资料里称它为“破冰者”。北欧人了解它的习性，天气最寒冷的时候，一些岛屿附近就会出现它锯齿状的蓝鳍。诺曼海盗活跃的年代，它被传说为领航人。据说它的体形扁长，后肢粗壮有力，鳞片粗大且外张，呈不透明白色。性情诡恶，亦是海盗的防范对象。9 世纪或 10 世纪时常常在冰岛以北群集，以鳕鱼和天鹅为食，也吃海难者和战死者。B. 约根森认为它是一种近海鲨鱼。

第 185 条　阿塔戈尼亚的一个修道院里藏有不少稀世文献，可惜在一场大火中几乎全部被毁掉了。13 世纪时在诺特兰的诺姆纳据说有人见到了传闻在灰烬里的两本手卷，其中一本数十年前出现在法国，但无人知道收藏家的姓名。据寄来的一份文件说，那一本是一整套百科式的辞典之一，同时附有几张抄页。在第一页的某个角落有一个名字：里维尔，我姑且将它们称作里维尔抄页。[1] 这是抄页上出现的第一种生物，它被商人们发现于亚得里亚海，浮于水面，长有妇人面庞和外翻的疣猪牙齿。它的尾巴修长，尾鳍主干旁生一对侧鳍，在水下呈现水母般的团形。喜欢橄榄油和榛果，对人类存有戒心。当时的记录者宣称，

1　译注：这一段文字伯爵写得很小，内中还有涂抹，置于本词条开头。

接近这种生物会被传染上鼠疫。1516年，仍然有奥斯曼的士兵们见到类似生物的传闻（此处为译者所加）。

第186条[1]　1499年，在北大西洋，阿隆索·奥赫达的水手发现了几个神奇的海盗。根据海盗的描述，水手们找到了传说中的海神的妻妾岛，那是五座相连的环礁；这些精力旺盛的水手梦想着有一场情欲的欢宴。“第一座岛上的女子有着迷人的栗色卷发，美艳惊人，卡瓦第一个冲上去，在我们的呼哨里抱紧她们中的一个便要奸污，却见她们的胯间守着一只硕大的寄居蟹……第二座岛上的女子肤色棕黄，她们疯狂扭动着双胯，用眼神勾引我们。没有谁可以受得了，她们就像酒精，大家纷纷跳下去。只是她们滚烫的皮肤上布满了细碎的鳞刺，如同茂密的荆棘，我们无法接近……第三座岛上的女子被锁链缚在岩石上，身体的每个部分都是那么突出。她们香蕉色的大腿为我们敞开着，等我们到了跟前才发现，她们的阴唇上缀满了珍珠……第四座岛上是美丽的人鱼，她们乳峰高耸，肌肤细腻。我们各自抱住一个，她们巨大的尾巴倒卷过来，把我们掀倒在沙滩上。等我们找到那个诱人的部位时，却发现它细得就像钉子扎破的伤口……最后的岛上只有一个高贵的白种女人，她的傲慢令我们恼怒，我们用木棒把她击昏，决定轮奸她。结果刚刚亲吻她，她的身体便不可思议地膨胀起来，那个地方越来越大，就像一个

1　译注：在斯坦霍普伯爵笔下，她们各有自己的拉丁名称，由于这些记录过于虚幻，便统称她们为鲛。

粉色的布满蛛丝的山洞，连我们整个人都能够装进去……（拉斯·迪阿斯：《水手的黄金国》）笔记中写到，后来水手们见到更多的印第安美女，却再无丝毫兴趣。

第 187 条 里维尔抄页提到，该生物是连体的。它们各自拥有脊椎和完整的消化内脏，只是在骨盆处连接。在骨盆突出的地方，是它们厚实的、多脂肪的臂斜肌鳍翅，它们的鱼尾各有一条，不过随着时间的行进，总会有一条要退缩变化，成为附生鳍翅。这种构造使它们能够适应各种不同的水流。最初在西班牙附近的海上捕鱼人认为它们正在交配，事实证明连在一起的并非只是异性。这种生物的独特之处正在这里：它们一定是双双出生，在胞衣内便决定了将来。西班牙的目睹者认为这是受到诅咒的结果。有意思的是，即使雌雄同体，像某一条变化的尾巴一样，它们只保留一种子体的性征和能力。

第 188 条 里维尔抄页提到，它的下肢是上肢长度的两倍，尾叉开得极大。使它出名的是它胸背处对生的骨板，暗白色，各四块，共八块，呈方尖碑形，前后构成十字。僧侣们称之为“海上的十字架”，即使水面雾气很大，泛着豆青色光的十字还是很容易就能看到。

第 189 条 里维尔抄页提到，这种生物的悬浮力是天生的，红海和地中海上有时候把它当作海标。它的身躯挺拔修长，尾部如侧观的燕翼。它的腹部沿股沟生有 V 状软鳍，四肢宽扁，关节一侧有硬鳍。它的瞳孔赤红，是因为目睹了多场城市大火。

抄页提到，早期气候温润时，这种生物也会进入尼罗河，进入内陆。

第 190 条　见于红海。里维尔抄页同时附有简笔图案，它看上去如一只较大的纺锤，四肢肌肉强健突出，脸貌如有角兽，牙齿锋锐，颈背有粗密硬鳍。它的尾部巨大，在图中占较大比例，像贵妇人的礼裙。抄页提到，它的体长在十五英尺左右，最大的可以达到十八英尺。它性情暴躁，易被激怒，常与阿拉伯人争斗。人们利用羊和幼驼引诱，或用火光、石机惊扰，令它上岸，然后合力捕杀，取走它的肝脏和厚唇。邓恩博士看过图绘后认为，这应该是一种鲨鱼，所谓的四肢可能是为了夸大鲨的凶猛。

第 191 条　里维尔抄页提到，这个体型与幼鲸接近的生物是一群灰鲸的领航员。

第 192 条　它是在一场洪水中出现的。1506 年，台伯河泛滥，从第勒尼安海游入内陆的生物里有这样一个种群，目睹者说，它有长长的颈部和扁平的肉质尾巴，背部有骨板鳞，头部较小，相貌如同猿猴。在一些港口堆放有大理石，它表示出足够的畏惧和警惕。不久一群孩子用石头掷击它们，迫使它们沉入水中，后来便不再出现。据说那些大理石是为教皇提供的。

第 193 条　16 世纪初，罗马的市民中有一个传说，有五个绝色女子在夜里到画家拉斐尔的家中去做裸体模特，他分配她们的各个器官，用来创作女神。在他台伯河畔的宅邸，据说也有人鱼慕名来访，它或者它们肌肤雪白，姿态优雅，身上丝毫没有盐的气味。画家可能着迷于它们匪夷所思的脊椎弯度，以及精美的鼻廓，在他的那些湿壁画里，最好的面部和躯体都是它们的。后来画家完成“海洋女神加拉蒂亚的凯旋”，其中加入了不少人鱼的元素，并且用海豚来表示自己内心的依恋，当然不必说那些飞翔的爱神了。

第 194 条　它们在中国的淡水湖泊、河流里生存，可以随水流往返迁徙，体貌近人，声道完备，能与人交流。种群衍生，并于各处分支。中国人发现并记载它们时，境内地广人稀，河湖纵横浩渺，多处与海相连通，有些几乎就是海水的淤积。在它们的环境里应该有足够数量的嗜盐菌来帮助它们完成转化。亚洲的不少地方都活动着这种居于淡水、有迁徙行为能力的且与人类同等级的水生物，比如日本。邓恩博士怀疑，即使是海洋智灵生物在陆地的转化，也应该有足够的时间和相应适宜的环境作为条件，依照生物现有的等级，它们不可能早于人类出现。而据中国现有的古籍来看，有关它们的记录并不很早，并且缺乏系统性和整体性，同时那些片断里所描述的主要还是海洋中的生物。并非大规模的淡水繁殖与变化，只按个例行为进行，这样的冒险不会带来什么好结果的。邓恩说，另一种可能也许存在。它们或许早期生活在亚洲西陆高原，是一种智人，也许就是人类的一支，数量相对来说少一些而已。由于气候的变化，或者陆地上提供的可用作食物的植被大量灭绝，或者寒冷改变了他们的存在方式，他们转而寻求在温暖又食物丰富的大湖地带居住，因此形成了特有的两栖行为。随着种群的扩大，不管出于什么原因、目的，一些顺着江河而下，寻找更广阔、更温暖、食物更容易获得的南部湖泊，才促使目睹者有了突兀的、传说般的记录欲望。中国古籍中记述了一位名叫柳的青年男子与这种生物的一个雌体相爱的故事。记述者的视线跟从柳走在回家的路上，并见证了他和她的相遇。据她讲，她原本生活在洞庭大湖，后来远嫁到泾水，备受夫家欺凌。柳于是赶到洞庭，说服她的家人以及另一条江水中的族人来到泾水，将她救回。她的叔叔想把她再嫁给柳，被柳谢绝。于是他们假称她的孪生妹妹代姐表示感谢，随柳一同回家，其实就是她本人。

第 195 条　中国古籍记载，唐人柳沂有一次去伊水垂钓，捕到一条大鱼，带回家中放入水盆。夜里，柳沂梦见大鱼在咬小儿子的胸口，于是惊醒，听到小儿子在啼哭。问他原因，所说梦境与柳沂丝毫不差，但有强烈的痛感。柳沂察看小儿子的胸口，果然有东西咬下的痕迹，而且已经流出了血。柳沂大为震惊，第二天天一亮便将大鱼放回伊水，并请来僧侣诵经，祈求宽恕。大约十天，小儿子的伤处便愈合了。从此柳沂再不垂钓。古籍以鱼指称，并不详细描述其形貌，应该是出于敬畏。中国人不以外形拟神，此事之异令人惶然。[1]

1　译注：见《太平广记》。

第 196 条 中国古籍记载，在北方的荒野中有石湖，方圆千里，岸深五丈，长年结冰，只在夏至前后两个月内溶化为水。水生则鱼出现，此物长约十英尺，形貌仿佛鲤鱼，赤红非常。白日潜在水中，夜里变化为人，“刺之不入，煮之不死”。不过记录者提供了一个难以实证的方法，就是将两颗乌梅放入水中同煮，能够杀死它。我不知道这里面有什么奥秘，或许石湖所生之物体内为钙，用乌梅之酸来化解吧。记录者说，吃了煮熟的它的肉可以治疗邪病，这一点和传统的吐蕃巫医用动物化石来治风邪、心悸、精神错乱等症基本上是一样的。博廷医生曾讲过，印度医学里有用盐药，比如土盐、灰盐、石盐以及海盐等治疗僧侣风病的方法，与此相似。但古籍未提此物夜里化为人身后的行为，记录不详则显得虚幻。有一种可能是人身原本便是它的体征（人身无非指其四肢俱备，可两栖），只是白天藏在水里看不见而已。亦像古生物遗存。

第 197 条 可能在最早的时候，一批东方的豺狗在被装船运往欧洲的途中遭遇了飓风。某种已有记载的海妖，也许是魟，把它们引到群礁中的覆舟上来豢养。海妖利用豺狗的犬齿与利爪，还有它们天生的警觉，来与别的种群的海妖争夺生存领域和战利品。经过漫长的时间，豺狗在水里的一切都发生了变化，它们的上肢缩短了，下肢增长并开始出现蹼，体毛也充满了油脂。最新的一代甚至取得了一定程度的交配权，这种生物就是它们与海妖结合的产物。15 世纪纽伦堡刊印的圣经里提到了这个变种，它们拖着棕黄的长发，手中拿着从沉船里收集来的镜子和梳子，围绕在诺亚的方舟周围。诺亚注意到它们旁边陪伴着雄性人鱼，这种描述使人感到，所谓的它们的诱惑是不是内心传达出的对被拯救的渴望的诉求？

第 198 条　发现于亚洲的芒萨岛。形体瘦小棕黑，有墨色鳞片可发暗光。肢体如人，尾纤小。性情温善怯懦，与土人交好。擅食贝类，也食棕榈叶果。土人常以浆果和以棕榈叶喂之，然后催吐。所呕之物加以亚麻、干草、干花，用杵捣碾，铺晒于地，干后合为一体，轻薄柔韧。土人裁制成衣，投入罐中以果油浸泡，七日后取出以清水沸煮，穿在身上凉爽避虫，经年不腐坏。也有土人与其雌性通婚者，但不家居，只在颈后剃去鳍鬣作为标记，所育子女均难活至成人。此事由博廷医生讲述。

第 199 条　中国古籍里称之“鹿子鱼”。此物赭色，尾鬣诸鳍均有鹿的斑纹，赤黄色。罗州人记载，在南边的大海里有大洲，每年春夏时，此物便登洲化身为鹿。有人曾经拾获一只，头部已成鹿，尾部尚是鱼形。岭南人说，此物肉腥，不可食用。儋地有猎人追此物至海边，鹿回头变为美丽妇人，遂与猎人结为夫妇。

第 200 条　中国古籍明确地把它归入鲛类。交州异物志里提到，它所生育的子女遇到惊吓便要归入母体，俗称子归母。体小者可入腹藏，稍大则不行。这个习惯与鲳相同。关于鲳的习性，不少古籍都有记载，比如潘州《杂记》《吴录》和《南越志》。《南越志》中还详细提到，晚上从脐部进入母体，白天从口中出来。这一点可以佐证邓恩博士的判断。

第 201 条　在范德萨的记录里，它的游速极快，并且可以飞行，高度及舷。在附图上可以看到它的三对肉质鳍，由颈下至腰部排列，最长的一对标为七英尺。据范德萨的目测，此物体长应该在十英尺至十一英尺间，不见有鳞及羽状鳍，肤色青灰，有下肢，但和大蝙蝠的下肢相同。尾鳍亦是肉质，平行，上有豹斑。它的眼睛像人，不是鱼形，有眼睑，瞳光强劲。荷兰人记录道，此物不怕火器，皮甚坚厚。发现于新荷兰以西的印度洋中。

第 202 条　古代哲学家说，她们使男人彻底堕落，一切积累的知识都不能取胜，男人的智慧和自制力荡然无存。4 世纪的赛尔维乌斯在一本名为《维吉尔评注》的著作中介绍她们是三个，而不是一个。她们半人半鸟，是河神阿谢洛斯和缪斯卡利俄珀的女儿，住在意大利西西里岛的东北以及卡普里的岛屿。她们分别歌唱、吹笛、演奏竖琴，吸引搁浅的男子。哲学家们确定了她们娼妓的性质，并说正是这些淫乐把受害者引入冥界。中国的孔子早早就指出了音乐的有害性。

第 203 条　中国古籍记载，此物兽首鱼身，逆鳞，人称肉芝，据说可调仙药。唐人王旻之曾向琅琊太守许诚言求此物，许诚言到临沂一地某黑水潭处派人捕捉。有人告诉他，十年前有少年潭中钓得此物，费尽周折牵引上岸，捆绑在大树上。此物

怒目吼叫，声似霹雳，近处的十多个人被震死，吓成痴呆者也有二十人。此物重新回到水中，人们建立神庙祈祷，以求赦免。每每遇到天旱，向它求告必有灵应。许诚言于是打消了这个念头。[1]

第 204 条　希腊人传说这是通体发光的女仙，就像深海的珊瑚（不是钙的沉积，而是那拂摇的软体）般美丽。她们被选中，从泡沫中托起刚刚诞生的阿弗洛狄忒。威尼斯的画师为了在他们的作品中表现出她们身体足够的亮度，在颜料里加入了大量研细的玻璃粉末。

第 205 条　希腊人说，她们是海洋老者涅柔斯和泰蒂斯的女儿。阿佛洛狄忒诞生时，她们也在场。纪尧姆·龙德莱在他的《鱼类的历史》一书中写道，过去的人在波美拉尼来的埃丹城见过她们的妇人脸，并且下流地谈论。他提到曾有西班牙水手把其中一个养在船上，后来还是被她逃走了。

第 206 条　多见于中国古籍中，描述以身体修长、脂肤白腻为主，据传五日一变化，或为美妇人，或为美男子，经常引发事端。古书称此物肤肉烹食，可返老还童。①在《三峡记》中有这样的记闻。某条溪水边住有一个打鱼人，一天捕得一条大白鱼，长约三英尺，放在小船上用草盖住。回到家中取鱼，却

1　译注：此则笔记出自《纪闻》。逆鳞鱼在仙经里被称为肉芝，意为像灵芝一样的仙药，并非指此水怪。伯爵此处有误。这是王旻之在牢山修炼时发生的逸事，时人多有传说。

见草下是一美丽女子，十六七岁的样子，皮肤洁白，十分喜人。她对渔人说，自己并非鱼类，而是峡中神境高唐国的公主，闲来扮作鱼游，不小心误被捉住。于是渔人便向她求婚，女子答应了，与渔人做了三年夫妻。后来据说姻缘数尽，女子返回高唐，一年之中偶尔往来探望，最后不知所终。②《三吴记》中讲述，余姚人王素有一个女儿，长相美丽，引来众多求婚者。某一天，家中来了一位少年，姿容如玉，自称江郎，求娶此女。王家喜欢少年的容貌和气度，便许诺了。婚后差不多有一年，王素女儿怀孕，后来产下一个东西，像用绢丝制成的囊袋，有量米的容器那么大，落在地上一动不动。王素的妻子觉得奇怪，小心用刀割开，却见里面全是白色的鱼子。王素便问江郎是什么原因，江郎说是自己的不幸，才会生下这个异物。王家人怀疑江郎非人类，等他睡着以后取来他的衣物翻查，发现衣物上到处都有鱼鳞的形状。王素恐惧万分，命人用巨石把江郎压住。天亮以后，江郎找不到衣物，便厉声叫骂，被巨石镇倒在床下，现出鱼的形状，银白色，长有六七英尺。王素将它拦腰砍断丢入江中，他的女儿后来重新嫁人。这件事令人不解。女儿是王素情愿嫁的，她的丈夫也是他们挑选的，笔记中也没有说明江郎有虐妻和寻欢作乐的行为，且不会危害王家，与他的妻子感情也很好，除了那个不理想的爱情结晶之外，他没有什么过错啊。王素厌恶其非人，赶走便是了，为什么一定要杀死他呢？仅仅是因为自己的女儿被一个异物占有了吗？是事情的真相令他觉得羞耻吗？但一开始江郎就不是人类啊。那么，是王素想要惩罚自己吗？博廷医生说，故事也许并非如此。中国的王素怀有恋女情结，对她的求婚者百般挑剔。等到女儿终于嫁出，又对他的女婿产生幻象，这是个典型的病相。无论如何，王素是有罪的，J. Tang 认为，原因不重要，假如江郎是神仙呢？

第 207 条 《海异典集》中记载，明州以外波涛内有大鱼，身体侧扁，肤色昏黄，纹有黑斑。子时化为人形上岸寻食，身披褐色明绸，头颅长扁，相貌如西域人。多捕杀鹅鸭，生拔其毛，掘洞穴掩埋。

第 208 条　中国古籍中认为，鱼虾鼋龟水族之属都有可能化成人形，其中机缘各不相同。与西方的记录区别较大的一点是，透过人的形貌，中国人最终能够认知其物的原本种属。这些相关记载占有很大的比例，而鲛人，似乎处于人和化形为人这二者之间，当然有时它们也会被误认为是后者。化形为人者在中国无一例外被视为妖，同样也不同于西方的海妖。西方人或者避开海妖，或者心甘情愿地接受诱惑，但不会去伤害它们。中国人则必定将妖制服，将之逐出人境。我们对这个世界有着不一样的理解方式。相比那些吸食人的真元，积累而获得人形的妖异之物，这种生物应该是循机而作的。唐朝开元年间（约 8 世纪），邵州刺史李鹬赴任途中经过洞庭大湖。当时天晴气热，他的鼻子流血，滴落在沙滩上，被某种江鼋舔舐。此物舐血之后变做李鹬的模样前去就任，并用法术将真正的李鹬困在水中。其家人不觉有异，州中百姓也无人识破，这样过了几年。因逢天旱，道士叶静能涉水去京城，发现李鹬被困，于是将他解救。如今行船之人都警告不要滴血于波涛中。

第 209 条　这类生物的降生即是奇特的。从古老占城获得的一本笔记中，一些在我们看来匪夷所思的东西却是那么堂皇地存在于碌碌世间。其中大约有十余篇是中国邕州的一位仕子译写的，提到渔人发现人鱼的为三篇。[1] ①东鲳。发现地为中国南海七洲这个地方的海域。这个过程与采珠人相关。邓恩博士研究过七十英尺到九十英尺之间垂直水区内的一种珊瑚，这种喷射卵液的珊瑚使他将其与笔记里的内容联结起来。卵液在喷射到差不多有五六英尺的高度后才会渐变为浮升状，在水面约三十英尺的下方开始漂游。这种卵的卵囊较为厚实，可以在海水里待上很久，并不怕盐的腐蚀，直到与合适的受体接触——那种温润而具备酸质的物体——一般是大型鲸豚类生物的体内。七洲有采珠女，水中若是恰巧遇到珊瑚喷卵，十个中难免有一两个被附着。可能仅仅半年时间，女子的孕相与常人无二，往往要早早生产，自己也不知道是什么原因。所产为一肉包，约一个月后，其内有东西破囊而出，相貌如小儿，但肌肤骨骼坚实无比，体重超过壮年男子。双目不能见光，只在黑暗中睁开，昼眠夜苏，与人

1　译注：在这三者的命名上，伯爵简单以其来源撰构，文字却很长，例如梅提流士埃斯亚努斯亚埃托。此处按笔记发现地域以北鲳、东鲳和南鲳取替。

相反。三岁时即可高大如猛士，喜雨水；到五岁时必寻海而入，从此便无消息。凡育有此物之女一生不得嫁人，乡民在村边海岸高处为她们建造小屋，让她们离群寡居，并在出海前像祭祀神灵一样去礼拜。14世纪有一妇人因为产下这种生物而被敬畏，她活了罕见的一百二十一岁，其中有一百零三年是一个人度过的。②北鲟。笔记记载，12世纪时，花剌子模克尔曼的商人从李朝的都城升龙坐船去往中国的广州。出海不久，见有渔船若干泊于海面，一些男子从舱内抬了一座竹木屋子，里面坐着一个年轻女子，头簪鲜花，身披红色纱绸，偶见裸处。众人将竹屋连同女子沉入水中，并抽去屋前活门。商人感到惊讶，靠过去询问，才知今天为那女子出嫁前日，乡习要求需用海神验其贞节，如果有劣染，海神必定不受，据说非常灵验。时间不久，水波动荡，便见船下生起一物，肤色萤绿，貌如熊罴，围着竹屋游动。数圈后，此物入内，蔽掩女子身体，行交合之事。众人屏息静候，竟然等了很长时间。待拉上竹屋，女子浑身赤裸，早已昏死过去。商人见其小腹肿胀估计溺水不少，却有一老妇过去当众观其私处，用一器物从中探取白色膏状东西，闻之有异香。积于钵内近满时，女子腹平如常，她的家人喜形于色，其他人也如释重负。商人挂念膏香，与老妇商量购买，被拒绝。商人心有不甘，假意贺喜，随众人回到渔村，私下里再三求告老妇，又付给她重金，才得到一小块。据老妇说，此膏为得之有子的宝物，取一指甲盖大小，用蜜水调服，管教铁树开花。正好商人之妻多年不孕，回去依法饮膏一小瓯，第二天腹痛无比，时有暗血流出，人形枯槁。到了半夜有临盆之兆，于温水中诞下一物，形如不毛之鸭。商人惧怕，于是出舱连水一起泼入海中，便见此物黑影自由划波，须臾不见。当时歌谣唱道："鱼怪人，人怪鱼，周而复始欤。"我认为这件奇闻很有意思。③南鲟。这个记载也非常奇特。原文较短，其中说："崑仑西有东冲古剌国。其男多出海，浮以千里。……偶以栉贝巨贻媾 戏……尝有服食珍珠者，王怪之而逐。所育斜（疑为邪）胎人呼为胡溜，舟樯患之。"邓恩博士认为，这是最为玄虚的故事，但似乎有可能发生。他试想水手中有人患有尿道结石，用贝类作替代物狎玩，结石便随精液留在贝里。在变化为珍珠的过程里也许有异变，也许保存了某些自然的意旨。珍珠取出来后被送到王宫，由纯阴之人——宫女——服用，因此结下奇胎。就是说，这漫长的时间已经足够减弱人的力量，而更转化为物与物之间的分合、奔突、选择与重组。笔记提到一切奇物的归宿无一例外是海洋，邓恩博士认为这绝非意外，他曾说，人类极有可能出于海水中，就像阿佛洛狄忒的喻示。

第210条　这些是被描述为"头生有角"的异人。中国笔记里提到，有一位巴郡人即是此异人，不知姓名，年龄有数百岁。此人时常一走几年不见，或者几个月不说话，一旦有话说，必定是意趣精微，他人不能理解。有时从家中出去便进入江水中，据目睹者说，人形已变化为鱼形，只有头上的角还在。中国笔记中也提到，大约在5世纪，江州有一位一百多岁的人，头生有角，时入门前江中化形为鱼，角仍在首。他经常回家探看，与子孙饮酒，几天后便离去。或者在较早的时候，他们属于不被人察觉而与人类联姻成功的鱼人，以人寿计算，应该是辞离的时候，因此才会暴露原形，返回原居之所。但不知子孙类有无此潜异。

第211条　罗马人维吉尔描述它有人脸、有少女的上身，却有着狼的肚腹和海豚的尾巴。就像我们在拉斐尔的笔下看到的，黑亮而肥硕有力的尾巴。在海上，这绝对是个强者。英格兰的阿尔德埃尔姆·德马尔梅比里说，它会号召成群的海狗，将遇难的船只击得粉碎。它存在的时间很长，沿着欧洲海岸线，从意大利到不列颠，都有它的影子。传说它极度仇视水手，这是为什么？是因为水手们传播着淫恶的风气，还是他们的桨击碎了它平静的生活？我想，这或许是多少年前水手们狎玩过它的原始种群的结果，也就是说，它是人的淫邪创造出的一个变种。

第212条　卢佩蒂的《梦境航记》里说，这种海妖有着水母一样轻盈、透明的身躯，她们的心脏是盾形的，紫红色；肝脏和肺是青蓝色；胃囊极小，像一枚涩汁胡桃。她们像气泡一样升上水面，又像植物孢子一样附上船帆，从这个港口到另一个港口。她们厌恶风浪，却无能为力，因此她们经常失散，有时需要很长时间才可以返回原居地。据水手们讲，她们不会说话，也不会哭泣。

第 213 条　体长传说有二三十英尺，游速极快。它喜欢梳理眉毛，一般用贝粉涂抹，形成狭长的刺形。日本人说它专食海豚。三岛列一在一本书中写着，它有着诱人的雪色肚腹，经常成群浮在岛外，魅惑无妻的浪人和单身汉们。一旦他们驾舟赶来，便将船撞沉，然后杀死他们。邓恩博士认为，这很可能是虎鲸。

第 214 条　凯尔特人说，艾奥纳岛上的海妖偷偷爱上了一位僧侣，它有女人的体态以及作为欲望象征的肥大的外阴。它请求僧侣赐予灵魂，却被拒绝了。于是，它从海水中出来，试图像人一样活着，哪怕有危险。即使如此，僧侣都不为所动。结果是可以想到的，它最终消失了，在此之前，它痛哭一场，泪水化成了石子。从那以后，人们拾起艾奥纳海滩上的卵石，便会叫它“海妖的泪”。斯堪的那维亚也有相似的传说。一个海妖救起了溺海的水手，它被人的生活深深吸引，不惜抛开它的水域以及未来六七百年的寿命，跟随水手回到他居住的港口城市。但水手娶了他的邻居，一个会织布的长有雀斑的女子。海妖坐在海边哭了很久，不愿再跳回水里，最后化为一滴眼泪。它们原本无知，仅仅怀着世俗的欲望，灵魂却受到了伤害。我的儿子在遥远的东方听说，有个中国的读书人在海上遇难，年轻的人鱼救了他，并且把童贞交付。三天之后，读书人想回家，人鱼给了他一颗罕见的避水珠，希望他能时常往来。但一上岸，读书人便什么都忘了。中国人很早就相信，珍珠就是人鱼的眼泪。

关于这一点，梅州的缫衣居士记载道：“南海广域多异灵，五月出鲛，声若大牛，盖月阴之气潜形，流水彤朱，左目之泪曰珍，右目之泪曰珠，雌红郁积成宝石，雄涎盘结为锰。”在他的书里，人鱼和人的爱情是有结果的，他们生育的后代，头上生有角质物。一本叫《博物志》的书里说，有人鱼借住在人家，当卖完所织的鲛绡后，作为答谢，它哭了满满一盘珍珠留下。还有一本《洞冥记》中提到，味勒国的人骑着大象去海底采集宝物，晚上住在鲛宫里，得到了人鱼的泪珠。博廷医生向我讲述，他在东印度的锡兰曾了解到，13世纪时，中国人用一种褶纹冠蚌来殖育珍珠，具体技术尚不知道。这是否有可能？如果是真的，简直太神奇了。不过，哭泣好像是海妖的本能，六百年前菲利普·德塔翁找出了它们的规律。他说，有暴风雨的时日，海妖就会歌唱；而一旦天晴，它们便会哭泣。他同时说，也许海妖便意味着财富。我不明白他这种说法的依据和动机，然而按东方人的思路，珍珠恰好提供了一个佐证。

第215条　这也是一种能够化泪为宝的生物，日本传说它由外海沿淡水河流进入内陆，栖居于琵琶湖。它的肤色墨黑，正像东方的绘画所表现的那样，躯干结构如人，面貌诡异，眼呈翠绿色，颏部有银须。据说它是海底龙王的扈从，因为获罪而遭放逐，被迫到不熟悉之地流浪。在一个故事里，它受到一名叫太郎的人的救助，并借住在他的家中，无忧无虑地生活。太郎爱上一位美丽女子，却因拿不出嫁妆聘金而病倒，几将死去。它为主人的境遇悲伤而泣，泪珠化作红宝石，又因思念家乡而痛哭不止，所泣宝石成千上万，解除了太郎的忧虑。后来它得到了龙王赦免，重新返回海洋。和不少奇特的生物一样，它昙花一现，似乎仅仅为一个动人的故事存在并现身。

第216条　①中国古籍记载，它一般喜欢在船首朝阳的流水中浮游，身体浑圆，鳞呈栉形，有对生背鳍和游离鳍。春夏之交时生育，可以见到大种群。最早时的中国水手往往提取它身边的水来做指南针，他们称之为阳水；又以其子幼体貌态做悬鱼，灵动敏捷。

② 15—16世纪的欧洲人相信，它是那些被大型哺乳鱼类养育的人类婴儿的成年体。由于人口带给家庭的压力，有不少夫妇将他们的第四胎、第五胎等抛弃或杀死。一些插图描述了那些不幸的婴儿连同他们的婴床一同在壁炉里遭受火刑的残忍情景，一些则描绘了婴儿连同垃圾被丢入河流的场面。有相当数量的婴儿活着进入了近海，被海豚等多种鱼类收养。物种学家班宁曾列了一份名单，他们因收养者的不同而被冠以不同的拉丁名称，一共有二十七种。这样的成年体具有完全的人态，却是鱼的习性。他们早早便丧失了语言能力，只会“啊啊”，但他们仍有思维，总于夜间眺望陆地，终生不与鱼类交配。他们内心怀着一种迷惘和莫名其妙的羞愧，而离人类远远的——但有一次例外。普拉特·费莱斯和他的妻子乘船在海上触礁，昏迷中他的妻子似乎看见了自己的长子把他们救上岸去，而事实上他们的长子那时

还在家中耕种。十多年前，他们曾把自己的第五胎扔进窗下的河里。

第 217 条　中国南唐时的读书人徐谌幼年和他的表妹定亲，等他成人准备迎娶时，他并不知道表妹早已病亡。暮春时分，徐谌乘船沿江水而下，行至嘉鱼矶处，遇到一位老妇人带着一个美貌少女搭船。经过交谈，徐谌才知老妇人原来便是自己多年不见的姑母，少女也正是未婚的表妹——故事记载，她们原是通灵的人鱼，因向往人世生活而忍受剥鳞之痛冒名相会。徐谌疯狂地爱上了少女，姑母表示要准备嫁妆，大家约好下一个月圆之日在嘉鱼矶相见，二人成亲。据说这样的托词是因为小人鱼的背鳍还未完全根除。剩下的日子徐谌茶饭不思，相思成疾，苦苦挨到约定时间，却未等到心上人。不足三天，徐谌便死在旅店。造成这种结果是由于人鱼是以珊瑚产卵的日子计算天数的，她们欢喜赶来，正逢店主人为徐谌出葬。小人鱼望着棺木哭泣而唱："嘉鱼矶，嘉鱼矶，君既为妾死，妾心与君齐。"歌声刚完，棺木自动打开，小人鱼决然投入，二人同葬于江边。唉，时间虽然不以物种的异同为阻碍，但命运似乎早就因此异同而注定了。

第 218 条　早年的纹章研究者们对法国一些地方的纹章上有人鱼图案感到迷惑，因为除了梅柳辛家族，极少的谱系会上溯到人鱼那里，比如，顽固的 D. 斯东就坚信不会有任何城堡挂上人鱼城徽，也不会有任何骑士的矛刺下挂上人鱼旗帜。有趣的是，这种生物被个别考据者指出，恰恰与骑士的比武大会有关。A.P. 沙朗在他收集的传说中，发现了它们化装成贵妇参加骑士比武大会的秘事——它们尖叫着，兴奋地拍动身躯，由上至下又由下至上地拍动，肤色涨红。先是手帕，然后是围巾，最后都说不清是哪一处的内衣，全被抛向那些青年男子；他们用矛高高挑起这些香喷喷的东西，感到骄傲和燥热，这时，他们才有时间看清它们丑陋的鱼类的身躯。

第219条　9世纪的布兰丹在他的圣岛上见到过这种生物，后来据其描述，有匠人把它铸在银器上。通过银器上的线描了解到，它头颈粗壮，颅形如人，而体躯却像鱿鱼。它的鳞片呈棘刺状，傍生着海鳗和蓝藻。也有人称之为“大海的豢鼠”。现在无法确定其真实身份。

第220条　①日本古籍里记载，在常陆国的古古村东山上有一面石镜，时常有一些鬼魅跑来耍镜。据乡人传说，那些鬼魅多为死去的妇人，她们心生怨恨而难以转世，贪恋着朽坏之身往日姣好的面容，怀想着被宠爱的时光。而这时石镜总会让她们如愿。其中也有不是鬼魅的生物，它便是一种。它的逗留时间很短，只在天光微亮时到来。乡人说，如果在晴天，山道上却有成线的水迹，那一定是它出现了。从海中登岸时，它总要带一把竹伞，顶端卧一个装满水的大螺，一路润湿身体。见过它影子的人讲，它的肤色青黑，不见有鳞的反光，下肢是分叉点很高的鱼尾，看上去如同肿胀的两条腿。它的上身被巨大的伞盖遮着，无法见到。至于它为什么也去照镜子，人们的说法很多，流传较广的是，从镜中它回忆起了自己曾经的样子以及作为某位尊贵藩主姬妾的幸福经历。

②日本的平安时代，有一位法师去往海边的某座寺院小住，听说寺中的一口甜水井近来忽然变苦了，而且有不少打水的和尚

莫名其妙地坠井身亡，搞得大家都吃不上水，心惊胆战的。晚上法师来到井边，想弄清楚这是怎么回事。当他探头向井中看去时，月光照耀的水面慢慢浮起一个绝美少女，她的上身赤裸着，肤白如雪。她的眼眸令法师心中忍不住一动，身躯微晃，差一点儿栽下去。于是法师明白了，便厉声呵斥她。少女求告说，自己原是海里人鱼，嬉戏时误入深穴，顺流来到井中，因无法返回，只好住在这里。因为从未见过男子，好奇且爱慕，并无心害人，她希望法师能救她离去。法师便招来众人，合力救她出井，运至海边放归。少女拜谢良久，遂入水远逝。从此井中水复又甘甜如昨。

第 221 条 中国人说，这是徘徊于神界与俗世间的生物，因为情欲的原因，它们被制约在特定的空间，而并不能像当初造物时的等级为所欲为。在古老中国的东海海底有它们的居室，从形体貌态看去，它们与人没有差别——或者参照一些脊椎学者的假想，人类的形象和内部结构尚且源于它们。很早就有渔民同它们接触过，一般被要求交付祭品，以满足出海后的心理安全感。古籍上提到它们金字塔式的家族结构，这是一个父系氏族社会，智性者享受最高权力与等级，并吸附任何经过该海域的水生物。由于两栖的原因，学者们分析它们的居所应该设在近海的大陆架上，或者就是沿海一些大岛与陆地之间的某处沉降陆桥处，而不是深处的海沟和海床。邓恩博士的画家密友约翰·斯特尔斯说，海水增强的重力决定着生物的躯体轮廓，只有空气才能让躯体浑圆饱满，深海只会使之扁平，就像锤砧中的青铜。玻璃仪器制造商怀特说，如果在更深的地方，它们必定是瞎子。被详细记录体态的是它们中一个刚刚成年的雌性，中国古籍里把它描绘成妙龄少女。她的身高与南方中国人一样，娇小且消瘦。她的肤色是淡红色的，泛着玉般光泽。斯特尔斯说，假如描述准确，这种肤色与中国人或其他亚洲人的差异还是比较明显的。一种可能是，它是海水压力的结果，是人体细小血管与海水压力所能达成的最和谐状态。当她出水陆栖时，即使肺部足以支撑她的呼吸，她的体肤也不可避免地会充血，正如绝大多数脱离海水的生物一样。古籍讲述一位名叫羽的青年男子在海边某座寺庙里借住，近晚时弹琴，吸引了这个女孩——后来他叫她公主，他心中的美貌公主。公主实现了与人类接触的梦想，并将一种用名贵丝品织成的手帕交给羽作为定情物；他们相约月圆之日再见面。这可能引来雄性生物的畏惧和嫉恨，他们把她关在水底的石洞中，并诱使羽下海，将羽溺毙。记载后来有了神奇的转变，公主用罕见的珍珠使羽复活，羽在海上的神山里找到法宝，使海水沸腾，让那些雄性屈服，承认他们的性权力。邓恩博士表示，听上去是玄幻的，有可能是海底火山的突然喷发使记述者产生了修改欲望，而羽的所谓死后复活完全指水中硫黄之气带给人的假死状态。至于公主，或许只是救羽上岸的普通渔家女孩，如果记述者没有私心，这些无非是脑部缺氧时的幻觉。

第 222 条　15 世纪的伽马在非洲东海岸吉兆之河的大湾里

遭受了不少厄运，尤其是坏血症。他的一些船员在濒死状态里总能听到这种生物的笑声，这让他们相信，它是支持阿拉伯人的。一些人描述，它的身体扁平，如同被锤砧拉展的银箔。它的双眼都聚在一侧，有点儿像海盗的做法。它有文身，暗灰，仿佛银器氧化后的样子。有人怀疑这里死亡率极高的坏血症与它有关，他们攻击它，驱逐它，但死掉的人更多。当地人称它为塞壬希斯。

第 223 条　它是上帝所造之物，由人变化而来。爱尔兰人记载，一位名为黎巴嫩的少女幸免于海难，上帝将她的腿变成鲑鱼尾巴，又让她的爱犬变为水獭。她在海中度过了三百多年，不堪其苦。后来，当信使圣·孔加勒去罗马时，她在他的船边祈求。上帝听到了她的祷告，允准她升天。她接受了洗礼，取名缪尔吉，就是海妖的意思。这是件真实的事情。

第 224 条　中国古籍记载，在齐地有一处小水洼，里面生有怪鱼，体长六七英尺，少鳞，鳞为银丝状；肌肤表面色彩鲜艳，如同锦缎。记录中写道，某一次乡人遇到一位僧侣化缘，村中长者给他美食让他吃了，他言谢而去。不久后，乡人在水洼中网住一条怪鱼，如上描述，都认为奇异。剖开鱼腹后，赫然发现长者施予的美食还未消化掉。于是乡人在水洼边上设香案为它超度，从此这里再不见水生物的影子，就连普通的鱼虾也没有了。

第 225 条　它被发现于合恩角。14 世纪时，据一些幸免于难的水手说，船只进入这片海域之前就有热病的预兆，很多身强力壮的人都会全身乏力。然后就会遇见风暴，风暴中有它们的影子。这些生有四翼飞鳍、鳞片中生有倒刺、面颊鼓凸的生物一边拍打着大浪，一边向舱内不停地呼入粉红色的气雾。这便是热病的根源。最后它们停在远处的岩石上大声怪笑，声如远处的闷雷。

第 226 条　这种体态多娇、身躯小巧的生物有着小提琴般华丽细腻的嗓音。它们的天敌是半人半马怪。希腊人写道，半人半马怪被赫拉克勒斯打败后逃到那不勒斯海湾，因为听这种生物的歌声而沉迷，最后忘食饿死。从此二者结仇，远远看见它们，半人半马怪便会张弓搭箭，射穿它们的咽喉。我们在许多大教堂的壁画与石雕上可以很容易看到这一幕。

第 227 条　被认为是第 14 条的赎罪体，专门刻在教堂和修道院的各式柱头上。有时也被用在十字架上。

第 228 条　被认为是第 14 条在俗世的财富化身。在一些地区流通的罗马钱币上刻有其形象。

第 229 条　这种身体丰腴、面庞圆润的生物最早出现在古罗马的提洛岛。它们的肤色淡黄，眼睛是蓝色的，手脚关节粗大，趾间都有非常短的蹼，呈茧白色。开始怀疑它们奇异行为的是一些罗马的买主们，一段时期里，来自亚洲印度的女奴很受欢迎，它们混迹其中，不能被贩卖者识别。好在它们的数量并不多，买主中有的送它们去为丝绸染色，有的送它们去种植，有的则留在家里。很快他们便抱怨它们什么也不会做，似乎不明白自己的处境。它们是印度的王妃吗？一个做借贷的商人说，他的奴隶在他需要快乐的时候却大口地嚼着食物。还有地产商控诉，他的奴隶偷走了他珍藏的香水，跳海逃了。后来它们一个一个地消失了，致使贩奴者在以后的经历中变得认真仔细。据一些资料显示，它们的来源可能远离印度半岛，而较为靠近苏门答腊岛一带。2 世纪时，它们还在帕提亚的哈拉克斯、格德洛西亚的塔尔美那附近出现过。

第 230 条　安德烈·汉格在他的作品里提到，靠近南部极地的海洋里有一个狭长的岛屿，名叫加拉。这是个奇怪的岛，大约每隔 60 年就会消失，再过 60 年又将出现。岛上有人鱼，集体居住在岛屿中心的一个环形湖中。湖中蓄养白色海鱼，体长躯壮，性情温和。鱼脑上方长有明穴，海水从此处喷出即成为淡水，因此湖水清澄微蓝。曾有船只在这里求过淡水，据水手们说，那些人鱼高大威猛，背鳍十分长，如同棕榈叶子。他们的鳞为黄铜色，边缘有铁锈晕纹，像鸡蛋一样大小。他们保持着戒心，并不讲话，只是示意水手们取水后马上离开。汉格并没有更加详细的描述，他判断这座岛屿是可以漂移的，它消失的时间里有可能是出现在另外一个地方。这或者是人鱼的习性，或许是他们的秘密。(《纳尔榜消息》，约 9 世纪)

第 231 条　汉格书中提到的另一种生物。它生活在卢瓦尔河中，形如少女，体长不过三英尺。它的皮肤银白，鳞细且小，带有一些灰色暗纹，如闪电的形状。它的数量极少，几乎不见两个以上同时出现。它喜欢停留在芦苇茂密的地方，因为看上去像小女孩，所以很少有人会注意它。布列塔尼的几个顽劣少年曾经用石头和木棒打死过一只，拖到岸上被认为是怪物，用火烧掉了。

第 232 条 大约 5 世纪时，发现于百济州胡岛附近的海域。据记载，它貌如美女，洁白娴静，性情高雅，善穿素锦裙衣，纽带盘绕极为复杂。更早的时候，马韩人曾视之为海中仙娥，传说颇多。记载里没有相关的生物特征内容，只是说它的歌唱得好，有时随歌而舞，兴之所至可以踏波旋转。熊津乐人曾经默记数首它的曲子，却无人能唱，只能用清器演奏，悠扬高亢，激荡心神。[1]

第 233 条 这是一个比较典型的因果产物，在鱼化人的文化背景里创造出人化鱼的某种必然。中国笔记里写道，江鲫湖鲫密密麻麻，如同人众，机缘存焉。又记录了，人化鱼形并非虚妄。某地有儿歌唱道，城门见血，陷落成湖。有老妇人信而不疑，一日看到城丁杀狗，涂血城门，于是急忙逃走。大水便果然袭来，有人去报告县官，县官见到他奇怪地问，你怎么成了鱼？回答说，明天你也将变成鱼。

第 234 条 《海异典集》里记载，唐初句容地区有一个白袍

---

1 译注：公元前后朝鲜南部分为三韩，由西向东依次为马韩、弁韩和辰韩。

男子，身材高大，面目俊朗，常常独自饮酒，既无家人也无朋友，人们不知道他的来历。女子多爱慕，但苦于无法媒引，难以与他交往。有一歌妓名叫小宴，姿容姣美，胆大无惧，于青楼之上见过此男一面后念念不忘，于是与人密谋，用迷药将其弄昏，抬回居室，欲行强事。解衣后发现遍体莹白鳞片，胁侧有鳍羽，于是以鱼妖报官捕之。半夜雷雨大作，此男破牢而去，空中只听到笑声。第二天天明，兵丁去青楼寻找，但见小宴两颊生出鱼鳞，头发尽变作鳍毛，两眼鼓凸，世间诸事都已不知道了。

第 235 条　①《酉阳杂俎》是中国古代一本很有意思的书，其中有一条记载了海里的一种印鱼。此鱼长一尺三寸，头上四方形成印章状，并有字。海中诸种大鱼如有将死的，此鱼必会先给它身上印上章文。原文未有印字内容，也许是传闻不实，也许是故意略去，以避不祥。我认为这种生物为神鬼役，当敬畏远避，所以记在这里。

②公元 475 年，中国有刘姓将军驻扎在京口的北固山附近。一天夜里巡逻时，遇到两个男子，长相洁白秀丽，举止端庄合礼。他们问刘将军，你与现在的皇帝是不是同一个家族？刘将军说，我们的姓氏一样，但家族却不是一支。他们便说，虽然不在一族，但恐怕灾祸还是可以涉及你的。刘将军有些不解地问道，我难道有什么罪过吗？二人并不回答，只是说，你辞去你的职位，自然就会避免的。刘将军感到奇异，便邀请二人回到

驻地喝酒，意图详细了解。但他们识破其意，明确对他说，我们不是人类，也不吃人间食物。说完二人现出鱼形，在长江里消失了。刘将军目睹此种变化，便下了决心，第二天便称病请辞，于是皇帝罢免了他。后来世事进行正如预言。[1]

③ 753 年，岳州人张敝一日夜宿于江畔人家，张敝饭后踏月散步，在不远处的渡口遇到一位白衫老者。老者精神矍铄，颇健谈，与张敝议论世间诸事，见解深奥，闻所未闻。后来说起当时的帝政，老者却掩面低泣。张敝便问何故，老者感慨地说，江清月近，这样好的景致就要看不到了。张敝责怪他说，清明盛世，为何您会说这种话？老者跺脚大叫，糊涂啊糊涂，刀兵即起，还在醉梦之中！张敝奇怪地问，何事要起刀兵，刀兵又向何处？老者摇头说，再有两年，你就知道了。张敝正在纳闷，老者又说道，我听说你打算往京城去谋求作为，特来相劝的。张敝开始有些相信他，便问，您所说的有征兆吗？老者皱眉说，一定要有征兆吗？张敝见他不悦，忙拱手问老者名姓。老者自称姓聂，单名为浪。张敝便问，若有刀兵，何时可止？老者神情黯然说道，就在我死的那一天。张敝犹豫着问，莫非没有限期？老者叹息道，不是，从此后十年之数。张敝更加奇怪地问道，您莫非有顽疾在身？老者说，再说则不宜，告辞吧。第二天睡醒后，人家失盗，丢了几头猪，张敝的马鞍也不见了。两年后

1　译注：此条原为单列，但感世事纷乱，有预知，有应验，仿佛鱼印在身，故而归为一类，下条亦同。

安禄山、史思明兴兵作乱，张敞忽然醒悟，马鞍即安，猪即史[1]，这就是老者给他展示的征兆啊！张敞深知此人定非常人。十年期到，兵乱平息，朝中有人邀张敞赴京共事。行至江边，闻人乱箭射杀一水怪，张敞心念忽动，奔去观看。但见此物一身白鳞，面目宛如相谈老者。又见其颅上有三只耳朵，于是明白聂浪之名的来由，便将其尸还于江中并奠之。

第 236 条 被认为是人类婚姻的破坏者。有着令人惊艳而难以把持的白皙肌肤，一双浑圆上翘的乳房，两腋可漫散出龙涎香的气味。它们关注人的婚礼，关注青年夫妻的生活、散步的细节、一个人时不被监督的行为等。它们非常擅于选择目标，俘获对象一定是男子。出于种种考虑，它们一般要对男人实施催眠，以消除他们的理性。奥·德奥坦的文章指出，沉睡无疑是致命的，催眠是让原罪面前的男人变弱的方法，而享乐就是原罪——性交只有在婚姻的范围内才是许可的。英国人 13 世纪的一本《大百科辞典》里写道，催眠之后，它们把男人带到坚硬的土地上，迫使他与自身乱合。如果遇到意志坚定者，它们便杀掉他，吞吃他的肉。

第 237 条 艾尔伯特介绍过一种日本的海妖。它们似乎都是雌性，身材异常优美。它们有着一身洁白的皮肤，上身就和完美的女人一样，浑圆的肩背，光滑的手臂，饱满的乳房。它

---

1 译注：古字猪作豕，音同史。

们的头发是红金色，一绺绺拢在脑后挽成螺状髻。它们的腹部被大卷叶形的鳍毛覆盖，一直连接到尾部。它们的尾巴如同鳗鱼一样修长，但尾鳍竖状，分为均等的三岔，无疑也是洁白的。这里，聚集着一些透明度较高的贝壳白鳞片，从它们同样卷着的柔软的臀鳍开始，向下铺伸至尾鳍。它们还有一对翅膀，据说是从天鹅那里借来的，这不得不让人想到宙斯与水里的丽达。

第 238 条　克里斯托弗·哥伦布在他第一次的航行日志里记录了对它的发现。它出现在伊斯帕尼奥拉岛的北海岸，开始的时候，是以三个个体面对人类。它们竖立在水面，显得很高大。哥伦布冷静观察了它们的脸，他认为确实像人脸，但远远不是传说中的那么美丽。这一点让他有些失望，他认为这也许有这片海域未开化的原因。

第 239 条　哥伦布记载，它出没于非洲西海岸。从一开始他就拒绝依据古典传说来对照它。邓恩博士说，早在哥伦布以前，葡萄牙的水手习惯把非洲的雌性海牛称为海妖，这些习惯说法一定影响了他的观察。其实这样的海牛在史前时期的地中海就有存在。邓恩分析，它多半是南美海域的种属，而前者则是加勒比海的种属。

第 240 条　中国笔记提道，它居于溪水中，有蛟的躯体和少女的面庞，并不与人为敌。永阳有人名叫李增，经过某溪看见它们，便用弓箭射中一只。他回到城里，走在街上，看见一个穿着白衣服的女子含着泪水，手中拿着他射出的箭。李增觉得奇怪，便问她。女子说，还用问吗，以暴还暴，特来送还此箭。她把箭交给他，一下子便消失了。李增慌忙向家中跑去，结果暴死在半路上。

第241条　记载里，它出没于中国东海，体貌同人相仿，黑色，遍体生有长毛，可在水上行走，遇人则拱手直立，不与应答。当地人称为海人，传说见到它必会有灾祸发生，因此见必杀之。东州有姓姚的人曾捕到过一只，却没有杀它。他希望它能为自己多驱赶一些海鱼，便放其归海。第二天，姚氏所捕获的鱼是平时的许多倍。

第242条　它是随着一则异事出现的。中国笔记里写道，它本为鱼的形体，但不知是什么原因让它可以模拟人形，却不具备飞升之术。晋安地方的渔人用网阻断了溪水，它无处可去，便化成人形，戴着白色绢帽，穿着黄色绢衣，与渔人饮酒，并求情说，明日如有大鱼来，一定放行。渔人答应了。第二天它去冲网，渔人却反悔而杀了它，破腹后昨日菜肴还在。不久，渔人一家差不多都死掉了。

第243条　中国古籍记载，它的身躯如同白色丝带，光洁耀眼，生活在洛水以及洛水支流的水湾湖泊中。有少年男子沐浴或洗马时，多被它绕住脖子带入深水。当时的人们一度认为是鼋龟之类的精怪，后来被一些学者否认，而判定为蛟龙的某种，他们称之为“白特”。我认为也宜列入鱼人内，因为它只取少年男子，肯定不是为食而来。

第 244 条 生活在普林尼撰写《自然史》之前约一个世纪的地中海。沉沦的原因是无望的爱情。即使在传说最盛的时期，它们的痕迹也只伴随了聆听者的一生以及儿子的青春时代——大约七八十年光景，之后，它们便湮没了。致命的原因据分析有几点：其一，种群中雌性数量占绝对大的比例；其二，种群中雄性生殖力量由于种种原因弱化；其三，雌性极易动情；其四，这是最重要的一点，雌性对与外界（人类）的沟通有着无上兴趣，但是，人类语言宛如意识的迷宫，它们深受诱惑，却无力自拔。这些雌性均为白种美人，脸廓硬朗，鼻梁挺立，眼如蓝色深渊。它们很少有鳞和鳍，一般生在背部和臀下。传说它们从不暴露下身，只有上身浮起，并以褐发与紫藻做衣衫遮掩胸部，仅仅能通过透明的水看到一条变形的鱼尾。它们有各自的名字，彼此间称呼。晚霭里常听到的名字有：艾卡、路卡、亚卡、迪卡、奥卡、舒卡、尤卡、基卡、查卡、夏卡和麦绍儿、阿绍儿、金绍儿等。据说有一次一个西顿的玻璃吹工乘船过海，遇到了它们，他被这一群美女惊呆了，恨不能立刻投入它们。显然它们也因他健壮的体格而动情，它们渴望他说话，向它们中的任何一个示爱。可怜的男子变得结结巴巴，内心不再有智慧而只有欲望。他对她们说着粗话，那是在妓院流行的；她们也一遍又一遍地学着他，以为是诗歌。然而很快她们便从音节的狂野里听出了侮辱，于是失望地散开，有的还把自己排出的卵吃掉。某个艾卡从水下取来一面玻璃镜子交给那个吹工，吹工第一次不用水而清楚地看到自己的脸；当然，他并不觉得丑陋。回到西顿，他开始大量制造这种玻璃镜，还有雕饰精美的台座固定立面——从此，人类不仅迷失在语言中，而且迷失于对自我的察看里。

第 245 条　①中国古籍里指这种生物是狗头与鱼身的结合体，它所发出的声音如同婴儿，只有疯狂的人才敢吃它。邓恩博士说，这是想象之物。

②尼禄火烧罗马城的第五天，因为风向的原因，这种富含脂肪的海洋生物为它们好奇的窥伺付出了代价。突然卷来的烈焰迫使它们与大海隔离，只好躲入一处喷泉池中。不幸的是第六天风向的变化烧彻了这片城区，泉水很快被吸干，它们一边窒息一边燃烧，变成灰烬的时间比喷泉雕像还要漫长。如果有目睹者，那就是听琴的皇帝——后来，他给不少人的身上涂满了沥青，用来为宫殿照明。

第 246 条　它的肤色从正面看，像东方的黄种人，背部却是紫黑色，如同中国古代受到杖刑的罪犯。身体柔软无鳞，腋下有棘状鳍，性情温驯娴静。11 世纪时的法国有一个无德骑士常于夜间劫掠路人，曾经有一次他拦劫了赶往香槟地区的水产车，发现了一只准备献给伯爵的海怪。他带它到另一个城市，为它剪除了鳍，并用香料沐浴，然后取名“安安”，对外宣称是自己的乡下侄女。接下来的一段日子，他教它说话、走路，费了很大的劲，但至少看上去像是一个村姑了。1083 年的时候，他试图让它进入一座城堡，但有意思的是，它爱上了城主所青睐的一位画家。因为它被画家要求做模特，真相暴露了，骑士只好仓促逃离这个地方。而据说它随从画家没多久便死去了。

第 247 条　一百多年前有葡萄酒酿工在莱茵河谷见到过这种生物。1601 年美因兹城的 R. 汉克在他的《酒城游记》中记录道，它的外貌非常迷人，总是出现在夜的河水中。和那些健壮的女工不同，它的体躯娇小，曲线优美，长着丝绸一样的绿发。它浮起来时周围的水面闪耀着金光，众多的萤火虫围绕着，使它的肌肤像变幻着的水晶。它喜欢远望山上的葡萄丛林，然后微笑，露出一对尖尖的但并不让人害怕的犬牙。很快，能听见它咿呀的歌声。

第 248 条　我想，最初的时候，它们可能并不想在咸冷的海水里沉寂一辈子。这种擅长于陆上生活的海洋生物有着一身乌黑的橡胶似的皮肤，有较为宽大的鼻穹，但作为鱼类其嘴部特征还是非常明显的。它们的下肢是由两列对生的鳍状骨板装饰的有分叉的尾，行走时与人类不同，而像蛇一样靠腹甲的伸缩。15 世纪时，葡萄牙人在南部非洲海岸的敖维斯湾首先发现了它们。他们对这些并不受到鲸群攻击的生物兴趣不是很大，以至于它们中的某几个游近他们的船只，比画着请求——它们认为那些熟悉的黑人是被送往乐园去的——希望也可以被接上船，他们粗暴地轰走了“这些想当奴隶的怪物”（戈麦兹，《航海日志》）。后来，博物学家赫迪·马修在敖维斯湾靠近内陆的一处旧矿石开采场找到一些它们的骨骼，他发现它们的脊椎节数以及骨盆都和人类相同，而下肢最重要的区别是，它们没有关节，也没有形成脚掌。

第 249 条 德国的海平认为这是为了躲避火刑而逃到河流甚至海洋里的女巫。他在他的侦缉记录里（1712 年，朴次茅斯）说，它们是相邻两个村镇的全部女巫，是一群会在水中呼吸的，携带着虾蟆、大比目鱼和会说话的黑狗，没有子女和仆人的魔鬼。它们潜伏在水中，分成两部分来观察来自陆地和水上的动静，以逃避追捕。可以通过对体形的辨识确认它们。由于水压和不停交换监视位置的原因，它们有着三角形的身体，作为女人的乳房早已摘除，献予了撒旦。那两处是深深的溃疡，它们从中掏取秽液来制作迷惑人的毒药。但上帝盯着它们，无论它们藏在哪儿，上帝的旨意早已进入它们的躯壳。自从进到水里，它们的胸背处便长出对生的硬鳍，其实这就是上帝投给它们的十字架——仁慈的上帝并非不给它们赎罪的机会。海平记录了抓获它们的几种方法，并说利用这些方法，在 1683 年到 1705 年的二十余年中，经他的手大约就有六千个这样的女巫被湿漉漉地送去烧死——对付它们，绞刑、斩刑、石刑都不会起作用，它们会借机变化成它们渴望变成的怪物。海平的方法大概有四种，第一，将用棕榈、荨麻纺织的网浸过圣水，一见它们便迅速撒出去；第二，选健壮有角的纯白色公牛，配以鹰式盾形纹章，安置在船头，海平相信它们会像死鱼似地浮在水面，再无能力逃走；第三，用柞木制成高杆，顶端装一个瞭望架，上面坐着的人向它们投掷含有橄榄油和麻醉剂的燕麦团，这是它们爱吃的，吃掉就会昏倒；第四，海平确信它们每隔七天，总会轮流偷跑回家里，取一些在水里无法找到的甲虫尸体，这时捉它们最容易。

第 250 条　发现于文郎马神国。梅州的缫衣居士记录道，中国明代有人在南海得到一具海生物的尸体，色呈杏黄，有绿斑，鱼身人首，背鳍粗长，鳞细密。解剖它的尸体，得到六十三粒骨突，洁白扁圆，嗅之有清香若茶，正好用来做成一副九档算盘。

第 251 条　发现于文郎马神国。当地人按见到它的次数来计算自己的年龄。传闻它居住在海底的深窟，那里离海面非常远，它一升一降差不多要走一年的时间。据说它的身体赤红，肤表遍布针状气囊，四肢扁圆，无脊椎软体，没有鳞片。头部浑圆，口鼻皆不明显。有渔人收网时恰逢它上浮，海面有蒸汽逸出，空气里有浓重的硫黄味。人们不知其体形巨大，实在是距离远的原因。

第 252 条　它是在日本一个称作“同”的小岛海域被发现的。大约在三百多年前，几个在小岛游玩的市民看见了这种个头不高、密披红鳞的长鳍人鱼在沙滩和礁石上寻找螃蟹的情景。据说它们并不怕人，消失的速度极快。

第 253 条　6 世纪时，有印度恭御陀地方的商人出海售卖当地的大青象。途中遇大风刮至浅滩，象群四散，象奴也无法阻拦。忽见海中跃出十余个海怪，人首人身，却披着鱼鳞。它们奔跑迅捷，力能搏象，很快便帮商人将象群聚拢。又推其大船，使之进入深水。商人以美酒酬谢，它们却不胜酒力，一个个醉倒在甲板上。于是商人心生歹意，用棕绳将它们束缚，又用粘网罩住。登陆时被高僧延法师看见，法师指责商人，令他内心恐惧，于是解开绳索，好言抚慰，将它们重新放回大海。

第 254 条　许多年前在中国的瓯江传说有这样一种水生物，它有着透明的身体，心脏及内腑都可以清楚地看到。它的头颇像河鲤，但有一对可以跳跃的下肢。每当运送茶、丝之类的小船出现，它就会一路跟随，直至抵达卸货的埠头。它陪伴时天气晴好，风平浪静，船速也快了许多。

第 255 条　15 世纪俄国的“负债者”尼基丁在他贩卖公马的旅行中，于南印度的克里希纳河上见到了这种据说是嗜吃辣椒的水生物。它们旁若无人地游泳，露着高高凸起的铠甲似的背。它们的面貌较为奇特，是一种狭长的锥形，但有眉骨和鼻腔，眼珠呈碧绿色，还有浓重的褐色胡须。在后来的一些尼基丁回忆录的抄本里，它们的食物被列了一个单子，其中有香蕉、木瓜等水果，还有十几种水鸟，包括大鹦鹉在内。它们从不食用水鸟的内脏，羽毛也要一根根地拔去。邓恩博士怀疑他见到的是恒河鳄。

第 256 条　中国有的地方认为它就是梦精。从古代捕获它的人留下的笔记里看到，它身体魁伟，肤色黄白，长相不被人害怕。随夜潮而上岸，寻找独身寡居女子趁其睡眠而交合，所致孕者终难产死去。唐时沧地有一李姓女子，丈夫早亡，便按当时风气守节不再嫁人。她的年龄正是青春，通过设置丈夫的灵案这种方式来压制内心的欲望。而她的美貌名声在外，连这种生物也知道了，便在她熟睡后赶来求欢。李氏在梦中依稀觉得此男子是丈夫的灵魂变化，用来考察自己行为的，于是坚决拒绝。它从此天天纠缠，李氏越加认定是丈夫的妒心作怪，因而剪掉一头秀发，不再洗漱沐浴，也不再换衣服，直到遍体肮脏，气味难闻。它实在不能忍受，便不再来。

第 257 条　中国古籍记载，在安南武平县的封溪里生活着一群这样的生物，它们长相酷似猩猩，但妩媚多娇，貌若美人，而且懂人言，知道过去所发生的事情。有人利用它们贪酒却不胜酒力的弱点捉了一百多只，关在一个大笼子里。新任县令到来时，人们准备杀掉其中一只招待他。它们知道后便选了一只最肥的等待宰杀，洒泪作别。这一只清洗干净后单独放在木笼子中，上面蒙了一块苫布。县令经过这里，问苫布内是什么。里面的它便说，没有什么，只不过是大人的一个奴仆和一杯酒罢了。县令闻言掀布，忍不住啧啧称奇，于是免了其死，收之为仆人，百般宠爱。后来用它传递书信、消息，快捷可靠，一般人都比不上。如今这种生物早已不存在了，令人神往。

第 258 条　17 世纪的丹麦医生托马斯·巴托林在《解剖学史》一书中画出了它的体貌，一只前肢的骨骼，一根肋骨，以及它在波涛里的样子。它有着人类的头颅和脸型，五官端正。它的上体像女人，有着饱满的双乳，位于咽喉与肚脐之间的正中，肚脐之下是鱼体，看上去富含脂肪，却没有下（后）肢和尾巴。它的肋骨与鲸的无多大区别；前肢的骨骼与人类接近，有五根手指（肉身图示手指间有蹼相连），骨节也与人一致。托马斯·巴托林讲述，它是由西印度公司的商人在巴西附近的海域发现并捕获的，并由名医若阿纳·德拉埃和帕维奥进行了解剖。几年前瑞典人彼埃尔·阿尔德笛在他的著作里命名它为“特里雪许斯”，并肯定它是海妖，而不是海牛。J. Tang 说，不论是真实的还是人为的，将它标志性的尾巴消除，这体现了学者们对海妖实有存在的肯定倾向。邓恩博士提出一些疑问：它是如何完成前肢进化的？它的后肢是原本没有呢，还是退化成了鱼的体形？它为什么

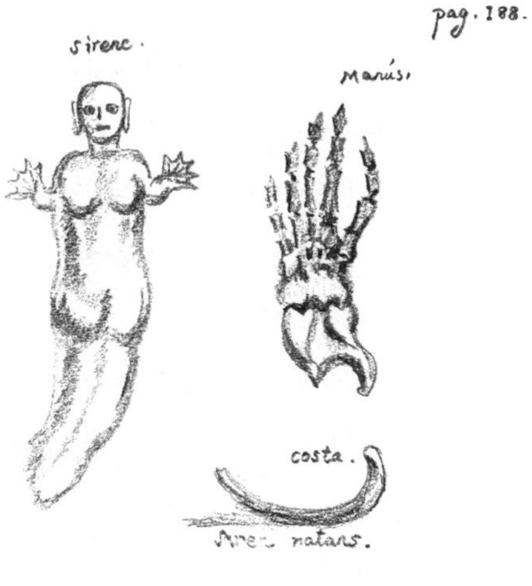

摘托马斯·巴托林《解剖学史》，1654年。

会没有重要的尾巴？它真是生活在水里吗？它的头适合游泳吗？它还有人的外耳，适合海水的压力吗？它只是浮游吗？它会是人类与某种鱼类的交合产物吗？邓恩博士找到的一些资料说，在大科摩罗岛和昂儒昂岛，土人们时常捉来儒艮进行奸污。他分析，至少儒艮的阴道是适合人类的。他建议，若想了解丹麦人是不是说谎，应该先研究儒艮由何而来。邓恩博士提供了一本出版了几年的瑞典人写的《自然体系》，上面把儒艮归入鱼类。J. Tang 说，在亚洲它或许就是海猪。更早时期，法国人龙德莱，以及热斯内尔、奥尔维斯特，还有纽曼，索性简单地称它为“海女”。

第 259 条　中国的古籍中讲道，有人去往高丽国，傍晚泊船时在山脚下的沙洲上看见一个红衣女人，露着两个乳房，头发乱糟糟的。他注意到她的脖颈后有红色的鳍，知道这是被搁浅的人鱼，便让水手用长长的竹篙把她拨入水中。女人仰泳着，向他们拜谢了很久，然后没入。

第 260 条　范德萨记录，在爪哇西南的水域见到过这种生物。它的身高就在 4 英尺到 5 英尺之间，体少鳞而鳍密，皮肤呈黑色，有绿色棕榈叶纹。头部很小，鼻穹宽大，颊上对生两列棘形白斑，唇褐色，有退化犬齿，手脚均有蹼。喜欢清洁，明尼娜岛土人有豢养它们做奴隶的习惯。有时，它们也会作为礼物被送往那些更大的岛屿。

第 261 条　中国古籍中称此鱼人为鲵儿所化，四肢等长，有较长的尾巴，喜欢待在树苔浓密的枝干上或者是潮润有荫的石壁上。善食飞禽。天气干旱时含水上高处，用草和树叶伪装自己，张开嘴巴，待鸟来饮水时便吞吸而食。

第 262 条　中国古籍中提到，在一处称为昆明的人工池里，用石头刻有一种水生物，形貌仿佛大鲸鱼。每到雷雨天气，便可听见它的吼叫，见到它的鳍和尾巴振动。汉朝时人们祭祀它来祈雨，往往很灵验。

第 263 条　据记载，最早发现于中国东海。相貌如美妇，体肤遍生文花，颇像佛庙诸菩萨的模样。8 世纪初，有人在瀛州附近发现了一只，认为是祥瑞之物，把它献给当时的皇帝。不久宫廷平定变乱，它便趁机逃走了。

第 264 条　中国古籍记载，此物生活在一个叫豫章的地方的江水中，体形蜿长，性暴烈。有位叫作许逊的官员曾用剑杀死一只。后来尸体化为一块石头，渔人网出水面，拍打它所发出的巨响可传数十里之远。唐朝有人破开石头，从中发现一把宝剑，剑身刻着许逊的名字。

第 265 条　中国古籍记载，此物生活在岭南的罗州和辩州境内，凡是有水的地方都很容易见到它们火石颜色的脑袋半浮着，像龟鳖的头形。一旦有野兽、牲畜前来饮水，常常被它们拖入深处溺毙，吸干体内的血液。据见过的人说，此物体形并不大，下身臃肿，宛如一柄汤匙的样子。

第 266 条　出没于印度洋和红海，皮肤洁白，上肢关节处有较长的红色鱼鳍，下肢纤细，腰如同海鳗而不能挺直。一些古籍中记载，它可以说话。传说亚历山大大帝在远征印度的途中遇到它的阻拦，它大喊大叫，宣称印度归属于天神，命令他回头。也许这样引起了亚历山大的兴趣，15 世纪的《伊斯肯德文集》中画着他偷看它们洗澡的场景。窥视提升了欲望，后来他借助水晶球的力量，多次潜入海底，与它们交欢。据说现在的印度，渔民出海前都要向法官发誓，不和它们结合。

第 267 条 发现于中国东海。中国古籍记载，它有着人的体态和容貌，秀美端庄，身长在六七英尺左右。它的肌肤白腻，没有鳞片，却有着各种颜色的轻软细毛。这的确罕见。它还长着像马尾一样的头发，和身体等长。分有雄雌，“阴形与丈夫女子无异”。海边的寡妇和单身汉们捉来它们，在家院里挖出池塘养起，便于交合。交合的感觉据说和人没有区别，温柔而不伤人。

第 268 条 中国人说，它浑体银白，如同妇人，有乳房和生殖器官，只有尾巴是鱼的。人们传言，如果在路上见到它，对人没有好处，将染上噩运。

第 269 条 ①中国古籍记载，有一郭姓官员出征高丽，归途中于浅滩上见到一条小船翻覆在那里。命令兵士掀起，船下藏着一对身着薄衫、美艳绝伦的少女，于是收为姬妾。二女妖娆多情，耻部又不与人相同，分以阴阳双穴，阴从阴火，阳从阳冰，每半月遗红，奇香布体，必闭一穴。郭为二女所迷，旦夜相拥，少理家事，称病不去朝。郭的妻子感觉异常，于是招来亲戚劝阻，不料第二天死于家中，脑袋也不知去向。负责查办此案的官员名诜，怀疑是那二女合谋杀掉了主妇，只是搜遍家里不见头颅与凶器。诜有一友经常出海，闻知此事后教给他一个办法。于是密告郭家侍女在二女沐浴的香汤中加入海盐、鱼粉和芫草汁，二女不知，汤中嬉戏不久便肤色涨红，昏睡过去。便见原来稀疏柔软的腋毛渐渐变得粗大，最后长成由十数根锋锐骨针构成的利鳍，用指肚轻轻拭之，竟感到疼痛。又撑开红唇，见到一对尖长犬牙和粗粝臼齿；请人带至茅厕细检其粪，内有人之毛发、骨粉结成的球团。诜将二女监禁，上报朝廷，判决腰斩。

② 15 世纪的葡萄牙人在中国东海上见到过这种貌似少女的水怪，他们称它为“兰吉罗斯特蕾丝”。据他们描述，它的下体是侧扁的鱼尾，身无鳞片，只有对生的胸鳍、腹鳍、背鳍和股鳍。它们的腰间用藻草围了一条带子，上面系满了大鲍鱼。葡萄牙人用一些玻璃珠子换走了这些大鲍鱼。

③ 16 世纪末期，在拉普拉塔河入海口处，有一段时期总会发现一些当地妇女的尸体被抛弃在岸上，人们传说是英国海盗奸杀了她们。后来，据德雷克的一位手下回忆，他的某位随行医生偷偷解剖过其中几具尸体，在她们的腹内无一例外地发现数百条活着的小红鱼，她们的内脏几乎被吃光了。不久英国人在海滩上抓住一个正在对一个拾贝妇女施暴的海怪，“它长得极像巴塔哥尼亚人，力气非常大。它显然十分愤怒，它的鳍划伤了我们的胳膊……我们看见众多细小的红鱼和它的精液一齐射了出来，在发烫的沙子上跳跃挣扎，这真是骇人！那个女人的脸都吓白

了……”（捷林，《航海手记》，1579）

第 270 条 发现于中国钦州江坪外海。体形浑圆，脸部有如人耄耋时的须髯，有五列背鳍，肤有带光条纹。常随帆船泅游入港，助人落篷，以换取甘蔗和鸡鸭活物。据渔人讲，它不能完全直立，一对短小后肢与尾部形成稳定，动作灵敏。与人说话只反复发二音，极像“打铁”，渔人因此称呼它们为“铁匠”。农历三月数量最多。

第 271 条 卢佩蒂在《梦境航记》里提到，它体如黑色大理石，身形高大，各部位比例非常匀称。卢佩蒂说，它是梦精的后代。科林斯的菲德涅告诉她的母亲，中午睡眠时，梦见一个黑甲男人俯在自己身上，给她看一种龙形纹章。后来她被发现怀孕了，生下一个黑色婴儿，脊骨上有竖着的板刺。放入海中，自由游泳，然后消失。数年后菲德涅不幸病逝，它从海里出来到她墓碑前哭泣，已然成人。

第 272 条 日本人传说，屋久岛的大雾里生活着这样的水妖。它豹眼狮鼻，长着鲸鱼的嘴，有一双透明的飞鳍，不喜欢阳光和灯火。大雾散去后，它便消失在海里，潜伏在暗礁处静静等待，用它呼出的气泡喂养蓝藻。

第 273 条 中国古代笔记《稽神录》里提到，渔人李黑獭经常在江水中张网捕鱼，一天忽然捉到一物，如同人类婴儿，长有三尺，但是网被一些黏液系住，很长时间无法解开。一位道士看见后告诉他，用铁水浇灌就能够解开了。渔人如法炮制，得到网中婴儿。仔细端详，婴儿的嘴巴鼻子眉毛头发就像是画上去的，却没有眼睛，闻一闻它的嘴里还有酒的味道。旁观的人感到恐惧，渔人将此婴儿重新投入江中。在人与其他灵物相会的诸多传闻里，往往带有送子或留子的情节。有趣的是，女性若为人类，生下的孩子必从灵物种属，相反则为人童，绝不会诞生新的物种。比如白蛇女与人的姻缘里，即使化为原形，她生的孩子也是健全的人类。同样的情况还出现在鲤鱼女、狐女、田螺女，甚至天上的七仙女身上。中国人决定血缘是以男性为主的，灵物则延续了这样的有效性。这个笔记并不完整，因为在此婴儿身上尚未确定其人或物的归属。但是不管怎样，它是一个怪胎，所以不能被接受。J. Tang 说，就笔记来看，似乎婴儿承受了全部的罪过。首先它有着不合年龄的体长，出现的场合也不正常，其次，它还饮酒，尤其是没有眼睛，使人们不能了解它的灵魂以及内心世界。

第 274 条 古希腊多利茨人发现于克基拉岛海域。它的体形硕大，肤色呈青铜色，有人的四肢，背部有对生翼鳍，鳍针锋利，可用作箭矢。人们常见到它在海中与大鲸角力的情景，大鲸往往要被它推上沙滩窒息而死。

第 275 条 在日本，有的渔人称呼它们“燕子一样的秀女”，不知是指哪一点：身形的敏捷、体貌、叫声，或者是恋旧？据熟悉它们的人描述，它们的躯体相对而言显得单薄，因此出行时那身灰褐色的罩衣十分宽松。它们的脚是不给人看的，总是埋在沙子里，想必很是秀美。它们有一条细长的尾巴，装饰性的，有人曾经在喂给它们海星时偷偷摸了摸，这令它们非常恼火，像抽鞭子一般轮番抽打他，直到他的腿肿起来。这并不是它们的性情，如果不戏弄它们的话，什么事也不会发生。

第 276 条　出现于中国古籍。根据描述，疑与**第 5 条**同。也有人认为是某种淡水鱼的古称。

第 277 条　出现于中国古籍。记录者描述，它多出现于越地的一些近海滩涂，那里往往是晾晒提取海盐的地方。它擅长判别卤水的好坏，被它认定的卤水所出的盐晶售价很高。有经验的人利用它贪吃莲子的特点来训练它，使它充当质量监工。它的相貌近猿，只是无毛皆鳞，呈硫黄色或铁矿石色，有短尾，如江豚。中国宋朝有人曾驯养两只为他工作，长达十七年。

第 278 条　这是炼金术士们热衷于描述的一种生物。它有妇人的上身和鱼的下身，鳞片圆而且大，鳍软而长，从脑后直达臀尾，橘黄色。一对翅膀，一红一黑。它还有一顶金色的王冠。据说它象征着所有自然元素的集合。

第 279 条　中国古籍说，它是学者孔子在陈这个地方受难时遇到的怪物，身长九尺有余，穿着黑衣，戴着高大的帽子，因为打扰了孔子休息，被其学生子路斗杀。孔子还说，物老则群精依之，因衰而至。此物形似鳀鱼。

第 280 条　7 世纪时，那些从奄美岛驶向中国明州的日本使臣在岛屿一带看到了这种生物。它的身体较为矮小，前胸和腹部

好像镶有明镜似的发出比较刺眼的光亮。几只这样的生物跟随船只游动，并不时伸起它们的手臂，仿佛求取食物。有人给了它们几个苹果，它们喜欢苹果的味道，吃完后快乐的神态显得很可爱。据说它们的嘴唇又扁又长，眼睛呈明黄色，不算太大。

第 281 条　16 世纪时，在波罗的海的希乌马岛和萨列马岛附近，有这种生物出没的踪迹。它们大约有近十英尺长，躯体呈黄绿色，鳞大且密。前肢粗壮，后肢显得细弱，尾鳍生有黑褐色骨刺，雄性带有骨状刺瘤。根据一些立窝尼亚人的描述，它们会分泌出一种透明的褐色体液，有点儿像生漆，接触过这种体液的皮肤容易红肿并溃烂。

第 282 条　中国笔记说，这是淮水里的鱼魅，形似河狗，时常变化为人的样子迷惑女子。据记载，唐朝楚州一个姓沈的女子到水边浣纱，它爱此女貌美，因此化成翩翩少年来引诱她，直到女子整日魂不守舍，身体现出孕相，而被其家人察觉。于是请来当地一位有名的巫婆做法，以火刀逼出形体。它表现出依依不舍的样子，又写了一首很好的诗来告别，引起人们的同情。[1]过了几个月，沈女生下三子，相貌非人，家人打算杀死它们。沈女说，它虽然是鱼魅，却也有情义；我尽管是人，却也愚妄，不如把它们放了吧！家人便送到水边，它兴奋地跳出水面，背上它的孩子消失了。在类似的故事里，这应该算是结局美满的一

1　译注：诗句如下：“潮来逐潮上，潮落在空滩。有来终有去，情易复情难。肠断腹中子，明月秋江寒。”见《通幽记》。

次异缘了。虽然妖魅，只是本性驱使乱人之女，将其驱逐是适当的尺度。沈女虽失身于魅，但也可以说是失身于美少年的幻象，这样的私情亦发自怀春的本能，所以沈女的自审自省显得十分理性，也展示了人的高度。

第 283 条　11 世纪或 12 世纪时，一些石匠为了寻找更多的可以用来建筑教堂和桥梁的石材而不得不借助别的力量。据说有人在罗纳河上见到了知晓一切的人鱼，它们的脸色苍白缺血，长着栗色的卷发，但精神很好。它们似乎乐于帮助这些苦恼的人，不仅提供了矿脉，而且还画了一些图纸，告诉他们使建筑物更为接近天堂的秘密。后来的人们相信增高穹顶的高度是其中之一，很简单，它们为石匠们描绘一种鱼的修长的弧形背鳍，告诉他们更多的要领。它们的手指出奇得长，人们无法知道它们的性情，谁也不敢靠近并伸手接过那些图纸。（《皮洛朗手稿》Ⅺ.80）

第 284 条　埃尔南多·科尔特斯的水手在驶往尤卡坦半岛的海域见过它们。那些水手后来回忆说夜晚船只被迫停了下来，有数百只奇怪的生物将彼此的上肢连在一起，形成一条长长的阻隔带，拦住了他们的去路。在他们视线前方，不少雌性生物正静静地哺乳。水手们被迫绕离这一带。不久，他们又受到了阻拦，一只像是首领的生物跃出水面，张开它强大的背鳍，用令人震惊的葡萄牙语指责他们，抗议他们砸毁了科苏梅尔岛上的神像。它显得非常愤怒，胸口的膜异常透明，可以清楚地看到那疾跳的心脏——一位水手发誓说，那是十字形状。它诅咒他们将要死去，后来这些西班牙人的确被印第安人杀死了一大批。要知道，16 世纪的印第安人甚至没见过马。

第 285 条　日本四国一些岛上的渔民传说它们是龙太子的座驾，只有四只，能长生不老。它们很少浮上海面，除非下面发生地震和火山喷发。即使升上来，人们一般也不易看清，因为总会有大浪和狂风。眼力好的人可以看到它们雪白的腹部，以及下肢长达数米的飞鳍。

第 286 条　一些日本人相信有这样一个神存在：它分配给每条河豚不同的毒素、不同的宰杀者和不同的食客。在他们看来，只有鲀神不喜欢的人才会因为吃生鱼片死掉。同时有人相信，如果选对了食鱼的时间，一切也可以发生变化。还有渔民信奉鲀神化形于熟人亲友，早晨出门遇到的第一个熟人便是鲀神，他从哪个方向来，这一天就捕哪个方向的鱼。我见到的一幅浮世绘上，把鲀神画成一个穿着和服和木屐，在春天的海岛上散步的俊雅男子，他身后的渔民挑着沉重的鱼篓兴冲冲地回家。

第 287 条　①见于东方人的笔记。8 世纪里，某地有一个姓叶的男子派遣他的仆人守候水田。田地边活水长流，在其下游形成一个池塘，水色乌暗。有一天其仆人路过这里，忽然听到塘中传出沉闷的声音，既像大鹅叫唤，又像人在打鼾。仆人好奇，潜下水去察看，发现有东西伏卧在池塘深处，其体长约二三十英尺，光滑无比，弯曲有致。仆人疑为水怪，拔刀杀了它，并且砍下大约六七英尺的一段带上岸去。仔细辨别，与一般鱼类躯体区别不大，便除掉硬鳞和革皮，烧熟以后邀来数十人共同食用，觉得肉味异香，没有什么能够相比。在它的背脊之上抽出白筋一段，大如人腿，尝味仿佛鲟鱼的口唇，特别鲜美。后来剩下的肉段便做了脯干。叶某并不知道这件事，据说当天晚上刚刚睡着，便梦见一个黑影站在床头。惊惧之余，听到黑影对自己说，它原来是河神的信使，酒醉后不小心坠入池塘，结果招致杀身之祸，又被剥皮抽筋等。它要求叶某杀了他的仆人以偿罪恶，这样的话便不再追究叶某的过失。叶某人性愚善，不忍心杀死仆人，亦觉此事毕竟玄虚，虽有犹豫，但不久便释然了。第二年，叶某的仆人砍伐竹子制作农具，结果被竹尖刺入肚腹毙命。到了夏末，叶某全家患上了怪病不治而死，一共八口人。此事诡异，应该是传说附会的结果。我以之求证了 J. Tang，却也没有满意的答复。不过这个中国人说，其实大错在河神信使和叶某，仆人只是犯了小过错而已。既然是神物，就不该醉酒贪杯，将高贵之躯置于乡俗池塘，平生怨事。而叶某已被神示，却以一念之仁而徇私情，获罪难免。所以才有剥皮抽筋作人口食，才有举家八人俱死的严重后果。至于仆人无非以乡民习惯杀妖除怪，只是肉眼之误，因此仅以一命相抵。神的判罚还有什么可说的？

②记载发现于印度洋。印度东方古国恭御陀有贩象者，习

惯在夜里行走。一次商人乘船运送青象往南方海中的僧迦罗岛国去，沿海岸线夜行，途经某国时想起有朋友在此，于是泊船靠岸，打算第二天前去探望。夜半熟睡时，忽然海风大作，疾入商人卧处。商人惊醒，见不远处站立一位妇人，身躯奇高且壮硕，披暗绿纱衣，头戴珊瑚冠，面容憔悴，一脸悲情。商人诧异间疑其为私逃家庭，恐怕受到牵连，便请求妇人离开。妇人施礼，连声求他救命，并不说其他言语。商人不知所以，仍催妇人离去，妇人拜谢后走了，大风随之停歇。商人纳闷，不再有睡意。天近晓时，妇人又来，神情恐慌，还是求他救命。商人劝慰几句，妇人依依而去。商人巡视船上各处，不见妇人踪迹，又怀疑水手拐骗人家妻女，便依次询问，厉言相逼，却无此事的形迹。商人正在猜测妇人是如何上船时，顿见妇人出现在自己身后，形容枯槁，惊恐万状，急急求告救命。商人三次见她，心中已经不惧，于是很温和地问她究竟怎么一回事。妇人哆嗦良久，只说商人之友若来宴请，务必请求速去。商人虽不明其意，怜其情形，便答应了。没有多长时间，果然商人朋友差人来邀，他奇怪着下船，赶往朋友家中。途中有集市熙熙攘攘，商人不便空手前去，便挑选一些手串饰物作为礼品。到了朋友那里，宴席已设，商人环顾间并不见求告之妇人，正踌躇着想问朋友，忽见两人抬一身躯壮大的海鱼从门口走过，海鱼暗绿色的皮肤一晃即逝。商人仿佛有所悟，便问朋友海鱼一事。朋友笑答，真是你的好口福，前日刚捕上的罕见大鱼，为你烹制大餐。商人震惊，从席上跃起，狂奔至厨房，正好看到厨师挥刀将鱼头剁下一幕，不禁背生凉意。自此已无食欲，商人推说身体忽然不适，告辞回船，至夜不敢入睡。半夜妇人再来，商人望之已无头颅，心中既惧且愧。只听妇人腹内闷叹，并发怪声说道，你我都失掉了机会。从此商人操持数业都不能获利，最后一贫如洗。此事由博廷医生讲述。

第 288 条　中国古籍中说，它生长着猪一样的硬毛，发出的叫声也像小猪。它的出现会让天下大旱。关于它的样子，中国人描述说“其状如鲋”。这个“鲋”据 J. Tang 解释，它或者是鲤鱼，或者是一种蟾蜍。

第 289 条　10—11 世纪时出现于格陵兰的西南海岸。据红头发埃里克的移民传言，它们出没于厚厚的冰层地带，赤身裸体，披着长长的体毛。后来的一些学者找到它们的墓穴，得到了部分脊椎。这些 S 形程度较重的脊椎通过脊突的参照分为左右 S 和前后 S，学者们判断这或许就是不同性别的体征。也有人认为，这些只是那些患有佝偻病的古诺曼人的脊椎。

第 290 条　①中国古籍中记载了不少奇特的生物，我不能肯定它们完全是想象的产物，因为其中存在着叙述的真实。当然，它们基本上由传闻构成，在最早的时候，传闻加强了世界的交流，这就等于说，某个人的大脑可以覆盖整个世界。这种生物有着强烈的宿命感，它的一生就是为了走入并完成命运。它与它的人类对应者共同制造了神秘感，在文字中，它们的故事结束得很快，但我们的困惑却漫长地拉开了。比如，它们是谁，他们又是谁，在我们看到的不对等的命运交锋的暗处，会不会有一个天平正转向衡稳；或者，他们是如何开始的，现在是他们的结束吗？我所读到的几则笔记里，它们无一例外被纳入鱼的躯壳，鱼很巨大，或鱼很怪异，目的是潜在的，就是体现一种典型的中国哲学：此鱼非鱼。《灵怪集》中讲述，唐朝吴郡有一位名叫张胡子的渔人，曾经在太湖里钓到一只大鱼，鱼肚上有用朱砂写的字："九登龙门山，三饮太湖水。毕竟不成龙，命负张胡子。"《录异记》里也记载，唐朝金州洵阳县有人名叫柏君，于汉江一个被称为勒漠潭的地方获得一条数尺长的鱼，鱼身上同样有字："三度过海，两度上汉。行至勒漠，命属柏君。"我问过 J. Tang，难道这些字不会是捕获者自己写上去的吗？中国人说，谁写的已经不重要了，重要的是命运已被注定。即使无字，鱼仍然要被人捕获。我们不知道鱼是不是曾经到过那些地方，但是，在悠游的岁月中悠游，在命运到来时服从命运，这不是鱼和人最好的存在方式吗？

②关于水底的世界，除了西方的海神，中国人自己设计了一个复杂的社会。从五海龙王到江河湖塘的河伯水神，这样的体系与僧道传说交织，实际上比我们掌握的更为纷繁复杂。某个帝王想吃鱼，臣属于他的道士可以通过法术书写符函与水神协调。某种水生物得罪了有能力的人，人会写一封书信给河伯，要求给予惩处。但是鲛人似乎极少卷入是非中。我既不见将鲛人与水

神并列的记载，也没有听到鲛人会屈服于人或水神的传闻，在这张比水的密度还要大的无形之网内，鲛人有自我的空间。据《海异典集》记载，登州有人名叫王传，入山求道，学成遣摄的法术，时常以拘传水族为趣。其母做寿，王传意欲传召鲛人吟唱，于是投符于海，久候不至。王传生气了，又以符书召来水神，共同追究鲛人之罪。过了不久，有大鱼从波涛中跃出，王传捉来一看，见鱼腹上有字："王传在壤，水神在虚。我在深渊，道在此鱼。"我想，这就是 J. Tang 所说的悠游吧。中国人有句古话：相忘于江湖。此一忘的确是一个境界啊！自由不隔绝，交会不打扰，顺自然天命而为，这种理性让人深受启发。[1]

第 291 条 中国古笔记记录，卢眉国[2]的使臣归国途中在海上所见。鲋者鱼首人足，鲵者人身鱼尾，二类共同生活在珊瑚丛中，体长均不过两米。鲋腿白皙并不见鳞，鲵貌姣美且生有绿发，避人而远逝。曾听其言语，犹如土著俚俗，不知其意。

第 292 条 也是卢眉国的使臣在归国时发现的。它的下身藏在水里，只有上身浮在海面。据使臣的记录，它像一位青年男子，胸肌异常发达，肩胛上有对生鳍，金红色。它向使臣询问一些萨珊波斯王朝的事情，看上去显得木讷而焦虑。使臣给它一些杧果，它吃得津津有味。

---

1 译注：此处原为我和伯爵之间的一次闲谈。我大概为他翻译了上面的几则故事，他很感兴趣，专门列一词条讲述。原文译出。

2 译注：疑为土耳其。

第 293 条　在中国古籍里，它的体长不长，肤生黑色文花。传说它习惯坐在水边，彻夜不眠而沉思。有人曾捕杀一只烹食，食后患上失眠症。

第 294 条　6 世纪时被中国的旅行者发现于帕米尔高原的龙池中。身体呈艳红色，长达三十英尺左右，体重与成年男子相仿。有鳞化上肢和后肢，鳞的密度大，群集于深水内，性情凶烈，力大无比，以其他鱼龙鼋怪为食，偶尔捕杀浮游的鸿雁类属。

第 295 条　①这种生物与人长相几无区别，多以美丽少女外形出现，亦有以华贵少年骗娶人妻的记录。检视中国古籍数篇，故事曲折各异，但所述绘者差不多都一样，即当其入水时，貌如苍獭。如果平时仔细观察，它的蹼爪和水獭十分相似。《搜神记》里讲述，在无锡的一处大湖地带，负责巡察湖堤防务的小官名叫丁初。一年春天，雨水丰沛，丁初出行在塘堤上，近天黑时，忽见身后跟来一位小女子，一身青衣，举着一把青伞，边追着他边喊他的名字，请他等等自己。丁初开始不知道是什么事，便打算停下来。然而转念一想，很长一段路上不见有人，突然冒出这样一个小女子在阴雨中行走，恐怕是鬼怪之类。于是丁初便加快脚步朝前去，而那女子也追得很紧。丁初干脆跑了起来，把那女子远远地甩在身后。转过一个弯时，丁初再看那女子，见她投入了湖堤隔开的池塘中，声响颇大，衣物与伞全部丢散在空中，皆为荷叶。女子无非此物，出水来魅惑丁初罢了。

中国人讲求姻缘天定，私自求好者不祥。J. Tang 细讲，在事情的过程里已经设定了征兆。荷叶在中国南方湖池中遍生，密可遮蔽水面而连接远天。异物以其作衣物器具十分自然平常。在中国字里，荷与合读音相同，女子披持的外象正好传达出交合的意图。伞与散读音又同，便暗示了最终的结果。就丁初来说，丁为男子之意，初为开始之意，就是说，一位刚刚成熟的男子应该求从人道伦理，又怎会坠入畜物属性？哦，这种解读真是奇妙啊！

②《甄异志》里讲述，河南有一个名叫杨丑奴的男子经常到章安湖去采拔蒲草。某天将晚时分，遇到一个女子，所穿衣裳不怎么干净整洁，但长得很美。她坐着一只小船，船上载满了莼菜，靠近丑奴对他说，自己的家在湖的另一边，天黑了无法回去，想在他船上借宿。然后向丑奴借了盘碗，弄了些鱼干生菜之类吃了。完后二人便相戏调笑。丑奴唱歌嘲笑她，一定是贪玩回不了家，弄得衣裳脏乱。女子便用短诗回答说，家远太阳下山又早，幸好遇上你这个好心人，才让我宽心无忧。[1] 很快两人便睡在一起。交合中，丑奴闻见女子身上有一种臊气，又摸见她的手指非常短，便怀疑她是魅怪。女子知道了丑奴的心意，便突然起身出舱，化为原形，入水消失。[2] J. Tang 细讲，蒲草粗

1　译注：原诗为：家在西湖侧，日暮阳光颓。托荫遇良主，不觉宽中怀。

2　译注：杨丑奴所居非船，应是在湖畔的一处简易屋子，原文中提到此物“遽出户”。伯爵有误。

韧，用来编席；莼菜黏软，浮于水面，都是交合之象。丑为形貌之陋，奴为品性低下，所以才会有交合之实。倒是此物以肉体求悦，因人识破而怒，尚比丑奴有气节。（译补：伯爵就此事问我，西人亦有与狗、马、羊、儒艮类交合之事，中国人又如何看待此事，它与人伦要求一致吗？我说，西人与我国人不同。西人强调动物肉体的快乐，所以只重器官不避外形无常，便有羊蹄人与仙女交合、天鹅与人交合等传闻。中国人追求灵魂的愉悦，动物变化为人，目的是在同一等级平面纵放心神。中国古事里罕有化人为动物交合的情景，这就是说，人伦要求的就在于符合灵魂的要求，而兽交不是人伦。中国人伦反对人与动物交合，但当动物化形为人时，这个问题便复杂了。）

③《异苑》中讲述，宋朝元嘉十八年，即441年[1]，广陵有女子张道香送丈夫出行，夜里住在一处祠庙的下房。半夜时有此物变化成她丈夫的模样到来，假作依依不舍，张道香顿时被惑，举止失常。正好有一位名叫王纂的人擅长治邪，下针治之，此物便从道香被中逃出，直入江水中。我问中国人，即使化形向人，也有此骗奸之法可行吗？J. Tang说，自然不可。中国男权社会，崇尚贞妇烈女，有夫之妇自不能投怀送抱，此物化作其丈夫形貌，以骗交合，当然是无耻之举。这是它动物本性使然。细说事主之名，道分人畜妖鬼，也是万物本源；香为气虚，无

1　译注：南朝之宋。

形无色，易被遮污冲损。道香固然可以被蒙蔽，但以针辨识探究，正如提婆之针，一切终究清澄如本。

④在《幽明录》中记载了一个发生在宋朝[1]的事情。永兴县有一位名叫钟道的小官，大病初愈，性欲超乎寻常的旺盛。以前他曾与白鹤墟里的一个女子交合过，如今十分想念她。忽然这个女子就来了，钟道欣喜，立即与她交合。此后这个女子又来了好几次。有一天，钟道对她说，我特别想含鸡舌香[2]。女子说，这有何难？于是捧了满手的鸡舌香给他。钟道请她和自己一起含咀，女子拒绝说，我的气味素来芬芳，并不靠这些。后来女子出门离去，一只狗看见她，扑上去便咬死了。女子被扑倒在地，现出原形。再瞧鸡舌香，似是一些干粪。J. Tang 说，粪香不辨，动物的本性；而人亦不辨，是因为沉迷。钟为专注，专注于道，却不知道之真义，所谓惑于外象，其实患于心欲。心欲愈烈，器官之乐感尤甚，与动物又有何区别？

⑤《穷怪录》中讲述，梁朝[3]河东人柳镇在钟山西买地结庐，自耕自足，闲时扶杖临江远眺，悠闲自得，乡人尊称他为柳父。一天，柳父忽然看见沙洲上有三四个小孩子在游戏，不久便听见他们喊饿，要找食物吃。瞬间江风大作，波涛汹涌，有条大鱼受惊跃起，落在洲上，小孩子便跑过去争抢着吃鱼，边吃边

1 译注：南朝之宋。

2 译注：一种香料，汉时规定，尚书郎奏事要含鸡舌香。

3 译注：南朝。

说道，吃不完的鱼留给柳父。柳父闻言大惊，于是驾船过去。小孩子们现形为此物，纷纷入水逃走。柳父取大鱼分给村民，后有所悟。

第 296 条 去年[1]秋天，法国人约瑟夫·里尔在给我写的一封信里说，他们在吉安半岛的某个浅滩捉住了这个被潮水抛弃的生物，打算在各地展览。他们借用流行的称呼"海女"作为它的名字。据里尔的观察描述，它有一双特别长的腿，近七英尺，但非常灵活。它没有发囊和指甲组织，颈背为鳞区，脖子粗壮，有一对狐耳和猿手。它的乳部极大，乳头血红，当它注视着围着身体赤裸的自己的渔民时，乳头的硬度如同青铜。它顺从地让里尔检视阴部，分开腹股沟处的一对耻鳞，可以看到突出的阴蒂和长约半英寸的外阴，上面布着半透明的胶状物，可随触体拉起蛛状丝线。奇特的是尾椎处它仍有一截鱼的尾巴，鳍翼由十数根翅条撑开，并有几处白斑装饰。我与邓恩博士和博廷医生准备去察看时，他们送信来说，它在去巴黎的路上逃走了。

第 297 条[2] 爱丁堡的休斯在寄来的信中说，他曾在北海里看见像人的水怪，它的毛发极长，浮在水面，腋下各有一个幼子。

第 298 条 大雅茅斯的罗伯特·S. 哈丁在他的信中讲述了一个水怪。它的颈部很长，头部较小，面目有点儿像小猪，却有一双妇人的手。赫尔港的马修也描述过相似的生物，他甚至注

1 译注：1756 年。

2 译注：爽。这种生物的样子让我想到这个汉字，这与其本义无关。

意到在它的颈部有立生的骨状鳞。二人的奇遇都发生在北海近陆的水域。

第 299 条　去年[1]，格廷根寄来的一个小箱子里，罗斯巴赫的 B. 康恩教授把他的一些化石转交给我，以躲开战争中的劫掠。这些化石大部分是植物化石，其中有一块比较大，看上去像是属于人的一段脊椎，连同明显的对生肋骨。教授判断它属于某种海生物。

第 300 条　安格尔西岛的查克在他的来信里提到，五六年前他在挪威海看到过人鱼，它们差不多有十几个，离船有三四百英尺远。它们并不像传说中那样貌美，身上全部是粗大的鳞片。它们的长相有人的轮廓，却没有鼻窍，也没发现有耳朵。它们的鳍是深蓝色的。

第 301 条　斯卡伯勒的希思·沃尔在他的信里发誓，他的生命里多次出现海妖。它们个个都是美女，斜躺在北海的波涛中，用小巧的脚蹼搔痒。

译注：在本书中，伯爵没有为塞壬列出词条。

1　译注：1756 年。

附录一
相关词条

译者注：据伯爵的一份羊皮纸手稿补入。

［鲛函］ a. 古代的中国人认为鲛人的鳞壳坚厚，可以用来制成铠甲。不过也有人认为一些铠甲的叶片排列如鳞，因附于人形，所以想象为鲛人鳞壳。这样看来，它是可以依凭的，由于鲛人世界的奇异、不可测知，鲛人的坚壳成为一种界限的标志，穿披者相信它必不同于金属铠甲，活物残余的气息（或事物）有时会显示作用和力量。至少他们相信，它能够、将会避开什么。古代的中国巫术里有消失（隐形）之技，11 世纪的方士用一些植物蔽体，可以逃离、躲避灾祸，它的意义亦与此相同。

b. 即“波涛之书”“潦水文章”所指。被视作鲛人独特的表述方式，一般于水面形成文字涟纹，并不存留，为瞬间之物。

［鲛绡］ 中国人的故事里，鲛人中的女性是擅长织锦纻丝的。诗人想象由她们织成的东西极为轻薄剔透，在无缝天衣只是传说的年代里，这些宝贵的织品无不带有灵界的气息。事实却是，被装上织机的材料一般普通如妇人所用，记载中也没有什

么特殊的地方，一切都被掩藏在她们的想象里，包括妇人们想要了解的技术和机巧。曾经有位诗人对于伟大的音乐是来自琴弦还是来自弹琴人的手指这一问题感到疑惑，可以设想，一定也有人对鲛人的双手有过更多的关注。当然，我们所了解的那双手并没有什么诡异，这些肢体正如织机上的轴辊和关节，关键最终集中在操作者身上，确切地说是她们的大脑。妇人们相信那里是属于神的，属于另一个空间，织品的珍贵完全由此规定。有人雇用过一个鲛人为他织出鲛绡，淡血色。

［鲛市］ 鲛人的集市。中国人认为在东海之上，蜃楼联结之处，往往被云气笼罩。那里贸易之物尽是珍宝，凡人船只不可抵达。集市的存在，让我们看到了鲛人的社会与等级，难以理解的是这种奇妙的距离感。鲛人的集市并不在海洋深处，而被高举，让人能够望见。它的熙熙攘攘，它的众异之光，它的庞大又深邃的容纳力，都提供给任何的观者。但它又是消灭征服之心的，因为它飘浮在那里，表象上属于空间，其实却属于时间。人们借助幻觉和方术似乎找到了进入的通道，尽管信誓旦旦，获得机缘者仍不免被归为疯汉、痴人与谵妄者。人和鲛很容易便区别开来，鲛市中没有利益，完全是一个存在的境。

［鲛人］ 那些应该是些什么？在我们未曾到过的领域，（我

们以前是不是曾经到过？）它们用与我们相同的形貌远远地嘲笑我们。它们并非神祇，甚至在西方，你对它们的了解往往比你对邻居隐私的了解还要多。真正唤起我们内心迷惘的是东方人对它们的讲述，它们似乎比神还令人不可思议。因为一条尾巴的介入，人类悬浮的梦想成了一种现实，然而成为它们则上升为全新的、不可抵达的梦想——不错，可以与它们沟通，它们懂得人言，会做一切事情，温顺地接受人的爱抚，等等。重要的是，剔除了镜花水月之后，它们有能力既出没于海洋里又出没于陆地上，这个问题带来了我们对自身的不满。那么，我们缺失的仅仅是水中的能力吗？我们仔细研究过它们吗？哦，我的脑子里有太多太多的碎片……究竟有什么力量会超过海水的压强，让我们去依赖一个穹隆支撑一切？

［鲛刀］ 中国人描述它的长度类似一双筷子，由海底火山岩铁锰石制成，薄如贝隙，坚韧无比。它的颜色为青红色，柄长占四分之三，刃体仅占四分之一，用来剥离礁石上的贝类。闽地有采珠人效仿其形造以小匕，很适用。鲛人的物品中唯有此物近乎兵器，我们目前无法想象它们是如何解决争端的，更不知它们如何解决仇恨、妒忌、贪婪、诡诈和欺骗。还有，海底有没有暴力，所有的鲛人都宣誓忠诚吗，它们难道不屑于学我们一

点儿？

［鲛膏］ 这是一种存在了极短时间的东西。7世纪时，骦州人去林邑，归途之中遭遇风暴。据记录者回忆，有一次水手们尝试靠岸时，不幸将一个幼年鲛人撞死。船上某人曾久居登州，颇通煮药之术，遂将鲛人躯体熬制成膏。这种膏药被装入紫檀匣盒，色泽暗绿，嗅之有腐木之香。某人以为奇药，但无人敢试，所以一直不知道效用。后来骦州黎姓秀才顿发晕厥，连日不醒，脉息渐失，于是某人荐此膏调水喂服，竟然复苏如常，只是所学诗书全部忘掉，并且以后不再接受人世一切经验。某人又试以甥侄，果然均如此。官府以为怪异，捕捉某人，搜尽余膏，欲问其罪。州中有智者建议，用这些膏分别灌饲狱中囚犯，诸人饮后罪恶尽忘。某人余生致力寻获幼小鲛尸，终日往来海上，可惜再无此机缘。此事由魏敦笔记。

［鲛腴］ 中国古代幻想者魏敦在他的笔记里提到，明州富商陈钦曾以百金购得一块肉，色如新雪，腠理同丝绸，闻上去有椰果之香。生啖黏齿，难以比拟其味道，有厨用竹刀剖切，与八月黄鼠干同以罐煨，另加山珍若干，食之鲜美非常，五旬之躯顿如壮夫。仔细探听，原来是东海鲛人小腹之肉。数年之后，陈钦贩物去泉州，某夜忽不见了踪影，相传为群鲛邀去，从此

不归。

［鲛目］ 鲛人的眼睛，与人相同，球体呈碧蓝色，有网状嵌丝，丝泽为砂金色。眼球正中为青色闪瞳，雄性逢阴霾天气则盲。中国人认为，鲛目可以并行于不同的空间，更多的时候，它们所关注的是人类不知道的事情。

［鲛珠］ 中国人认为这是最好的避水珠。在一些青年男子与雌性鲛人的爱情故事里，它被描绘成鹅蛋大小，泛着淡蓝色或油脂色的圆球。通过讲述以及故事实证，这种珠子的持有者可以自由地往来于海陆之间，往往是鲛人爱情的信物标志。我们来看这种小型的、圆圆的意象，在中国，它们被视为绝对界限的消除力量。道士们为皇帝所炼的丹丸，可以消除人神界限；狐狸腹内的朱丹，可以消除人与灵物之间的界限；而鲛珠的作用就是消除海洋对于人的空间界限。我想，中国人在现实生活中获取圆的经验一定晚于锥形、三角形和方形，在他们最早的认知里，圆形仅仅属于日、月，而日、月是遥不可及的。石器时代，圆形几乎是无法制作的，除了天然的存在，石球在概念上远远落后于石斧、石刀、石箭。渔猎中蚌珠的获取也为他们带来强大的神秘感，因为并不是每一个蚌里都会有珍珠——圆形的东西似乎生来就属于我们的追逐。这种时间的炼化最终改变了许多真相，而

被赋予了魔法。值得关注的是，获赠鲛珠的男子没有谁再一次拿着它返回深海，与他们的爱人团聚。人们津津乐道的是得到宝物的传奇，又有哪个人愿意去回应海里鲛人一天天无望的等待？中国道德谴责对妇人的始乱终弃，探究鲛人之物格，确实令人羞于启齿。J. Tang认为，这种及其类似的东西应该称为物化的灵魂，即坚硬的有体灵魂。它由鲛人的内心控制，因而也可以被称作离体灵魂，就是说，它能够游离于身体。与脑部贮藏的缥缈灵魂相比，它负责肉体的一切实有，包括一切感知。事物的珍罕性完全取决于鲛人自身，如果肉体消亡，鲛珠便不再灵验，仅仅成为普通的钙化物。

［鲛泪］ 鲛人之泪。但这绝非我们所说的日常意义上的眼泪，因为它的排泄并不因情绪、外部刺激等而产生。中国人在很早的时候便记录了鲛人泪化珍珠，并上岸用这些珍珠来与人交易的事情。一位诗人在诗里写道，浩瀚的大海上，明亮的月光照出珍珠里鲛人的泪痕。用交易泪珠的方式获取利益，这不仅仅是人类的机巧，不同的是，在鲛人那里，流泪与情绪无关，也不反映内心情感，它唯一的作用就是生产珍珠。我们相信这件事的可信度是很低的，按照文人的推演，它让人怀疑眼泪的价值和诚恳的价值。幸好我们知道威尔士王妃们的饰物里没有这样的东

西。炼金师法特兰认为鲛人或某一种群的鲛人体液是异常的，在体外可以迅速结成晶体，恰好与珍珠相仿。在他所做的几百项相关试验中，只有极少的几次据说确实存在着特殊的促进固化物形成的物质。被发现的东西炼金师目前无法提取。J. Tang 认为这些液体与海水没什么两样，无非身内身外而已。至于珍珠，或许只是比较大一些的眼结石，因为中国有句古话叫作鱼目混珠，眼结石当然也不例外了。

［鲛革］ 中国古籍专指鲛人前胸、后背心脏区域的皮肤，此二处皮肤均比别处坚硬粗粝，据说能够经得起鲨鱼、金枪鱼的撞击啮咬。闽地有工匠雕刻此皮蒙制灯笼，上雕二十四孝图景，其中细密处如纱帐孔隙十分清楚严谨，然而强风却不能越入熄灭烛火。闽匠固然有这一手惊人的技巧，鲛革之韧却是世间难求。

［鲛沙］ 中国人认为这是鲛人的胃结石，是积食所化，十分珍稀。有笔记确信，鲛沙是气息的永固物，因为拥有鲛沙者都长寿无衰痕。一些得道较早的仙人在他们所炼的丹丸里往往要添入鲛沙。据记载，此物味稍苦，性凉，色暗青紫，粗颗粒凝结。

［鲛宝］ 即鲛沙。也有指鲛珠，也指雄鲛外肾。

［鲛居］ 也称“鲛人居”。中国人认为，鲛人是有其较为完

备的家居环境的，它们不是无智性生物，有稳定、可靠、安逸、隐秘的需要。有意思的是，他们更乐于肯定鲛人就住在离人类不远的湖泊中。唐代的一位诗人描述那里的环境优美，有繁茂的荷花和高飞途中暂歇的雁群，小姑娘们快乐地来摘莲蓬。[1] 后来有人甚至确定，鲛居就在钱塘湖里。[2] 这一点，东方的鲛人比西方的塞壬多了一层人格，因此更具备神性探究价值。

［鲛宫］ 鲛居的另一种称谓。

［鲛脂］ 鲛鱼脂。佛教医学中以脂药主治风病，常被列举的有五种，《大正藏》中说："一者鱼脂，二者江豚脂，三者鲛鱼脂，四者熊脂，五者猪脂。"其中，鲛鱼是有别于一切鱼类的。中国古代曾有秦始皇取鲛脂作灯烛燃料的记载。有学者认为，鲛脂很大程度上就是鲸脂的误读。

---

1 译注：即储光羲《采莲曲》：浅渚荷花繁，深塘菱叶疏。独往方自得，耻邀淇上姝。广江无术阡，大泽绝方隅。浪中海童语，流下鲛人居。春雁时隐舟，新荷复满湖。采采乘日暮，不思贤与愚。

2 译注：见杨维桢《鲛人曲》：鲛人居，钱塘湖。自从剑客过湖去，世人不识真仙儒。灵丹掷湖水，湖水清如酤。江妃惜不得，贮在明月壶。鲛人夜饮明月腴，夜光化作眼中珠。手擎莲叶盘一株，盘中走珠汞不如。世人无仙意，波心荡漾青头凫。烹龙炮凤日日千金厨，何以洒君心热宁君躯。洒君热，宁君躯，须饮鲛人明月珠。钱塘湖即杭州西湖，自古传说与海相通，原为海湾淤集形成的潟湖。诗中所言夜光化瞳珠，真是神来之笔。

［鲛肤］ 鲛人的皮肤。中国人认为，透过细密的鳞片，鲛人皮肤表面的花纹可以十分清晰地显示出来，为文人雅士所喜爱。唐朝诗人李颀在一首诗中说，在鲛人披着的轻纱带子划过时，她们皮肤上的花纹有如我们不可认知的文字。[1]开元年间，有女子倾慕鲛人肤花，不惜重金为己文身，饰图由颈而下，背如玉胎，微沁苏麻青色，枝蔓逐波，令人叹为观止，坊间无不抛金争睹。此女子安史之乱中被贼兵挟获，投水而卒。有吏怜惜葬之，剖下背部刺青之肤密藏，某一日忽成灰烬。在有些中国人的想象里，视觉是可以取代触觉的，几乎没有人去谈鲛肤的手感，哪怕仅仅是猜测，这与真实接触的缺失有关。

［鲛书］ a. 描写、记录鲛人传闻的书籍统称。

b. 同“鲛函”b 条。

c. 鲛人寄寓心魄的东西，隐于鲛珠之中，与尺素之书藏于鱼腹有异曲同工之妙。唐代著名诗人杜甫有《客从》一诗道：“客从南溟来，遗我泉客珠。珠中有隐字，欲辨不成书。缄之箧笥

---

1 译注：李颀《鲛人歌》：鲛人潜织水底居，侧身上下随游鱼。轻绡文彩不可识，夜夜澄波连月色。有时寄宿来城市，海岛青冥无极已。泣珠报恩君莫辞，今年相见明年期。始知万族无不有，百尺深泉架户牖。鸟没空山谁复望，一望云涛堪白首。

久，以俟公家须。开视化为血，哀今征敛无。”这个敏感的诗人所写的其实更像一个传奇故事。诗人的朋友从南海来看他，送给他一颗珍贵的鲛珠，在珠子里隐隐约约有字出现，待仔细辨认时却又消失了。这种隐约和消失说明了留书者的复杂内心——而人们对鲛人的称谓“泉客”正是复杂内心的根源。此处之泉并非暗水之泉，而是时间之泉，是被阻隔的别处空间。鲛书的奇特正在于此，隐约的叩问和决绝的消失并不矛盾，它向诗人展示了一种可能。遗憾的是诗人以为是幻觉，因其珍贵而保存，以备税赋之需。直到鲛珠化为鲜血，诗人才感到一种深深的迷惘。也作珠书。

［鲛瑟］ 鲛人使用的乐器。古籍记载，东海月夜，波涛中时常可以听到弹琴鼓瑟。最初人们以为是商旅夜行，或者以为是海盗寻欢，后来有出海遇风暴者被鲛人所救，亲见鲛人奏乐起舞。据传闻，鲛人所执乐器比陆上要大得多，琴匣用巨型玳瑁之壳，琴弦用龙丝鲸须，徽注用明月海贝；瑟版用大乌贼脊骨，瑟弦用鳗筋，瑟柱用成年海马制作，其音辽广浑厚，可以平浪偃潮。

［鲛巾］ 也作鲛帕。有理由相信，它是中国文人的诗性添加。海空为幕帘，鲛人举复卷，这样的距离感过于幽玄，因此

幕帘缩小为巾帕。重要的是，巾帕揭开之后，他们想要看到什么呢？或者说，这巾帕的作用是要掩饰什么呢？那么，究竟是哪些事物催生了全新的面具，让我们从虚空之地看到涉波而演的戏剧？小巧的朱唇，有红晕的鹅蛋脸，水汪汪的大眼睛，酒窝，余光，还是肺结核的痛楚？最有趣的话题是 J. Tang 提出来的，他说，巾帕或许被鲛人用来遮掩尾巴。哦，鱼儿的交尾，尾巴是羞耻的，这就是说，美妙无双的鲛人结果成了系着围裙的厨娘，这可不是创作者的初衷。我问 J. Tang，他们到底要什么？ J. Tang 说，他们想要一件信物。也就是说，他们幻想有故事可以发生，在他们和鲛人之间。这并非楼阁之上、西厢之内的可人少女，作为主角，鲛人意味着界限。中国男人们要冒险了，他们既要冒已知之险，还要冒未知之险。就像狄安娜的猎犬，鲛巾也许暗示着碎片。

[**鲛朱**] 鲛人之血。中国道士认为有助于炼制丹药。

[**鲛马**] 鲛人海里骑乘之物。一说为海豚，一说为鲸鲨。中国诗人描述海上仙物时，多设想骑鲸之术。无论何物，速度和力量是不可缺少的。

[**鲛华**] a. 即鲛人皮肤上的文华。参见鲛肤。

b. 鲛人身上的清光。在月夜上浮的鲛人浑身的鳞片会反射天光，清亮无比，也使得躯体从远处看去光润皎洁，成为一些幻想的诱因。在一些浮游生物较多的海域，鲛人身上还会泛着暗青的光，这是海萤的一部分。某些可以发光的微小生物或藻类附在鲛人甲肤上，就会产生如此奇景。有的中国诗人在诗中描述鲛华，相信清光出水时，周围的海水会随之化为琉璃和玻璃。

c. 海面上的月光之喻。中国人认为鲛人很少睡眠，夜晚便浮于海水中享受宁静，并且吟唱。由于月光和身体之光相融的原因，肉眼在陆地上很难把它们辨识出来。后来有人在诗中用鲛华指代夜月在水面泛出的清光，十分生动。

d. 指鲛人体表附着的海水中的沉积物质，多为钙物质，常见于腋下和股沟。

［鲛尺］ 传说中鲛人使用的刻度尺，用来测海。

［鲛丽］ 鲛人之笑。唐人认为，凡风暴海域，有天龙取水，或降五彩鱼贝，鲛人喜见而笑，天空即刻晴丽，海不扬波。有诗句写道：阔海接鲛丽，缯缴出沼津。

［鲛彩］ a. 鲛人肌肤华彩。见鲛华。

b. 鲛人饮酒斗宴时用的筹码，分红彩、蓝彩和石彩三等。红彩即红骨棘螺，光洁如玉，如鲛人手指长短。蓝彩为蓝色宝石缀片，如鲛人鳞片大小。这两种较为常见。石彩海内罕得，一般从陆上交易而来。此物出自石鳅鱼脑，分雌雄双粒，形状如同麦种，莹白润滑。岭南人有喜爱此物者，在石鳅鱼小时便成群购买，装入竹篓内任其生长死朽，然后清水淘去腐殖，留下脑石，赌酒作彩。石彩十倍于蓝彩，蓝彩又十倍于红彩。唐人《海异典集》中记载，有鲛人爱石彩之腻皎，搜求颇众，“环乳而缀之”。

［鲛羽］ 鲛人颈上最长的鳍羽。也有俗称海女裁毛。

［鲛光］ 中国人称黑云与海平面之间的狭长天光带为鲛光。由于积雨云层的厚重，天光显得异常明亮，渔人以为那是鲛人群体出行（或迁徙）时身体的聚光。《海异典集》有海谚说，朝兮鲛光出东南，正午风雨兴焉；暮夕鲛光出西北，夜半骤雨来朝。

［鲛钵］ 鲛人制作的钵盂。传说以锰石、火山岩、赤金等物烧成，呈泥金色。唐时僧人鉴真渡海去日本传法，鲛人出水，将此钵盂献给他。

［鲛席］ 鲛人坐谈时所用的卧席，呈正方形，主要用萱草织成。有的编有海波纹，有的编有鳞线纹。鲛人喜欢在夜里坐上礁岩或孤荒小岛，闲谈鼓乐，鲛席用来隔凉和减少岩石和沙砾的刺伤。宋时浙人李浥与友人出海上，夜里鲛人上船，见覆盖

棋盘的毡子精美，于是留下珠子取走卧席。

［**鲛服**］ 中国古籍记载，鲛人上岸进入城市与人类贸易时，总会穿上人类衣冠，但并不像人一样自如。后人便以鲛服一词比喻那些为求利益而改变本性者。

［**鲛媚**］ a. 出自《海异典集》。泉州商贾徐邻德以诗才闻名，一日与朋友在庭园中饮酒，席上有人提起海上遇到鲛人的事情，言其可人，世间无物能及。邻德有一位朋友带来一清客，据说是狐仙。此人心有不平，便插话说鲛不及狐媚。好事者纷纷求证，于是狐仙作法召来一狐女，席间起舞弄姿，莺声燕语，众人皆入迷。又念咒语召来一鲛人，此鲛赤体于众，不禁大惊失色，以臂蜷护，怯意十足。邻德笑评说，狐媚在形骸，人皆可近而妻之。唯此鲛媚深藏于意态中，我见犹怜，只恐惜之不及。继而邻德又说，鲛知人辱，明晓大防，狐总归玩物耳。二狐闻言羞愤而去，邻德用船送鲛人至海上，此后从未有过覆舟之难，很快富甲一方。

b. 岭南人传说，鲛人耻骨上方的软鳍可以作媚药，唐大历年间有宫中宦官求办此物。

［**鲛鱼**］ 中国古籍《交州记》中提到的一种大鱼。此鱼长有三丈，差不多为三十英尺。背上有硬甲，像蛛网一样的纹路，

中国人拿来装饰腰刀的柄口和刀鞘的端口，也用来打磨铜铁器、骨器以及其他角质器物。记载中提到此鱼出自合浦这个地方，传说中此地盛产珍珠，不知是否与此鱼有关。另外，它与鲛人会在何处形成交叠呢?

［鲛漏］ 鲛人的计时工具。在分解一天时间段的方法上，显然它们仿效了人类的十二时制，不过从实际来看，它们很少这样计算。《海异典集》里提到，登州有人舟行去福建，有机会与鲛人交谈，得知它们以三时计一载，即暖时、寒时和宁时；以四阴四阳计一时，即月圆为阳计，珊瑚产卵为阴计，阴阳互作校正，其差约为人类七日。并听鲛人提到，在东海日尽之点水下千丈的地方，建有计时之塔，高数百英尺，形状如同汉字“金”文，由锰石修筑，各层凹为池形，有小穴相连，塔顶一方形池，贮珍珠万粒，由穴分泄而下，至玳瑁梁为一时，至金砂梁为一载，至坚玉梁为一晕（合人类十年数），至宝石梁为初虹（合人类三十年数），周而复始。三次初虹为一初霓，此时可行婚配；三次初霓为一初晶，此时有病死之事；三次初晶为太虚，闻所未闻。二次初晶后的鲛人一般便离群而去。

［鲛佩］ 鲛人的饰物，多以珠状、水滴状聚形，所用材料多为蓝晶和红晶。中国汉代时有煮玉文，其中有句子说：“扶魍

烟而作裾兮，纫鲛晶以为佩。”鲛晶就是指蓝晶和红晶，皆温润莹澈，带有水幻。

［鲛德］ 中国人认为，鲛人具有八种德行，即美、智、勇、幻、奥、信、忠、逸。唐人细加评说，为态美、灵智、体勇、魄幻、神奥、身信、心忠、魂逸。

［鲛雀］ 海雀。中国古籍认为是海鹞，可以捕杀蛟龙之类。也有学者认为即印度神话里的揭楼罗鸟，凡间不可得见，专以食龙为乐。

［鲛伯］ 古时中国人对鲛人的敬称。一些沿海岛屿住民也用来称呼年长体健善水者。

［鲛町］ 鲛人与鲛人之间活动区域的界限，由感觉来控制。中国元末明初有人认为是鲛人城市街巷的划分点，有误。它并不是固定的界限，而是一种分寸。明人也有刊印为鲛碇的，并作注说，一旦有狂风大浪，鲛人以丝絛作缆系于碇石礁垒之上，以稳定身形。

［鲛逸］ 特指鲛人凫水远去的姿态。

［鲛梦］ a. 中国笔记里讲述，杭州人避患入海，于列岛上与鲛人饮酒，闻听其梦，尽为煮海之事，即担忧海底火山喷发。后来便对他人说，人有远虑近忧，而鲛族亦怀海沸之梦，所谓

避世又有什么意义?

b. 指化鲛之梦。唐时有并州人张载鹤一心求道，年近五十而感慨不能飞升。某日刚刚入睡，忽听门外有声呼唤，邀请去作四海游。于是顿觉身躯轻盈，转眼就到了北海，化形为鳌鱼，自由自在。没过多久，便感到无智无识，便再来到西海，变形为金鲤，有悟有觉，只是体微少趣，又转至南海。这次形体拟作大鲸，聪慧孔武，万里泅泳也只一瞬，仅半年时间，深愧体貌卑陋低下，最后到达东海。神明心宽，无处不舒爽，原来落入鲛人躯壳，日日饮琼餐玉，夜夜感精浴华，认为生命的修习终于有了结果。物我两忘，法依自然，不觉数百年流过，到了垂死之境，恍然醒觉，才知是一场梦。此后彻悟，随心所欲，百岁时笑别众人，直入太行山幽处，不复再现。

c. 博廷医生用来指一种抑郁症。传说法国有能让人做梦的银鲛，它专门针对孤独的人，令他们眩晕、抑郁，什么也不想干，心情低落，甚至绝望。

[鲛织] 指鲛人织丝绸的技术。这种技术无人能比。后亦有人称赞绝妙文章为鲛织，意思是谁也不知道它是如何编构而成的。唐朝诗人康翊仁有一首诗描写鲛人潜织："珠馆冯夷室，灵鲛信所潜。幽闲云碧牖，滉漾水精帘。机动龙梭跃，丝萦藕淬

添。七襄牛女恨，三日大人嫌。透手击吴练，凝冰笑越缣。无因听札札，空想濯纤纤。”根据 J. Tang 的解释，吴练即吴地的白绢，柔软轻薄，但鲛人的织物可以使手掌透光而现，可谓空明澄澈；越缣即越地的细绢，纹理缜密，可鲛人的织物使绢纹像冰纹一样清亮纤细，简直让人不可思议。诗人叹息，只可惜没有机缘听到鲛人纺织时织机的札札声，至于那织机上的纤纤妙手在丝绢上仿佛水中濯洗的奇妙景象更是只能空想了。

［鲛缘］ 中国古代传说和幻想中与鲛人结下的姻缘。宋朝有诗人为此作诗说，晚年的时候来到江海相接的地方，回想起鲛人曾经交付的信物，此情空空伴随明月等候，而鲛人的居所夜夜深锁，让人内心怅惘苦痛。[1]婚姻是能力的结合，正如我们所知道的，一些庞大的隐性力量在耳鬓厮磨中产生着作用。寻求鲛缘这个幻想的美妙之处就在于对大海的冒犯，是对倍于人类的能力的祈求，是对未知的触摸。不否认与人类相比，鲛人拥有更诱人的性神秘感，一部分的动物属性使得人的愿景生动、狂野、激荡心神。此外，蓝色的海洋象征着无穷无尽的财富……

1　译注：原词尚存如下字：“晚临湘浦，忆鲛人、曾许泪珠绡帕。盥掬空明和月待，宫锁水晶深夜。跃壁初圆，浮金不定，敌眼寒光射。水心龙镜，喜来翻不成把。最恨面对姮娥，舞霓裳掌上……”作者为陈德武。

［鲛泉］ 指鲛人熟知的水底暗流。中国人认为，那里是一个特殊的时间区域。

［鲛池］ 中国古籍里讲述，东海有海人鱼，长相美丽，眉目口鼻手爪头颅和人一样，只是没有腿脚。临海居民里的单身汉们修池来蓄养她们，与她们交合。所修的池子引海水而入，有门与居室相通；多呈满月形状。也作鲛泽、鲛沼、人鱼池、海女室、阴潭、合欢池。

［鲛寮］ 与鲛池类似。见于南亚一些岛屿。多以大茅草、棕榈叶等搭筑，无池泽之类，可能是近海便利的原因。

［鲛门］ a. 根据描述，应为软珊瑚之属。人们设想鲛门由大海贝的壳筑成，外面是珊瑚和海葵，形如低礁，不易被发觉。

b. 中国笔记里提到，鲛门为阴阳会。海水为阳门，人类依靠避水珠——中国人认为珍珠属阴——能够自由出入鲛人世界。撰写者比较迷恋的是阴门，他相信它就位于空明中的某一处，就在海岸的上方，人类如果有缘找到此门进入，就会变成鲛人。他推测只有修行者，例如僧人和道士，才掌握通往阴门之路，因为这些都是纯阳之人。此说似乎可以解释一些修行者在海上突然消失的原因。撰写者魏敦抄录了一篇署名为木华的散文《海赋》，他认为这篇文章里藏有触摸鲛门的玄机，其中一句被肯定为密码："阳冰不治，阴火潜然。"J. Tang 幻想，或者在人与神之间便有鲛人的等级。

c. 地名，在南中国海，分南北两处。《海异典集》中说，广州南有岛，南北皆有鲛门，北鲛门多被误称为江门。隋时外船聚此，名其礁门，亦有贸易者呼为交门。

d. 鲛人耳鼓膜。意为魂魄之门。博廷医生认为，鲛人的耳内镫骨、砧骨和锤骨应该比人类的粗壮，它们的鼓膜厚度称之为门并不为过。

［鲛幕］ 中国笔记中提到，阴天时海上会见海水壁立，高可达数百英尺，如同帘幕，渔人称为鲛幕，也作海幕。据说白天鲛人携幼子出行，恐遇人船，所以以水幕遮蔽。《海异典集》中记录，唐人程范喜阴，宅中常挂帘幕，虽白日也很少摘卷。因帘色靛蓝，而被称为海幕。

［鲛紫］ 鲛人染纱之色。据记载，鲛人收集大量的骨螺将其弄碎，取出里面的液体放入容器，加入适量的海水，再用阳光暴晒。液体最早呈黄色，随着长时间的日晒而逐渐变化为蓝紫、紫、红紫和黑紫色。有的时候，他们也提取一些有色海虫以及某类棘皮生物的体液来加工只有他们才掌握的几种特殊颜色。基本的取色技术被传授给一些有缘的水手或者奴隶们，更高级的则秘

不示人。在欧洲，就算是最早掌握这种取色技术的罗马人，当遇到如何使色彩更加鲜亮和不会褪色这些问题时，也不得不绕很大的弯子，做多方面的尝试，比如较为关键的水煮法。而当社会的享乐需要那些足够繁多的色彩时，工匠们只好从植物和昆虫那里想办法。无论如何，鲜亮总是难以达到。可能在东方人的帮助下，工匠们试着加进树脂，因此获得某些变化。古代中国，紫色为神仙之色、尊贵之色，应与对鲛人的认知有关系。也作鲛色。中国人以其鳞色概称水族有鳞物，认为是天光水色相染，又与紫垣气脉冥合，所以紫色亦作为灵智之色。后来扩展为对其域空的印象。中国古代诗人曾有诗句说："鱼鳞可怜紫，鸭毛自然碧。"据 J. Tang 说，可怜就是可爱的意思。中国还有一句古诗"春江水暖鸭先知"，这成为他们关心的问题。它们为什么会成为先知？感慨鳞色紫得可爱的人并非欣赏图画，他的目的是穿越紫色征象，获得别处世界的真相。又作鳞紫。

［鲛饮］ 即徐徐之饮。中国古代笔记提到，鲛人自饮清泉甘露，偶与人贸易得琥珀酒，以贝樽小爵，徐徐饮之，甲衣为之成酡色。有人以蜺吸鲛饮作比照，说长蜺吸水气势庞然，而灵鲛饮酒意态端然，用来形容书帖风格的不同（详见《海异典集》卷 11 王瑗谋帖篇）。

［鲛听］《海异典集》称鲛人听四方之声则浮于波涛之上，仰面向天，闭合双目。若逢阴霾天象，悬云低垂，便寻礁石而上，卧地侧听，可以知道百里以外的事情（卷19陈建宴听篇）。根据记载，越州人陈建夜宴于亭，所邀友人中有一自称海客者，跟从诗人杜冲而来，相貌清奇。席间新上江鲈，仕子尹晞拿起筷子说，菜虽好，只是里面的黄韭换成了菰白。陈建奇怪，尹晞说刚才听见厨中人语，黄韭既无，换菰白也可。叫人来问，果然如此。人们都夸尹晞听力好，唯海客不以为然。尹晞不高兴，于是海客讲，在亭后园子里第几株树上刚刚有蛾蝶脱茧飞去。于是众人前去检验，果然见茧壳尚在。海客笑而辞去，陈建便问杜冲此人之异。杜冲说十日前坐船返回，偶遇此人，交谈中很有好感，便交为朋友，并不知其来处。实鲛人也。

［鲛明］ 指鲛人具备的智慧。中国人认为，海水是时间的集，时间使一切明晰。J. Tang曾说，云海二者为元气，为意之虚；沙盐二者为根本，为眼之实。鲛人正是四者的结合，作为一种象征存在。

［鲛吟］ 鲛人的歌声，据说可以传播很远。我怀疑记录者听到的或许是座头鲸或须鲸的声音。

［鲛火］ 一些中国商人夜行于海上，偶见海水中或较远的

天幕有火光闪动，此起彼伏，稍时即灭，传言为鲛人举火夜行。现在看来，可能更多的是一些可以发光和带电的海生物。范德萨的水手们甚至见到过大面积的绿光和柠檬光。也存在这种可能，它们是夜里岛屿或近岸上的个别渔火，随着行进中起伏变化的视线而明灭。在《海异典集》里记录有鲛人举火为船只引航的事情。

［**鲛回**］ 指丝绸上的回字、巳字形纹样。《海异典集》中写道，鲛人织锦采用的纹样多以身上鳞纹鳞晕成图，亦以石花瑚棘作饰，繁密连绵，即使是裁切割裂也不会影响织锦的美丽。其中还提到古时青铜器上的类似纹样，认为是采自龟甲，并且只是模拟版块的外形。

［**鲛岛**］ 只有鲛人才知道并常在那里聚集的岛屿。远古中国人将这些不明位置的岛屿统称为仙山，列入“三岛十洲”体系。也有古籍称这些岛屿实际上是大鱼，方圆百里，人船不可接近。曾有旅人误以为是仙山，弃船登之者甚众，不久岛没，人都被溺死。《玄中记》里提到过东海的一条大鱼，行船者遇到它，一日见其头，七日才见其尾。此鱼生产时，百里内的海水都会被血染红。邓恩博士认为，再大的鲸鱼数百米也足够了，中国人多好玄幻，传者皆加其大，以显世界未知之幽趣。他不排除有

更大的鱼类存在，但认为也会在海洋最深处，绝不会上浮到人所能见的极限。

［鲛促］ 鲛人上肢手掌指间的蹼状连接物。呈色有不同，微现透明，光色较浊。长度较短，根部厚而有茧。也作鲛触。一些诗里用它来指代手掌。《海异典集》里有这样的句子：“斑斓入大波，径取蓬山住。宁知鸿毛里，不翻云水怒？盖将浩荡许，澹然化鲛促。”（卷七越人樯。东方朔《十洲记》中说，凤麟洲四面都是弱水，鸿毛不可浮。译补）中国笔记里提到，也有三蹼之促。

［鲛离］ 鲛人下肢脚掌间的蹼状连接物。呈色主要为淡蓝，十分透明，是趾长度的一半，根部厚而有茧。蹼中各有一根游离软骨，长度与蹼齐，略出一点，呈骨白色，极细。某些种类蹼上还有小圆灰斑或晶体斑。

［鲛客］ 中国宋人笔记里记录，传说中海中的仙人为鲛客。这是一个将鲛人与仙人混为一谈的例子。鲛客即海客的更明朗化的称谓（参见［鲛听］一条）。唐人李白曾有诗道：“海客谈瀛洲，烟涛微茫信难求。”即使是在传说里，鲛人去寻找海上仙山都确信找不到。在人、鲛、神的链条里，距离是最突出的，不管是空间还是时间。只有消除了距离，三者方能统一。对于海

洋的时间概念来说，鲛人这一过客身份是不必怀疑的。在诗中，李白以鲛来印证海上仙境的虚幻，以人来印证人间仙境的迷离，以此来探寻神界的实有。这里，神的等级十分明确地高高居于鲛、人之上，并反衬出鲛界的无奈和人界的困窘。当然，李白最终是通过梦境完成了对神界的抵达，但梦境不是现实。固然梦境所表现出的精神活动能够让三者同一，它却并非纯粹，也绝非真实，它只是对于未来所有预习、预演中的一部分。《海异典集》里记载，有人坐船出海，与一鲛人饮宴坐谈，感叹生命之短，向鲛人求长生飞升之术。鲛人对他说，鲛之在海与人之在陆并无多少区别，我们最后都不能登临太虚。这是什么原因？因为长生和飞升都是为了我们的肉体。你瞧，你甚至连浮升也做不到。假如不为了肉体，你又怎么知道这个东西朽坏以后，你焉得不到长生？而你有时在梦中升上太虚，又何尝是带着你的肉体？话未说完，有鲛人之子登船呼唤说，母亲传你回去，莫叫人客将你耽搁了！

［鲛语］ 鲛人之间的耳语。也作鲛唾。据说只在波涛中出现，声如吐水。

［鲛烟］ a. 突如其来的海雾。闽地人多行海上，时有此景困行，有年长者说这是鲛烟，即因船只闯入鲛人妇幼居处或积宝

之处，所以才有海雾驱逐遮蔽。

b. 火山烟气。远海孤岛及海水中每有烟气升腾，便有人说是鲛人煮玉之烟，有黄白色泽。唐人已知为海中火山烟气，《海异典集》里提到，海上生烟气时，鲛人焚石煮玉的说法，实为谬传，乃火山喷焰吐硫之象。明人笔记中也比喻因海难困于荒岛者点燃的烟气讯号。

c. 我们可以将布尔热湖银鲛出没的地方，那些致人迷幻的香草气息称为鲛烟。

［鲛童］ 鲛人幼子，很少可以被人见到。中国古籍记载不多，可参见［鲛客］一条中鲛人子部分。也有被误以为儒艮怀抱之子。J. Tang 说，中国地方戏剧里有鲛童扮相，无非荷衣绿裤，眉绘金睛，腰扎大红丝带，聪明喜人，常常由七八岁小儿饰演，没有面具和台词。

［鲛鞍］ 用上好的鲛皮制成的马鞍，斑纹大且华美，故称鲛鞍。唐时有少年仕子热衷于此，重金求之。

［鲛娥］ a. 浙地沿海居民对鲛人的称谓。出于视觉上的误差，鲛人在他们眼中多显娇小。

b. 指体态轻盈的女子。《海异典集》中记载，明州有少女善走索，经常于池塘上埋索往来，水掩索痕，人仿佛凌波而行，观者以其为鲛娥。

［**鲛奔**］ 中国人认为，鲛人求偶十分自由豪放。如两情相悦，则一同前往种群罕至之地合欢，从此形影不离。中国女性的婚嫁必由父母做主，但有私下成婚甚至逃离家庭的，称之为“奔”，不被社会接受。个别笔记中将这种行为比喻为鲛奔，看上去似乎是羡慕他们获得的快乐。

［**鲛产**］ 鲛人生子。《海异典集》中说，鲛人临产，一定会在暖水区域，身体倒悬，尾鳍前后合拍而摆，子鲛则浮升而出，须臾即可游动。

［**鲛鉴**］ 鲛人之镜。在欧洲关于鲛人的故事里，镜子或者是预置之物，或者来自沉船上水手们的珍藏。大部分镜子带有手柄，呈椭圆形，一般为绿玻璃。曼岛有人保存着一件圆形的金属镜，它的右边有一列创伤，据说是某个发狂的海妖咬出来的。中国人认为，鲛人原本并不需要镜子，如果愿意，它们随时可以看到自己，比如在海面、泉边和珍珠的表面。但是作为一种重要的贸易品，一种背后有海水纹饰和珍珠抓纽的铜镜——它像月亮一样圆——很快就引发了鲛人的喜爱。它们乐于看到这样的映现，显然铜镜里的面目清晰、稳定、完整，最主要的一点，镜面有着令它们沉醉甚至忧伤的清碎光芒。为了避免海水对镜面的

腐蚀，它们习惯把铜镜放在鲛岛上。也有鲛人把铜镜放入死去的大扇贝中。在一些笔记里，鲛人们甚至学习自己打造了一面金属镜，除了背面的凹凸花纹，东西做得似乎比人类的还要好，这大概是大量掺入了稀少的矿物的原因。有人见到过这样的镜子，可以看得出来，它们还不会使用模具，但鲛人天生就对圆形有感知力。记录者说，鲛人制出的镜子如同月亮一样，肉眼中似乎并不圆整，然而用规器衡测却合乎度数。另外，人们尚不知它们是如何完成抛光的，用珍珠的方法吗？令人惊讶的是，鲛人制出的镜子不怕盐的渍损，相反，盐使得镜面越来越亮。邓恩博士说，这一点令他想到日耳曼人或者日本人用盐来给陶瓷上釉的做法。资料中没有显示人类拥有过一面鲛人制作的镜子，不论是唐朝人还是宋朝人。

［**鲛潜**］ 按照我们的理解，这个词是指鲛人下潜的动作，但中国人却解释为鲛人的消失。在中国人的角度，鲛潜所蕴含的自由度是人力不可知的，但他们效仿了这种从容的、带有自我封闭色彩的生活方式。《海异典集》里收录了一首诗，可以看出中国人的态度："悠悠清江水，水落沙屿出。回潭石下深，绿筱岸傍密。鲛人潜不见，渔父歌自逸。忆与君别时，泛舟如昨日。

夕阳开返照，中坐兴非一。南望鹿门山，归来恨如失。”[1]J. Tang说，潜的意思是隐藏，很隐秘地躲藏。两种空间的并存，使无法了解的便称之为隐藏，这的确是仁智者的修为。

[鲛榼]鲛人所用的酒具。《海异典集》中说，鲛人酒器为螺贝，特别喜欢用的是鹦鹉螺和一种含有红晶纹斑的圆形小螺。唐人有仿制的，称为鹦鹉杯，小巧精致，多被女子喜爱。有诗句记录：“钿翻破橙指，忽作鹦鹉杯。”一些贵族妇女泛舟河上时，携带的鹦鹉杯有时入水化鱼。

[鲛娉] 指美丽的鲛人或美好的姿态。按照今天的比照，鲛人体现出的既不是肥硕之美，也不是柔弱之美，它是一种活力的反映，它的美是均衡的力量美。

[鲛鬐] 中国古籍里指鲛人鳃侧的软鳍。

[鲛瞰] 中国古籍里指鲛人鳞片上的光斑。

[鲛禓] 中国古籍里指死去鲛人的魂魄。传闻鲛人死后，魂魄多行于海雾之中，是一种奇特的灰色。船只如果遇到此雾则会迷失方向，不能前行。必须以酒食奠祝，向海中投下一定数量的红色绸布，才可以正常行驶。那些绸布会被鲛魂寄居，化成罕

1 译注：唐人孟浩然《登江中孤屿，赠白云先生王迥》。

见的红鱼，返回海底。红鱼千年不上浮，只停留在热潮处，死后变为红藻。据说一旦红藻覆盖了海面，鲛人就会灭绝。也作鲛禁。

［鲛解］ 中国古籍指红鱼化红藻的过程。

［鲛犁］ 中国古籍指鲛人在海面奔行时，尾鳍划开波浪，如同犁波。

［鲛艏］ 指船只前端雕刻的鲛人像。亚洲的日本有这样的船只，欧洲绝大多数雕为海妖。公元5世纪开始，希腊人便热衷于在各个地方雕刻海妖，船只也不例外。人们认为，这样做无疑获取了海洋的通行证。海妖立于船首并非只具备符号意义，在水手们眼里，它或它们此刻就位于那里。有经验的船主会用十分巨大的雕像来给航海者以足够的信心，同时也警告他们注意约束自己的灵魂，小心平静海洋下面隐藏着的危险。我相信不会有人忘记把自己绑在桅杆上的俄底修斯吧！如果跟从海洋时间集的意义——有点儿像在冥界航行——海妖于是又成为温柔的陪伴者形象，正如古埃及人习惯做的那样；它们有动听的歌声和无穷无尽的知识。当然也有人坚持认为，雕有海妖像的船只都属于海盗。有趣的是，鲛人史料丰富的中国却没有这样做的例子。在他们无比巨大的船上描绘的是另外一种独特的生物——龙，它与海洋有关，却象征了天下。

［鲛兵］ 指一种长柄短刃、刃呈锯齿状的刀具。中国人笔记中写道，它被用来对付那些凶猛的鲨鱼或大乌贼。

［鲛史］ 中国唐朝幻想家魏敦撰写的一本著作，约为十卷，内容为鲛人在中国境内的历史记录，并有附图若干，现已失传。据 J. Tang 考证，此书很可能未经刊印便毁掉了。879 年唐人黄巢广州之战时，魏敦正在那里游历，他于 883 年逝于岭南。一些笔记里的线索显示，个别文人看到手写稿《鲛史》的时间不会早于 877 年，这个时候魏敦已经到了岭南近两年了。而且有理由相信，正是岭南流传甚多的鲛人传说诱使他开始撰写鲛史。依照旁人笔记遗留，《鲛史》起笔于大禹治水，这和西方大洪水时的记载十分相似。大洪水中的方舟保存了众多的生物，但并不意味着海妖也可以不停地被复制，此后它们的角色性质变得向人类接近——中国人并非这样认为，在《鲛史》中它们始终被视为灵物。汉时记载时三卷，晋时为两卷，南朝与隋为一卷，唐时则成三卷，与古卷合为十卷。

［鲛寿］ 依《海异典集》中所记载的鲛人计时方法，它们的寿命至少合人类三百岁以上，而那些主动离开种群去向不明者则已有六百岁。这是相当长的寿命了。不过这种比喻词在中国很少使用，更多的人用不老松柏或龟、鹤来做祝词。恐怕是因为鲛人

相比之下更为虚幻。然而神仙之喻也使用颇广。假如是出于物种的考虑，龟、鹤又为何不忌呢？J. Tang 认为，这也许是鲛人在中国有许多不雅传说的原因，比如相关的人伦问题。[1]

［鲛合］ 中国古籍里指不同性别之间的鲛人交合，也指鲛人与人类进行的交合。关于前者的描述几乎没有，但后者的记录屡见不鲜。这里有一个主要原因，人类无法达到对鲛人交合的真实观察，只能借助鲛人与人类之间的行为来了解弥补。我们并不是说鲛人们都乐意献身人类，特别是那些迷人的雌鲛，中国笔记中当然有一些是性幻想的产物。我们知道，并非中国人沉迷这样的想象，欧洲人也如此。13 世纪的罗马曾有人为此疯狂，据记载，他杀死了十七个妓女，折断她们的椎骨，缝合她们的双腿，把她们的两只脚全部扭向横位，看上去仿佛人鱼的样子——哦，她们无一例外都长着长长的漂亮的金发。人类，特别是男人们为什么会对鲛人想入非非呢？J. Tang 说，或许正是出于对自身的不满。男人不满意女人也拥有两条腿，像自己的翻版。男人与女人的形体应该存在明显的区别——正是那两条分开的腿让女人失去了完美的流线体型，失去了腹肌的波涛般的力量，失去了缠

1 译注：伯爵此处发表了自己的见解，考虑到中国与欧洲的不同，不便译出。

绕的尾巴，更重要的是失去了秘密。哦，上帝，饶恕这个东方人吧！但他说的有他的道理。他对我说，您知道从唐朝起，就有中国女人裹脚吗？这些脚尚不及拳头大小。判断一个女人愿意不愿意成为你的，不是靠玫瑰和吻手指，而是你摸她的脚她会不会愤怒。为什么？因为这双小脚已经改变为鲛人尾巴的性质，成为她的快乐区和耻辱区，作为走路的功能渐渐消失——鲛人的魅惑并非走路。如果有机会观察，便会发现她们的脚已经转向横位，正如鱼尾那样；这是时间的暴力。我想起中国笔记小说《水边的英雄们》似乎有过这样的描写，一个男子装作捡拾掉落的筷子而去摸那个叫作潘的女人的脚——哦，潘，西方的森林之神，欲望强烈的家伙！约翰·德屈巴的海妖自己捉着自己的尾巴！

［鲛林］ 中国古籍里提到，南海有海上树林，鲛人常在林中嬉戏。据记载，树林方圆百余里，多有奇异，渔人如果误入其中，几天几夜出不去。疑为红树林。

［鲛诣］ 中国古籍里指鲛人的来访，带有突发性和不可预知性。《海异典集》里记载，泉州人邓惟以诗文出名，曾作海赋数篇，传抄者甚众。一日夜读，忽然有人来访，相貌奇特，自称是邓惟昔日的朋友。邓惟记不起来何时与此人交往，但也欣然与之对茶。闲谈中，此人取出几页纸，说是自己写的一些诗文，

特来请邓惟指点。邓惟翻看，只见摹写世象的几首诗尚且工整，唯有后面一篇海赋写得峭拔诡谲，仿佛字句都化作汪洋四溢，荡人魂魄，自己的文章与之相比大差，心里不禁黯然。此人见邓惟惭愧，轻笑一声，拿起文章便就烛火烧之。邓惟大惊，忙来阻夺，纸已熊熊起焰，须臾化灰。此人听到邓惟叹惋，于是说道，这是万篇海赋精华组成，您也不必自惭，今世之人谁也作不出来的，我也是奔遍诸海，耗费数百年神智，才略有所得。邓惟奇道，您莫非是神人？此人大笑说，实不相瞒，我乃是东海鲛客。说着，他将纸灰扫入茶水中请邓惟饮下，然后说，以您的文才还原这述海之文章，即使万篇也游刃有余，纵使木华在世也无法比及您了。言毕告辞而去。此后邓惟文思如泉涌，词句新奇有如神授，五十岁时应故友相邀，入海不归。J. Tang 认为，不排除鲛人以隐性的方式到访的可能，比如梦幻。对于有的人来说，这样的访问也许童年时就完成了。而这些或许就是伯爵您想要撰写这部《鲛典》的原因。[1]

（唐晋注：此处所录词语及内容几乎全为虚构，各位读者请勿在正式文章里作史料引用。）

1　译注：我时常回想起与伯爵说这番话的情景。烛光，还有茶……

附录二

伯爵儿子的来信

5 July，1749

于“金棕榈号”

亲爱的父亲：

天亮时船就要起锚了，现在的风很大，我得抓紧时间把这封信写完，以便让港口的马车捎到下一站去。已经有两周了，我打听不到任何“斯坦霍普号”的消息，在这一路上，阿拉伯的海盗要比我们感兴趣的女妖更容易见到。我们，P. Voillod，医生；Pavio，一个勇敢的人；L. Rondelet，生物学家；Charcot，脊椎学家；G. Hamilton，很有经验的航海家，精通占星术。关于您那个来历不明的骨头，听了我的描述，Rondelet 和 Charcot 相信，那只是鲸鱼的一段椎骨。我想这总是一件有意思的事，因为站在科茨沃尔德丘陵上，没人可以看到格陵兰。

到处都是荷兰人。美丽的环礁外停着荷兰人的船只。我们势单力薄，原本想在此多留一些时日，然而 Hamilton 担心会卷入荷兰人与当地人的冲突里。说真的，这并不是研究的好年头，他们把好东西一船又一船地运走，我和我的伙伴却陷入危险。“斯坦霍普号”所遭受的厄运想必与这些冲突有关，您如果也能听到开战的消息，那么还有哪个海域可以让我们安静地眺望呢？

这个港口有一种美食是忘不掉的。昨夜 Hamilton 把两个当地人带上船，为我们烤制金枪鱼。他们有上好的胡椒、椰汁和木薯粉，用木头和坚贝的外壳来烤。我们每个人都变得贪婪起来。还有盐渍的鲛鱼块和香蕉这些好东西，我们在船上装了很多，花去了不少的钱币。

外面在下雨。东印度群岛的天气就是这样。我们等天亮了继续沿印度的海岸线向东，也许会到中国去。我想起中国人在印度时对我说过的一句话，他说灾祸和运气是可以互相转化的。“斯坦霍普号”的失踪会不会带给我们一些奇迹？我现在反复想着。再过一周的时间，假如航行中没有什么意外发生，船只将进入东方传说里迷人的鲛人海域。那些东方的塞壬会是什么样子的呢？Rondelet 或许能献给您一具标本，而挽回“斯坦霍普号”的损失并非没有可能，希望我们走运。

医生这些日子还去看您吗？您最好不要迷信那过时的放血疗法。我会另外写一封信给 J. Tang，请他去陪您一段日子。如果您把手中的工作放下，而去打打狐狸，您会很快好起来的。

您的儿子

17 August，1749

于“金棕榈号”

亲爱的父亲：

我们找到了一个遗址，是中国海军留下的。很明显，它不是一个炮台，有着精巧的房檐和错综复杂的雕刻品。当地人的意思好像在说，这是一座神庙，祭祀着海上的力量，一般她穿着一身淡红色的衣服，在你呼叫时，像一股轻烟冒出来。我想，这是不是东方鲛人的影子？

哦，那支庞大的军队留下了无数莫名其妙的东西。

三百多年前的中国海军看上去仍要比如今的荷兰人强大得多。但是父亲，为什么中国人并不去占领这些原始的岛屿呢？有许多鲛人的传说与他们有关，或者说，他们扩大了鲛人的种族。在南中国海的彭亨，原住民的历史里只有几种鲛人，它们与人没有多少区别，一切存在或者幻想都是低级的。然而中国人离开之后短短的两三年里，这一带的鲛人突然增加到八十余种。这还不算惊人，我和Rondelet用两个银币换来一本写在草纸上的书，里面的鲛人有了雌雄分类，有了物种学意义的特征记录，即使还很浅显。这些说明了什么？

Hamilton领着我们在彭亨的一处小岛上会见了一家人。在当地的传言中，他们是中国海军的某个失踪者与鲛人结合的后代。他们的母亲刚刚去世，父亲死于和另一座岛的战争中。他们——两个姐妹，两个兄弟，最大的今年 19 岁。Rondelet 和 Charcot 仔细检查了他们的脊椎，我们惊奇地发现，他们的脊椎比常人要多出一节，哦，看上去，那姐妹的背部修长无比，简直美极了——就像斯特拉迪瓦里的琴。她们宽大的尾巴能在海里自如地摆动。Hamilton 替您邀请了他们中的姐妹，我们希望她们的免疫系统不会有什么变化。

"斯坦霍普号"的失踪会不会带给我们一些奇迹？我想，奇迹已经出现了。您能想象她们二人带给整个欧洲的巨大轰动吗？

亚洲到处都是这样神奇的水域。一路上，新的物种不断出现在我们左右，站在昏黄的海面，几乎所有的海生物都像温柔的海妖，都像鲛人。Rondelet 说，这就是世界。

（我们明天出发，到下一个奇迹那边。）

您的儿子

25 August，1749

于“金棕榈号”

亲爱的父亲：

晚霞真美。哦，不是丘陵上的晚霞；它太广大了，海水微微起着波浪，从我的视线这边一直到那边，这时，海平面两头的低沉，显示出地球那无可辩驳的美丽的弧线。晚霞就这样把海水以上的空间全部占据了……

父亲，生命真好。

我们前天晚上停靠在这个名叫翠岛的珊瑚环礁。到处是颀长的椰子树，水面泛着淡淡的红光，每一滴水都是宝石。沙滩是洁白的，石英在反光，椰子蟹在收集着晚餐。那么多鲛人的故事就发生在这片沙滩上，她们无拘无束地享受着与人的性爱，让远海的船只想入非非。Hamilton 买来了大龟的肉和蛋，肉是烤好的，用宽大的棕榈叶包着，一个土人还加上了胡椒和甲虫粉。甲虫粉是绿色的，闻上去有浓郁的花香。据土人说，甲虫粉的用法是一种名叫“Yinheng”的鲛人传授的，它们头发长长的，有着人一样的上身，细看的话，布满了密密的鳞片。

晚餐后 Hellen 为我们唱了一些当地的歌谣，这些歌谣据说也是鲛人教给她们的。Hellen 是我们从彭亨岛带走的姐妹中妹妹的新名字，Hamilton 说，如果她的皮肤再白一点的话，在欧洲的贵族中，肯定会引发一场战争。姐姐的新名字是 Rose，黑色的 Rose。我想给她们冠以我们家族的姓，这样，当我在遥远的印度时，她们可以陪伴您的晚年。她们十分聪明，这几天 Voillod 教了一些英语给她们，她们学得非常快，性格也好，一天到晚笑声不断。Voillod 又教了一些礼仪，她们掌握得也很好。

我都快要忘记“斯坦霍普号”了。这些天我迷上了对东方古书的研读。在大岛的时日里，印度人和澎湖人卖给我们不少书，有一些海域方志、东方医术和佛教著作，还有几本中国读书人写的逸闻趣事。我找到有关鲛人的几篇文章，中国人认为它们的眼泪是珍珠的来源。一首诗中还写道，瘦瘦的鲛人在海面翩翩起舞，旁边时有鱼跳来跳去，简直奇特极了。曾经有个中国人在海上落入水里，鲛人把他救了，跟他做爱，并送给他一颗罕见的避水珠，以方便他随时入海来相会。可是三天之后，那个男人就把这些全忘光了，他看起来一副什么都想不起来的样子，对着围观的人们傻笑。父亲，我把这本书寄给您。

您的儿子

11 September，1749

于“金棕榈号”

亲爱的父亲：

您近来好吗？丘陵应该已进入了它的秋季。那些槭树、灿烂的花、忙碌的小兽们、傍晚时的风声、弯曲的海岸线、悬崖、深穴、浅湾、岛屿、河流的入海口，以及发黄的海藻和接续着洋流的季风，所有这些像中国人描述的那样，在一个广阔无边的巨大鹏鸟的翅膀下，把您和您的儿子联系到了一起。我仰承您的鼻息。

我们现在在众多的岛屿之间穿行。在南中国海，富裕是整个社会的习俗，包括那些远远停留在郑和时代的土著社会。我在一位酋长家里看到了众多的中国瓷器，哦，富可敌国的瓷器们就闲放在草屋内，装着雨水和果实。Hamilton感叹地说，在欧洲，谁见过这样的贵族？

我们遇到一批从葡萄牙来的客商，其中有不少美洲人。据他们说，在美洲几乎没有人相信海里有鲛人存在，所谓的海妖只是一些海牛和大鲸。他们强行买走了土著手中的香料和名贵的木材，留给他们极少的钱物。我感到羞耻。是的，父亲，面对那些土人，我怀着深深的羞耻感。不过，我们的船又在另一座小岛上找到了属于我们的快乐。我们发现了许多新的珊瑚种类，以及共生的珊瑚鱼种。小岛的面积只有几平方英里，海水非常洁净，我们可以看到土人在水下的采集——他的眼睛是张开的！

依您来看，这里的土人都曾与鲛人有过接触。这方自由的水域的确适合那些渴望与人接近，然而又灵魂缺失的生命往来。我在书中每天都会发现几个新的鲛人物种，虽然有时我在心里也怀疑，但是她们悄悄安抚着我的灵魂，正如微风、流水与花草所做的那样，或者像我小的时候，一切外界所做的那样。

我与 Hellen 姐妹可以简单地交谈了。我接受医生的意见，并未和她们谈鲛人，甚至包括她们的家人在内。我了解着她们对全新生活的感受，了解着她们对我们先进的航海技术的认知，同时，我想了解土人的真实内心。船上的日子还很漫长，海洋太广阔了——有时我在担心（很可笑的），怕哪个晚上、哪片幽暗的海里、哪声低低的呼叫下，会让她们毫不犹豫地跳入海中，永不回头……

亲爱的父亲，我想念您。

您的儿子

18 October, 1749

于“金棕榈号”

亲爱的父亲：

近来听到一些“斯坦霍普号”的消息，它在欧洲的名气使它变成了神奇传闻的源头。东印度公司的人在澳洲见到过它，那是在清晨，几百英尺内看不清东西，雾气太大了——它就在雾气中突然冒出，与内心惊惧的目睹者擦身而过。他们看到那空空的甲板，还有几乎全新的大炮。

我想这不会是海盗所为，这只五桅帆船的造价昂贵，他们不可能把它丢下。是飓风的原因吗？没有哪个目睹者敢上这只船，荷兰人和中国人说，它现在是海妖的乐园，是鲛人出没的地方。像这样的事情，在亚洲，每年都有发生，往往伴随浓雾，一切就如同俄底修斯遇到的那样。昨天，Hamilton 与我们开始制定驶往澳洲的线路，荷兰人说，我们的船在雾气中漂向南方，速度并不快，距离发现它才仅仅过了两个多月。

我忙碌了整整一个上午，把一些东方的书籍打成一件小包，托人带回去交给您。前些日子，我曾给 J. Tang 写了一封信，请他过去帮您做译写的事情，这次的收集是一个很令人兴奋的过程。在一本大约写于 700 年前的书里记载着中国瓷器的烧制法，和我们见到的不一样，他们称呼它为青瓷。据说它有着迷人的绿色，在中国的东海岸设有外销的港口。很显然，中国的海军并没有带着青瓷巡游各地，那些宋瓷是高贵的。它需要的温度非常高，一位印度商人告诉我，有很重要的秘诀没有被欧洲人发现。父亲，我在想，瓷器究竟是中国人的发明，还是鲛人的传授？为什么它从诞生起就会披上大海的颜色，而不是人们知道的黄土的颜色、红泥土的颜色，以及他们国旗的颜色？

还有沉船。中国人的造船技术是伟大的，抛开天气原因和操作者的失误，我这几天总在想，为什么沉入深深海底的船只总是装满瓷器的呢？我现在能够想到的答案，也许瓷器正是鲛人世界里的一个秘密。脊椎学家和生物学家说，从目前的情况来看，鲛人从河流的入海口进入内陆，以及河流的发源地，不是不可能的——瓷器恰好与那些高高的山岭有关。那么，鲛人为什么要把这些带到内陆呢，如果事实果真如此，一种可能便是，鲛人们的海域无法提升到这样高的温度。我觉得鲛人的故乡在中国，这是我所想到的第二种可能。

您的儿子

1 January，1750

于“金棕榈号”

亲爱的父亲：

今天是新年。我在遥远的国度望着淡蓝的海水，想起过去的一年，想起您一个人的丘陵；此时，寒冷同时围绕着我们。

我们今天所处的是菲律宾的一个岛屿。“金棕榈号”的尾舵出了问题，我们要在此地休息上一个多星期了。住的地方下面是一个水果市场，有许多热带的果实，色彩鲜艳而明亮。站在高处，鼻子里全是那妙不可言的香味，就像在伊甸园。我喜欢那个卖杧果的少女，她的皮肤黝黑，泛着象牙一般的光亮。她的牙齿洁白，让我感到，她在夜里、夜的最深处，或许就是鲛人。她的笑是有意味的，我总觉得她知道我们潜在的目的。

Hamilton 和 Pavio 带着 Hellen 姐妹去了海边。Rondelet 在读东方的书籍。外出的人打算购买一些鲸肉回来，因为早上听荷兰人说，有一只大鲸被捕获了，日本客商买去了它的鳍和乳汁。Hamilton 说，用棕榈油烤制鲸肉是一道非常好吃的菜，菲律宾有很多种香料，其中的肉豆蔻在欧洲的话，哪里可能这般疯狂地添加呢？是的父亲，肉豆蔻，还有丁香，几乎全被荷兰人买走了。新年也如此。

不过，我们在苏门答腊的中转站里认识的荷兰博物学家B. Ouwens搭乘了“金棕榈号”。父亲，这其实无关紧要，重要的是，这也是我在新年给您写这封信的一个原因——Ouwens告诉我们一个惊人的消息，是中转站里的日本商人讲的。在日本国的伊豆诸岛，有人在买卖一具鲛人的尸体。那可是真正的鲛人，长着哺乳期里的乳房，一条修长的鱼尾，据说差点打瞎捕获者的一只眼睛。Ouwens因此改变了他的航程计划，他将船留在中转站里，然后改搭我们的船，因为我们比所有的船主都有兴趣。我们的条件是，他有优先解剖研究的权利，同时，他与脊椎学家、医生共享发表学术报告的权利，而我们则拥有鲛人的尸体。

Hellen姐妹的手法真是不错。鲸肉味道很美，我们的新伙伴胃口大开，哦，他的酒量惊人，他好像——在我们看来——专门是为新年活着似的。我在想，很远很远的日本，很奇怪的一个国度，那里有一位幸运的人，将被鲛人的光环带入物种学的历史，从此比他的尸体活得还要长久……

亲爱的父亲，我急切渴望着迈向那已知的未知。

您的儿子

28 January，1750

于“金棕榈号”

亲爱的父亲：

新的一年已经过去了28天。我们仍然停留在当地，不幸的荷兰人染上了严重的腹泻，去日本的计划被迫搁浅。医生的治疗虽然有效，但病人的体力不足以支撑长远的海上颠簸，我们必须等下去。

我找来几本与日本有关的书，在这个岛上，寻找书籍是一件很困难的事。书是印度人、阿拉伯人和荷兰人写的，着重讲与日本人做贸易的事情。通过一些阅历丰富的船员的转述，我多多少少了解到日本东部和南部海域的一些概况。据说，那里的冬天非常寒冷，海底板块也不稳定，时常发生地震和火山喷发，掀起的大浪可以高达数百英尺。我不是很担心今后的路途，我好奇的是，在这样的海底，鲛人是如何存活的？它们如何预知危险又躲避危险的？是否也会有由于灾难而进行定期洄游或长途迁徙？如果有，那么，在南中国海出没的是否有它们，其他海域呢？噢，上帝！想要为鲛人建立一个谱系，的确太难了。

您此刻一定在想您那两个未曾谋面的“鲛人姑娘”了。Hellen近来有些忧郁，我知道，她在想她的家人。南亚的岛屿非常多，从她们的家乡出来，到达今天这个地方，差不多经过了上千个。除了那些看上去和陆地一般无二的大岛以外，小岛的风貌没有什么区别，这一点相当重要，不论对她们，或是对我们。相似的环境容易消除人的时间感觉，一旦时间的流逝并不是你所知的那样快，比如，并非航海日志上的时间数字，这一天和那一天正像连在一起的海水，没有界限，你就会关注自己的内心甚于关注外部的世界。这样，忽视已久的东西重新回到了身边——您知道，我们在找寻鲛人的时候，Rondelet 曾对我说，他正在渐渐地忘掉自己，忘掉所有和你关联的事物。哦，父亲，西方的海妖向我们许诺知识，在东方，鲛人使我们迷失；我们停滞不前，原来是有暗示的。

“斯坦霍普号”的魅力在它的漂游里一天一天地离我们远去，它与鲛人之间究竟发生过什么，没有人知道。也许从此，它不仅仅进入了鲛人的世界，同时，也进入了鲛人的时间，并永远停留在那里，即使被我们找到。父亲，我此时想着的只是您，您在丘陵的初雪中漫步的影像，以及您俯下身来于臂弯中注视我的样子。时间过得真快啊！

您的儿子

15 February，1750

于“金棕榈号”

亲爱的父亲：

关于鲛人，我的建议是最好不要试着为它们分类。从东方到西方，鲛人的传说其实是一样的，有时候它们在这里出现，有时却是在那里出现。天光和气候，目睹者的感觉状态，哦，重要的是年代——时间，把它们变成了无数个。记录它们非常困难，如果想要还原真实。我喜欢您的风格，不论是哪个方面。您为鲛人造册的念头深深打动着我，这绝非虚无，也绝非一些评论者所不屑的理由说的那样，您知道，在我们这个时代，幻想猎奇的目的只是发财，没有谁想要安抚自己的内心和灵魂。

距您千万里之远，我不知道您是如何对待那些资料的。他们所描述与记录的我们今天已不可能重新见到，您也许要进行一场浩瀚的漫游，或者，您记录的正是很多古代目睹者、亲身经历者所渐渐忘却的；对于他们，鲛人的梦或片段不是生活全部，但我还是很容易找出鲛人令我们倾心的原因。Rose说过一句话让我感到吃惊，那天我与她们姐妹试着谈论鲛人，她说，它们比我美多了，从小我就羡慕它们。哦，父亲，那一刻，我仿佛看到一个小姑娘藏在椰子树后，望着海面的微光，在大脑中悄悄修饰着自己的模样。您说，难道那些鲛人身上没有一点儿目睹者自己的影子？

Ouwens 的健康开始恢复了，这几天以来，医生总是陪着他到海边散步，他们见到那些来自东部亚洲的船只，便过去询问一些与日本有关的事情。昨天回来时，他们带着两位日本客商，一位名叫森村，一位名叫大黑屋久。森村会说一口流利的英语，他向我们表示，他们在爪哇的中转站存有一批产自日本萩地的瓷烧，大约 20 天后，这批货物就装船被运往欧洲。到那时，他们可以搭我们的船一同回日本，并且保证会帮助我们。Hamilton 已经着手准备路途中的食品和淡水，医生还买了当地的一些药材。如果一切不再有变化，三月中旬，我们就可以上路了。

哦，父亲，还有一件事。几天前我遇到一位中国人，据他讲，在中国的一些淡水湖里也发现有鲛人出没。他答应会捎一些资料给我，我把您在丘陵的地址写给了他。这确实有些奇特，海洋生物在内陆淡水中生活，而且，根据描述，那些湖泊并没有与海洋接触的河流——它们是怎样到了那里的？又是什么时候到达那里的？

您的儿子

19 April, 1750

于“金棕榈号”

亲爱的父亲：

澎湖列岛的天气非常好，傍晚时会有一阵小雨，白天总是晴朗的。

我在一些旧书坊里替您找了不少中国古籍，虽然不知道内容，但是我喜欢中国字的样子，而且闻上去，每一页纸都被香草熏过。中国人的绘画特别有意思，他们用黑色的墨来作为基色，一切靠线条来结构，和我们的完全不同。书中这样的插图很多，人体也大多变形，尤其是女人——书里的女人并不愿暴露她们的身体。价格不贵。哦，我还买了一些丝绸，上好的丝绸，出自对岸的江南。

森村说，日本高山的湖泊也有鲛人的踪迹，有僧侣和山匪遇到过它们。他认为这并不稀奇，亚洲好多内陆湖都有鲛人的种群。听北方的俄国人讲过，贝加尔湖的渔人就见过它们那庞大却懒散的躯体趴在礁石上。我想，鲛人是古代生物的遗存吗，在人类之前，它们就已经出现？啊，欧洲有古籍提到过，诺亚在方舟上曾见到过海水中的鲛人，当然，欧洲称之为海妖。还有，神话时代里的塞壬，应该是与众神一同诞生的。海洋与陆地不断交换着彼此的位置，鲛人们留在陆地是种群行为吗？我与 Rondelet、Charcot，还有 Ouwens 讨论过这个问题，让我们疑惑的是，它们是如何改变自己的胃口和血液的，身体又是如何做到脱盐的？或者，它们是淡水湖中某种特有生物异变的结果，那么又是哪些更为低级的东西支持了它们的异变？如果一切只是上帝的偶然，淡水容纳的只是一个迷路者，或是一个好奇心的结果，它和它们又是如何繁衍的，湖水中有适合它们的伴侣吗？父亲，我把这些疑惑交给您，问问邓恩博士好吗？

我个人还有一个不解之处，那就是，为什么淡水中有鲛人的事情只发生在亚洲？我从未听说欧洲有相同的传闻，您相信水仙是一个例子吗？

在澎湖，Ouwens 还发现一些蔷薇，和他见到过的所有蔷薇都不一样，他发誓它们是难得见到的变种——假如不是诱惑力更大的鲛人，这个有点儿疯狂的荷兰人简直会扔下我们，跑向那人迹罕至的高山。哦，亚洲，到处都是神奇，活生生的神奇，不是传说的。

父亲，让“斯坦霍普号”见鬼去吧！

（迟一些我再写信给您。吻您。）

您的儿子

12 June，1750

于道中的有田家

亲爱的父亲：

我们在九州岛的东岸，已经5天了。森村通过他的朋友正在为我们了解这件事情，但据我们见到的日本人说，至少在九州，没有人听到过有关鲛人尸体的一切——看上去，他们显得比我们还要茫然。日本似乎不是我想象的那样，这里的生活是慢调的，天气也非常适合人拥有那种无欲的心情。在雾岛山山麓，我远望这座并不显得高大的山脉，为它的青绿所吸引。我们还没有进入它的内部，可是，它已经占据了我的内心。我没有问森村，我幻想着鲛人此刻在不太遥远的湖泊里嬉戏，或者，穿过茂密的森林，它们的视线正落在我不伦不类的和服上，伴随着疑惑的笑声。

您在做着属于您自己的事情，它并不由谁来规定。它们是您脑海的扩大，是您自由心灵的一部分。黄昏时分，我听见窗外日本人在唱和歌，旋律缥缈而难以捕捉。森村大概介绍说，花儿开败了，稻谷在生长，人喝醉了归家，一路唱着快乐的歌，什么也没看到。我喜欢这样的东西。

船只停在太平洋上，离我们很远，虽然可以尝到海风的咸味。我忘了一些书，下船时才刚刚挑选出来，其中有一本是前些天在琉球的大岛时从鱼肆里发现的，非常薄，可能就是二十多页，全是木板绘画。有三幅我相信画的就是鲛人，在淡青的水里，披着长长的头发，乳房和脸部出奇的白。脊椎学家仔细观察了画面，他肯定它们的脊椎也是多出一节的，因此才有那种荡人魂魄的病态的魅力。森村告诉我们，这是神津的浮世绘画师斋藤所画的《伊豆二十四景》，那三幅图描绘的的确是人鱼。很久以前，伊豆的渔民传说在神津有人鱼的居所，正是它们教给了人们樱花时节的野合。不过这些人鱼仍然是海里的生物，不是刺激我的淡水鲛人。

父亲，您的书编写得怎么样了？那些资料是否已到了您的手中？我在世界各地见到的人，几乎都在为俗世生活忙忙碌碌，而您还能够安静地坐在那儿，写下这样的东西。就像和歌唱的那样，您什么也不去管它，享受着自己在醉中的内心快乐。这，真好啊！

明天我们将要回到宫崎，森村的想法是最好尽快赶到伊豆。这件事情是真是假已不那么重要了。Hamilton 留在船上等候我们的消息，时间久了，我们最好还是不要分开。先写到这里吧。

您的儿子

27 June，1750

于“金棕榈号”

亲爱的父亲：

我们现在在纪伊的内海，远远可以看到神户大港。大家都不想下船，Hamilton 刚刚与森村发生了争执，原因是大黑屋久未经 Charcot 允许拿走了他的一件仪器。本来这件事情与森村无关，由于他的朋友迟迟不能带回确切的消息，船长的心里这几天来一直就不太愉快。森村打算邀请我们到岸上去，据说纪伊的半岛上有很不错的温泉。船长毫不犹豫地拒绝了他，并要求他让他那个没礼貌的国人立即把仪器还回来。气头上的森村雇了一条小船离去了，船长与大家商量，他不想这样地消耗时间，他觉得日本人靠不住。Hamilton 的意思是我们自己去伊豆，沿着东海岸一直向前，其实距离并不远。

我们决定明天一大早出发。船长和几个船员下到海边的渔村去购买鱼肉，准备今天的晚餐。我在甲板上给您写信，内海风平浪静，离傍晚还早，许多渔船正在不紧不慢地返回，白色的水鸟几乎把天空封锁了。女孩们读着医生默记在纸上的古老诗篇，哦，她们的语言天赋真让我吃惊。如果没有那些不愉快的插曲，异乡的情境是可以久久回味的。这些日本纸的洇度恰到好处，非常符合我此时的心情，有时忍不住要停下笔来，眺望一下朦胧的远方森林；它们让你想说话，絮絮叨叨，没有逻辑，却不想沉默。也许您在丘陵的晚风里早早就体验过了，如果你能因你的内心而沉沦，那么，孤独是一种多么伟大的享受啊……

我看到有一只渔船的样子比较奇特，在单筒望远镜里，它正落着帆——哦，Hamilton 和船员们刚巧经过它，他们抬着盛满海鱼的筐子，并未注意身边的景象。我肯定船的头部雕刻着一只海妖，不是希腊人的样式，它高高跃起，身体的流线十分鲜明，恰好构成劈浪龙骨。我认为这还不算是鲛人，但值得记录下来。我在信纸的后面简单画下它的形状，或许您的资料中可以为它找出渊源。(遗憾森村不在旁边。)父亲，您了解日本人吗？我想，您或许更愿意了解日本的鲛人。我总感到他们好像在提防着我们，他们拖延时间，表面上仍然彬彬有礼。Rondelet 说，日本人不会研究鲛人，他们缺乏现代科学，只不过是贪婪而已。但愿如此。

我记得您给我讲过，带领你前进的只有你的喙。

您的儿子

18 July，1750

于鹿角宿

亲爱的父亲：

那个人并不在伊豆，当地人说，两个月前在半岛上还见过他，和几个玻璃吹工在一起。看来我们的钱又白花了。更加沮丧的是，从来没有人听说鲛人被捉住的事，连影子都没有。Ouwens坚称他不会弄错，绝对不会有人把一个骗局的消息散布到万里之外。他想与我们解除约定，假如我们怀疑一位有学问的老实人的话，他愿意独自去寻找这个名叫三宅信一的“隐形人”。Rondelet也不想就此罢手，他鼓动船长进行一次赌博。Hamilton苦笑地说，我早已经在赌局中了。

我们雇用了几个渔人打算去京都，据渔人们说，三宅信一在京都有一个固定的店铺，专门制作屏风之类。哦，真是折腾人！我们在纪伊时，离京都曾是那么近。Ouwens主张陆行过去，沿途可以进行一些考察。我们的向导带了三只驴子驮着我们的东西，大部分是荷兰人的标本。我感到他开始不信任我们了，他把所有的东西带上，时刻准备着与我们分手。有意思的是，我们尚未走到静冈，便被一些武士拦了回来；我看见荷兰人的脸上有一丝尴尬，他可能想到了上船的那一刻。渔人们建议我们在回来的路上稍稍绕一段路，去看看著名的富士山，Ouwens 第一个表示同意。他说在欧洲时就知道富士山有奇特的植物，在山脚下的湖泊周围，长着不少传说里的花卉。他给我们出了一道难题。船长担心的并不是时间，父亲，他担心一种散漫的情绪会渐渐销蚀我们的目的。当他看到面目一新的 Rose 与 Hellen，他担心游乐将把我们耗掉。“金棕榈号”航行到今天，已经花去了不少金币，而我们还一无所获。Hamilton 最终拒绝了这个建议，他指责这些日本人在浪费我们的钱财和生命。结果，荷兰人分走了驴子，还有两个渔人。我望着他的背影消失，我想，他为了他的自尊。

天色晚了。刚才发生的事情很快就像是昨天发生的，我们喝着日本的清酒，吃着辛辣的鱼肉饭团，内心里了无快乐。林风呼号，夜的枭鸟在诡异地笑，木屋里的纸物哗哗乱响，我突然感到莫名的恐惧。我们完全不了解这个国家，现在，仿佛置身于深海，眼前一片漆黑。如果可以的话，父亲，我多么想扔下那个虚无的鲛人而守在您的身边啊！

您的儿子

29 October，1750

于白根小野宿

亲爱的父亲：

天气变得寒冷起来。这里比起东海岸来冷了很多。三宅信一委托他的一位店员带我们来到了白根山地，在这里等着他。听他的店员说，那具鲛人的尸体现在留在佐渡的相川，一些朝鲜国的药商显示了购买的兴趣。依据古代中国的记载，鲛人的体膏有还生之效，类似欧洲的续命水。三宅的意思是让我们与他的店员谈价钱，最好在他返回时有个满意的结果。他的店员拿给我们鲛人的图画看，用的仍然是浮世绘的技法，画师设计了它睡眠的情态，下身斜盖了碎花的丝被；它的裸体和我们的大脑一样苍白。他顺便告诉我们，这具尸体要价五百两黄金。

我们几个郁闷地在小镇里喝酒。那条名叫信浓的河流从我们身后的窗下流过，那么纯净。

晚上我们在旅店里做决定。Hamilton 大声咒骂着贪婪的日本人，但也在买与不买之间犹豫不决。离开欧洲到今天，我们的损失已足以让我们冒险，只是我们船上可变卖的东西远不够他们的要价。Pavio 的朋友是我们这次航行的主要资助人，但是贵族的目的是我们的“斯坦霍普号”五桅大帆船，如今初衷变了，每一个剩下的金币都沉甸甸的。Rondelet 建议我拍卖“斯坦霍普号”的所有权，当然只有卖给荷兰人——在大阪，东印度公司的一些雇员像间谍一样隐藏着，他们有的就是日本人，梦想着发财，一夜暴富。然而，谁会愿意收购一条坠入虚无的船呢？

清晨，天空里一阵冷雨，使我们的心情更加糟糕。我向店主人借了一件衣服，一个人坐到河边。父亲，我不知道你会做什么样的决定。我看见旅店对面居住的那个风筝制作匠，带着他的小儿子到河边挑水，我想起我的童年，您领着我在海边学习炼金术，我们发誓要把海水都舀完。五百两黄金的鲛人尸体，同样和它活着时一样，与我之间隔着漫漫海水；不过它显示了它的真实面目，我们要为这难得一见的面目付出——父亲，是不是值得？

哦，善解人意的 Hellen 突然向我打听您，她听得很仔细，仿佛要用这几分钟的时间，把我的几十年覆盖……

您的儿子

9 December，1750

于白根小野宿

亲爱的父亲：

寒冷的天气让人什么都不想做。我在旅舍里躺着，脑中幻想着海底的鲛人们，这种生物是不是也会有冬眠期？它们冬眠的时候，会不会也带着很多的惦记沉睡——像我们一样，在漫长的等待中被冰封，连蠕动都懒得去做。

有几天没看到三宅信一的店员了。更不用提那具还在待价而沽的鲛人尸体。前天傍晚，风筝制作匠的弟弟从长野回来，跟我们说，他半个月前在北海道时就听到过有鲛人的尸体出现，可那是一个名叫尾形的人手里的宝物，在齿舞岛得到的，被函馆的奥宂食屋预订了。这的确让我们吃惊不小，因为在此之前，我们就在小酒馆里听到过传闻，说鲛人的尸体不是一只，而是一对，是四国的捕鲸船在东太平洋的须美寿岛附近弄到的，早早就被好奇的船员分吃了，像生鱼片一样。我们开始怀疑这是不是一场骗局，一场由我们这些相信者造成的骗局。哦，原本只是酒后的日本幻想家们的笑谈，因为我们而唤醒了人类固有的贪婪之心；父亲，我真的担心事实就是如此。

东方人对鲛人的传言不同于我们对海妖。几乎每一个欧洲人都相信有海妖存在，我们眼中的大海远远超过东方人的所见，它的广大与深邃不是我们可以轻言了解的。东方乐于享受对想象的迷醉，他们幻想着来生，某种意义上，鲛人代表着他们已逝时间的积累，代表着他们的另一种存在选择，首先，鲛人比他们更容易摆脱死亡。

而我们的海妖可以因为某种败于人类的技巧去选择自杀。

Hamilton 在给 Rose 和 Hellen 讲述古代希腊的航海英雄，他模仿他头脑中的海妖歌唱，逗得两姐妹很快乐。我想，假如在欧洲发现了海妖的尸体，日本人，还有发明了那么多东西的中国人，会不会表示出丝毫的兴趣？啊，他们的皇帝可能对活着的女人动心，人皆如此。Pavio 一个人去了日本人的乐园，离我们的住处不很远，那些涂白了脸面的女人是为了突出她们的重要器官，和鲛人某些时候是一致的。黎明时分，我经常听到她们响亮的木屐声，我不禁想，会不会是鲛人？

父亲，我们打算再等一周。一周后，也许就离开日本。

您的儿子

11 February，1751

于露川宿

亲爱的父亲：

哦，日本北海道的天气实在太冷了。Charcot得了重感冒，和Rose姐妹留在了函馆，船长照看着他们。我们几个人跟随三宅信一的朋友大岛松彰向日高山的一个小宿站去，在那里，三宅说他带着鲛人的尸体等我们前来——这一点是我们强烈要求的。马车在门外准备着，我匆匆给您写信，因为下午有人要到京都，正好请他捎给东印度公司的人。

上一封信里我给您介绍了一种新发现的血液检测法，这一次我们打算用来研究鲛人。依据三宅的描述，那具尸体并没有腐烂，肌肉组织完好，皮肤保留着弹性，看上去内脏也没什么问题。我不知道他们是如何保存的，但肯定是与埃及人不一样的方法。Rondelet怀疑它一直被藏在河冰里，不然的话，为什么会让我们在北海道见面。不过我想也许是盐。日本人喜欢吃一切的海洋生物，按处理食物的方法保持其新鲜，只有盐可以做到。

三宅信一在我的印象里是一个狡猾的人，他的气质符合那些离开乡村不久，迫切希望进入城市上流社会的人。他的话不多，几乎所有的事情都交给他的店员，我们不清楚他到底做着什么活儿。年初，他约我们在峨峨温泉，原来讲定要带鲛人尸体来的，但他说雇不到车，山路也不好走，并且暗示我们最好不要引起武士们的注意。那次温泉相会不太愉快，一方面是语言不通，他的朋友大岛松彰的英语讲得也不是很好；更重要的是，他的目光游移不定，说话吞吞吐吐，令场面十分尴尬。如果不是一群猴子也来洗温泉，那天真的没什么意义。记得 Rondelet 当时问他在哪里获得的鲛人尸体，具体的时间，他都避而不答，却一直问我们金钱准备好了没有。唉，索然无味……

就要出发了，冷风也起了，可以听到极远处的松涛声。逗留了这么长的时间，总算，可能会有一个结果了。

父亲，您的书编写得怎样了？我渴望早日读到它。哦，不能写了。

吻您。

您的儿子

16 February，1751

于日高的阿妻宿

亲爱的父亲：

千呼万唤始出来。神秘的鲛人尸体终于摆在了我们面前，这真的是个奇迹！它——我们不知道该怎样称呼，它的身体上全是坚硬的淤泥，乍看上去，根本弄不清性别——躺在一个差不多有四英尺长的木盒子里，被一方白绸子裹着；绝不是前些日子我们在画中看到的那样。它瘦小，暗黑，没有丝毫光泽，上体披了污秽的杂毛，哦，没有修长、优美、润滑的头发，真的，完全是一具干尸，但令人激动不已。它的上半身和人类接近，还有一对干瘪的乳区（也无法判定性别），可以看到血管遗留，就是说，那一带是被细毛披盖的皮层，而不是角质层，也不见鱼鳞和鱼鳍；它的下半身则完全是鱼的形状，基本上是上半身长度的二倍，有两处对生鳍，有细鳞，尾部较大，竖状，上下分叉，各有十余根硬刺。我们找不到它的生殖器，在那个位置只有一处鱼类的泄殖腔，并且干缩得非常厉害。这是个让人疑惑的问题。如果事实如此，那么这种生物应该是卵生，可上半身的体征表明，它又确实是胎生。三宅信一不让我们触碰它，没有多久便把盒子盖住了，然后叫大岛松彰和我们谈价格。依照船长事先的安排，我们并不急于表态。我们要求留下这具尸体做进一步的观察，以判定它的真实价值，来决定我们是否按他的期望出价。三宅非常犹豫，他提出价格可以让一些，他的时间很紧，明天将要赶到佐渡去打发那些朝鲜人。

因为 Charcot 远在函馆，船长也不在，我们做了个折中：三宅回佐渡，我们回函馆，一周之后在函馆再见，到时完成交易，至于价格，我们告诉他，不是什么问题。看上去三宅很高兴。

我想，我们在买下来之前必须要弄明白那个疑问。难道像某种鱼类一样，这种鲛人也是以成鱼的方式排出卵囊的吗？那么，它的一对上肢又有何用？我觉得要说服三宅，让我们解剖它，观察它的脊椎，或许能找到答案。还有，它的性别也是重要的，您知道，它没有骨盆，没有明显的生殖器，总不会像传说的那样是体外排精和体外受精的吧？在它身体的内部，这些应该能够解决。另外，它的身体也太小了点儿。

父亲，再有几天，震惊欧洲的发现也许就将在我们手中诞生，您的书也随之变得无与伦比。祝福我们吧！

您的儿子

26 February, 1751

于青森的鲕鱼屋

亲爱的父亲：

三宅委托他的店员给船长带来一封书信，大约是前天将晚的时候。信中说，他必须要为弘前城赶制一些屏风，就要迎来春天了，那些受宠的画师都等不及了；他得防止他们说他的坏话。所以，他介绍我们到青森他的一个朋友那里待上几天，交易日期要推后，他表示青森是一个非常好的海港，我们可以顺便把船检修一下。

一切仿佛是刻意的安排。我们在青森——我们今天早些时候到达——遇到了森村。虽然显得有些尴尬，但他还是几乎强行拉着我和 Charcot、Pavio 去喝酒，给我们赔礼。船长与他的水手们检修着“金棕榈号”，医生在教那两个姐妹，Rondelet 要读书，哦，多么奇异的重逢！森村很快就醉了，他流着泪，责怪我们扔下了荷兰人。据他说，在三条城的收藏里，他见到了 Ouwens 的全部标本。荷兰人是被几个武士杀死的。这个消息多少令我感到内疚，只是在异地他乡，我们与他陌路相逢，他有他鲜明的性格，他又有他自私的一面，我们从我们的角度可以认为他不该离开这个集体，不过在他看来，也许我们带给他的不信任感某种程度上和日本人相差无几。他的灵魂已经交付了上帝，在日本，他的身体又将葬在何处？抓紧时间做完了这笔交易，我们一定早早离开这个鬼地方……

Charcot 利用我们在日高时简单画下的草图分析，如果仅仅是鱼尾一段的骨椎标准，那些纤细的刺根本无法支撑那强大的肺穹，要知道它是两栖的。但要以它现在的脊椎作标准，它的尾部应该像鲸一样巨大。他无法想象这两个极端是如何在一个生物体上结合的。尤其是——他画图示意——一截是椎突，坚硬有力；一截是椎刺，柔韧易折。他摇摇头——它要么是个奇迹，要么是个拙劣的骗局。五百两黄金，Hamilton 耸耸肩说，除非买到奇迹，我们才认为值得。

我想起荷兰人。父亲，生命，只有生命，才是最伟大的奇迹。

但无论如何，我们得再看到它最后一次，毕竟我们追索它已很久很久。就像鱼类洄游，已被注定的线路，既不能更改，也不能中断；就像真实的鲛人，活着，死了，都是奇迹。

您的儿子

27 March，1751

于“金棕榈号”

亲爱的父亲：

写这封信给您，我想了好几天。

我们的船现在沿着大陆架向着西南方行驶，春天到来得太快了，我们路过琉球时，岛上的樱花开得非常灿烂，那些美貌的女人，她们的脸混合在樱花中，把我的大脑弄得一片苍白，心里懒懒的。

“金棕榈号”踏上了它的归途。差不多两年的光阴，我们的气味和它的气味，还有大海的气味，分不开了。我想着您，父亲，丘陵花开也烂漫了吧，那些鲛人，那些温柔的海妖，都在您的纸上悄悄地复活了吧？我有时能听到它们在您的乐园里吵吵闹闹的，像一群蜜蜂。

我的心变得无比轻松。

您想知道我们在日本最后发生的事吗？哦，那个可爱的三宅，那个伟大的梦想家，那个有些可恶的日本人……在我们的坚持下，还有，在森村出于弥补内心过失而近乎不理智的逼迫下，Charcot 和 Rondelet 为鲛人尸体做了解剖。哦，五百两黄金！五百两黄金我们差点买来半只猴子和半只大鲑鱼！那个天才……我忍不住想起在峨峨洗温泉的时候，一群猴子来洗温泉的情景，用东方的思路来说，那就是一个征象。也难为他了，把半只猴子和半只大鲑鱼一针一针地缝合到一起，那么密的针脚。

幻影，一切重归幻影。美丽的鲛人固执地住在传说中，跟我们同一海域，却在另一个时空里偷窥着我们。它们爱我们吗？或者，我们真的爱着它们吗？父亲，我有些哭笑不得。您的五桅大帆船被我遗失了，投资者令我们有时面面相觑，我们的营养也出现了问题，我的牙这几天一直在出血。但总算平安地回家了，还带回了一对可爱的女孩儿。我们从野蛮中把她们的生命解救出来，教给她们礼仪，将来教给她们科学，哦，也不算空手而回。何况，她们还有一条优美的脊椎。

啊，前面还有一周的路程就又将靠近中国了！中国，我们在来的路上曾远远地望过它，某种意义上，就像我把头埋在那些方块字里，有时我又研究它的装订线，他们称其为“鱼尾”，还分有单尾双尾——难道古希腊人不是这样认为的吗：海妖带来了知识。

父亲，这一次的远行，让我成了贵族。

您的儿子

5 April，1751

于广州

亲爱的父亲：

您知道中国这个名叫广州的城市吗？哦，它的喧闹和繁华，令多少欧洲城市都变得静寂与萧条！

您一定想看到成千上万的船只停满港口的壮观场面，我发誓那绝对是在欧洲任何一个地方都见不到的。海船的双桅密密连成一片，落帆和满帆像浓浓的灰青色云层，高高低低，虚虚淡淡，站在“金棕榈号”最高的天平梁上，我们根本看不到城市的一鳞片爪。几乎全世界被发现的、被发明的物品都在我们的眼底，木材、稻米、食油、大豆、禽类、兽皮、瓷器、陶器、食盐、棉花、香料、铜铅、生丝，还有扇子和象牙，还有马可·波罗在他书里记载的煤炭，太多太多的东西，太多太多——那是能把人的欲望激发，把死火山变为活火山的展览。英格兰人、葡萄牙人、马来人、阿拉伯人、荷兰人、法兰西人、日本人，还有比较罕见的北美人，仿佛一场席卷全部海洋的龙卷风，把这些不安分的人都带到了这里。

相对鲛人的世界，它是活生生的，热烈的，现实的；它是肉体的。

然而我们的肉体何曾有过如此畅快的欢愉？

从拉德龙斯小岛离开，我们跟随各式各样的舢板小艇沿内河进入广州。天几乎在瞬间便开始了黄昏，而我们眼里的灯火也越来越多，久未感到的杂乱从模糊的建筑物后面，从一些匆匆而过的影子后面，从更多奇怪的味道中扑向我们，我们在日本都没有这么慌乱的内心不适。Hamilton严格禁止我们任何一个人下船。这个城市是隐形的，是迷宫，他告诫我们，记着，我们的目的只是休息。医生有些不解，那在幽静的小岛休息不更好吗？船长说，这般的富裕之地，哪能没有海盗啊！

到处都有美食的味儿，我们却吃着普通的大米和腌鱼。看到丝绸，那两个女孩儿的眼睛亮了，呼吸也急促起来。沉默的船长悄悄下了船，给她们买回礼物——像水一样亮的丝绸一下子便把鲛人的脊椎裹没了。从日本出来到今天，她们第一次笑了，这让我在沮丧的归途感到振作。父亲，您不如在您的文字中为她们找一个位置，就叫她们鯀吧！

低浪拍打着船底，也许是中国的鲛人……

您的儿子

7 May, 1757

于印度的喀尔特兰

亲爱的父亲:

J. Tang来信说，您所编写的书就要完成了，真是个好消息。我在这里为您找了一件非常精妙的象牙雕盒，是用来盛放香料的，随信一起带给您。上次博廷医生来印度，我托他捎回去的那副动物骨骼是大孔雀的，原来还有一些翎毛被他的几位随行贵妇人分掉了。那也是一种神奇的动物，据当地人说，雄孔雀在上风处鸣叫，下风处的雌孔雀就会怀孕。

我的小丽达问候您，她每天想着她那个玩着稀奇古怪东西的爷爷。她这样对我说，爸爸，老爵士只是喜欢骨头，他不喜欢我们的肉体，对吗？这个小家伙，哦，她的脊椎好像也多出着一节，在河水里，我经常把她看成小小的鲛人。六年了，我总是忍不住去想她们，Rose，Hellen，啊，如果不是那场飓风，如果不是那些阿拉伯海盗，我们一起，在您的身边，在您的科茨沃尔德丘陵，该多好啊！去年时，好像有人对我说，她们被卖进了土耳其的宫殿里，哦，我多多少少变得有些恍惚，记不清到底是有人告诉我的，还是我自己梦到的。唉，可怜的Hamilton，可怜的Pavio，在海底的天国，在海底的乐园，他们与鲛人为伍也未曾可知。然而，一下子就六年了，我的残臂每到雨季就疼，阿拉伯的弯刀像月牙一样，令人心痛……

克莱玛莎这些天也总在问您，她希望您再考虑考虑我们的提议。恒河边的这个小镇风景特别好，不远处有一大片的森林，里面有猴子，有大鹦鹉，还有更多的红鹳鸟。我妻子的意思是在那一带我们为您专门盖一处院子，就像您在丘陵一样，但离您的儿子一家近了。

克莱玛莎的身体近来也不太好，我的右手不方便，多亏印度的管家辛根先生照料。他是一位非常难得的管理者，同时也是一位天才的厨师，最拿手的便是鱼。我喜欢吃他做的腌鲱鱼，用鼠尾草和胡椒调制，上炉微微烤一会儿，那味道简直太美妙了。还有金枪鱼，他用鱼骨来烧制，加蒜末和中国的豆酱，滋味非同寻常。这里的人都很好，聪明、勤劳、节制，不贪婪、不说谎、喜欢小孩子，与我们很友善。父亲，您再想想，好吗？

书写完后，请尽快让我看到。……六年前，她们差点儿就淹没了我这一生……

您的儿子

附录三
斯坦霍普伯爵撰写的小说或笔记

七个鳞片的故事·1747

这一年，也就是我知道“斯坦霍普号”不会再回来的时候，在去往科茨沃尔德丘陵的路上，有一天傍晚，船停在离港口并不很远的一座岛上。这是由西班牙人管辖的岛屿，名字记不起来了。人烟稀少，除了品种丰富的水果，岛上不再有什么。就在晚餐开始之前，我的仆人对我说，外面来了三位先生，希望拜见伯爵。尽管感到奇怪，我还是请他们进来了。这是三个身材魁梧、长着红棕色头发的男人，一进到舱中，便带入一股强大的湿冷的海腥味。我的仆人为他们准备了椅子，我邀请他们共进晚餐，他们并不推辞。晚餐比较简单，主要是烤鳕鱼，他们看上去很有食欲，这令我放了心。我们喝了不少葡萄酒，然后享受着水果。这三个男人自称是经商者，因为那条失踪的船只而听说了我的名字。他们一个名叫安塔尔葛帝，一个名叫安塔尔葛特斯，还有一个名叫安塔尔葛泰。我猜测这是三兄弟。晚餐结束后，我陪着他们在舱内四处参观，他们对我的收藏品表示出浓厚的兴趣。在一个小匣子里有三个鳞片，比普通鱼类的要大许多，呈现出金色、银色和玉色光泽。它们是我的朋友博廷医生送给我的，据说是鲛人身上的鳞片，医生从印度渔民手中买来的。安塔尔葛帝建议说，由他们三个人开始，每个人讲一个与鳞片有关的故事，如果讲得好，就把这三个鳞片分别奖励给他们。我当时大脑被酒精燃烧着，毫不犹豫地答应下来——后来我才觉得自己有多么疯狂。

安塔尔葛帝第一个讲。下面是他的故事：

我们都知道鲛人是居住在神奇里的生物，就算是最长寿的人也难以见到它们。有一次我去萨萨岛，海上风浪很大，我觉得十分难受，便忍着颠簸爬到舷边呕吐。我吐了一阵子，感到好多了。就在我打算回去时，远处的海里突然冒上来一个美女。我一下子惊呆了，她是那么的美，就像是黄金打造出来的，那一片海水都被映得金灿灿的。她在水里轻快地游着，每一朵浪花都比王冠昂贵一百倍。她发现了我，游过来说，安塔尔葛帝，你有什么忧愁？您知道，伯爵，我是个单身汉，无忧无虑，于是我向她摇摇头。她笑了起来，大声说道，那真是太好了，我可以给你忧愁了！说完，她扔给我一个鳞片，纯粹的黄金的鳞片，别提有多么精美了。我拿着鳞片，不知该把它藏在哪里，生怕被人偷去，晚上也不敢睡觉。瞧，这下我可有了忧愁。我把它紧紧攥在手心里，时刻不放松。甚至，我担忧自己一旦死去，这个鳞片将会归属何方？这样，我下决心要把它献给国王和王后，却又担心他们的赏赐馈赠，还担心他们向我问询其他的鳞片在什么地方。我在王宫外徘徊，难以决定，那个鳞片被我弄得汗津津的，我又担心它会变了颜色。我捧着它唉声叹气，面容枯槁，几乎快要疯掉。冬天的时候，啊，那个冬天真冷，我实在受不了，便用它换了一件袍子。结果，忧愁到了别人那里——整整一个冬天，城里的人们都在忙着把鳞片交到别人手中。我的心开始惭愧起来，它是我带来的，却给这么多无辜的人造成了急于摆脱的麻烦，我发誓要把它找回来。现在，我终于找到它了，谢天谢地。

我听完哈哈一笑。我把金色那枚给了他。

接下来是安塔尔葛特斯的故事：

我们知道鲛人居住在神奇里，就算是最尊贵的人也不容易见到它们。有一次我去兹兹岛，海上风浪不是很大，船行得非常平稳。我们在甲板上喝酒赌博，我的手气太好了，赢了所有的人，他们沮丧地回舱去了，只剩下我躺在那儿快乐地数钱。这时远处闪耀着一大片银光，一个非常美丽的女孩儿浮在水面对我微笑。哦，她有着银色的皮肤、银丝线的头发、银粒儿的牙齿，我都想跳进水里，和她待在一起。这时，她对我说，安塔尔葛特斯，你有什么忧愁？我赢了不少钱，心情舒畅，便朝她摆摆手。她的笑声简直跟银铃一模一样，真是好极了，她说，我可以把忧愁给你了！说完，她扔给我一个纯银的鳞片。说心里话，她太迷人了，我目睹她沉入海中消失不见，心里依依不舍，决定把鳞片好好珍藏。从兹兹岛回来后不久，我去城里游玩，看见国王贴出告示，说他的头盔缺了一只护耳，征召最有才华的匠人修补。鬼使神差我进了王宫，用那个鳞片作护耳，竟然特别合适。国王非常高兴，左看右看，便对原来的那一侧护耳讨厌起来，于是命令我再找一个一样的鳞片来，否则的话就要把我关进监狱。看啊，我的忧愁到了。我重新回到海上去找那个女孩儿，然而哪里还能再见？我的船在海上漂泊，我吃不下饭睡不着觉，监狱生活的影像整天折磨着我，后悔又有什么用呢？我对天发誓，如果让我摆脱困境，赐给我另一个鳞片，我一定放弃虚荣之心、夸耀之心和争宠之心。感谢上苍，真的让我找到它了，啊，我几乎不相信自己的眼睛！

我听到这里笑了笑。我把银色那枚给了他。

最后是安塔尔葛泰讲的故事：

我们现在已知道了鲛人的事，它们住在神奇里，就算是拿最让人念念不忘的容颜来交换，也不可以见到的。有一次我去查查岛，海上风平浪静，景色世间罕有。我坐在甲板上悠闲地钓着鱼，一条又一条，一条接着一条，很快便堆满了木盆。忽然我听到一阵悦耳的歌声，只见一个漂亮的女子从波涛中冒出头来，对着我轻轻吟唱。她身上闪耀着美玉之光，就连海水也变成了绿色的翡翠。我的鱼竿被鱼儿拖走了，我只觉得自己离她越来越近，像有一根看不见的丝线在我俩之间。这时，她对我说，安塔尔葛泰，你有什么忧愁？我忍不住说，如果有，便是我做不成真正的鱼儿。她扔给我一个玉鳞片，嘻嘻笑着说，今后你可以做鱼儿了。我望着她在前面游，她的速度很快，没多久便游远了。我在水中不知该去往何处，这才发现自己已成了一条鱼。我游呀游，游到河流的入海口，逆水而上进入城市，进入一个有喷泉的花园。露台上的一位女郎发现了我，她高兴地说，这条鱼多好看啊，我要把它养在家中。于是我被她捉住，放到一个中国的瓷器里，端进了她的房间。夜晚，她睡熟了，我化回人形来到她床头。她是那么美，就像是用象牙雕出来的。她的嘴仿佛红玛瑙做的，我忍不住轻轻吻了她。我爱上了她，决定不再做鱼儿，而要向她求婚。我扔掉了鳞片，拥抱她，对她倾诉内心的爱慕。她似乎并不害怕一个突然闯入的陌生人，只是皱着眉打量我说，你是谁，你是国王吗？你有贵族头衔吗？你是骑士吗？我告诉她我是商人，她立刻鄙视我，叫来仆人把我轰了出来。唉，我是多么痛苦，我宁愿再像鱼儿一样守着她。我到处找那个鳞片，但它消失了。我彻底被忧愁俘虏了，感谢上帝，直到我现在看到它在这里。

我听完了，犹豫着，最后又把玉色那枚给了他。

他们拿了鳞片，心满意足，而我端着空匣子，酒却彻底醒了。三人站起来，感谢我的款待和馈赠，准备告辞。我对他们说，先别急，听听我的这个故事好吗？他们相视而笑，重新坐下，我的仆人给他们端来果汁。

下面是我讲的这个故事：

八岁那一年，我在苏格兰的老橡树下坐着，整整一天的时间，等待着活到九岁。你们知道吧，有一首歌谣这么唱：吞没我们土地的是海水，吞没我们天空的是老橡树。在这儿，日月星辰不起什么作用，国王和领主不起什么作用，起作用的是那一片一片落下的树叶。我收集了一堆叶子，用它们埋住我的脚，心里十分快乐。我想，如果生活就是这样，那该是一件多么美妙的事情。你们在童年也会这样祈祷的，谁也避不开，难道不是吗？彭柔斯那儿有一个湖泊，据说海水涨潮时就会看不见。湖中住着一个人鱼，有很大的神通，但从来没有人真正与她面对面地说过话。你们知道，上帝总是垂怜我们小孩子更多一些，所以那天人鱼游出了水面，摆着长长的尾巴坐在岩石上。她看见我，朝我轻轻地招着手……哦，你们还要来一点儿葡萄酒吗？她说，孩子，什么事情让你看上去如此开心呢？我当时完全惊呆了，我呆呆地站着，不知道害怕。我现在像那个小孩子吗？过了一阵子，我对她说，你会从故事书或者蜡烛里悄悄爬上孩子们的小床吗？你们猜她怎么说——会的，当然，我会带上足够多的水到你床上去。哈哈，你们知道吗？我从来就没有尿床经历的，彼得有，哦他是我哥哥。于是我便说，你还是上彼得的床吧。哦，她是很聪明的，她轻轻甩了甩尾巴，说，你还没有告诉我你快乐的原因呢！我给她看手里的树叶。她的眼光一下子柔和起来，啊，多么美的叶子——但是，她的瞳孔暗淡了，孩子，它们是会腐烂的。那又怎么样？那样你就会失掉你的快乐。我那时很小，听不懂她说的话。你们知道她反复说着哪一句话？她说，为什么，你会从树叶上找到快乐？后来，哦，后来，她给了我一个金色的鳞片，她对我说，孩子，你总会明白的，只有它才会带给你长久的快乐。

（安塔尔葛帝听到这儿微微一笑。）

我无忧无虑地长到了二十岁，然后我遇见了玛丽。我第一眼看到她便爱上了她。她去橡树下拾那些叶子，去为摘下的玫瑰编织花环。我帮她戴上花环，我的心一下子快乐地炸开。很快我们举行了婚礼。你们知道，像我俩这样相爱的人是不多见的。……再来一点儿葡萄酒。哦，我已经想不起来我俩是为什么争吵了，小牛肉？栗木条？墙后倒了的栅栏？发黑的银器？女仆打碎的中国瓷盘？租金，还是其他什么？哦，第一次，第一次我听到她的咒骂，她扭曲的脸，哦。她的愤怒，第二次，第三次，第四次，第五次——直到有一天，我无意中看到那枚金色的鳞片，我忍不住回忆那段时光，想到我那时的快乐，不禁轻声叹息。我轻叹着，弯下腰去，双手抱起一堆树叶。我瞧见自己的手变得又白又小，这才发现重新回到了童年。啊，这就是金色鳞片允诺的神奇！自然，我很快忘掉了玛丽，忘掉了众多的仆人，忘掉了数不尽的珍宝，不过，我羞愧地开始了尿床，就连彼得也隔三岔五地取笑我。这的确令人难堪。大家再来一点儿果馅饼吧。时间总是过得很快的，直到我二十岁，遇见玛丽。我第一眼看到她便爱上了她，但在我脑海中有个声音却反复说着：躲开她，错过她；躲开她，错过她。上帝，真弄得我莫名其妙。我躲在不远处，看着她弯下腰去拾着树叶，觉得与她特别亲近熟悉，就想过去帮帮她。可是那个声音变得更强了，像用拳头砸着：躲开她，错过她；躲开她，错过她。我便止住了脚步。她拾完了叶子，从篮子里取出桂荆和玫瑰，坐在树下编织花环。我看着她吃力地扭结荆枝，忍不住要向她跑过去，然而那个声音变成了沉闷的石锤，咚咚震响：躲开她，错过她；躲开她，错过她！我虽然犹豫，但还是控制住了自己。哈啸，就在这个时候，玛丽的手指被刺扎伤了，她一声痛呼，我的心里猛然地剧痛，我想也没想便冲了出去，只听见那个声音化成了低低的叹息。啊，你们看，一切又从头开始，天晓得我为什么会大大咧咧，不去评价玛丽的厨艺，不收藏古董，不骄纵仆人，甚至不去埋设栅栏。但争吵还是到来了，我忘了为什么争吵，第一次，第二次，第三次……我再一次拿起金色的鳞片，却什么也没有发生。

（安塔尔葛特斯诡异地笑了笑，像是有所猜知。）

我不带仆人，自己赶着马车来到彭柔斯的湖边。我唤出了人鱼，向她述说我的苦恼，希望她重新赋予金鳞神异。她摇摇头说，这难道不是你的选择吗？开始已经没有了，或许挽回也是快乐。她送给我一枚银色的鳞片，嘱咐我说，当你对着它叹息之前，一定要认真想清楚。我回到我的城堡，一路上做好了出海的打算。你们知道，也许分开一段时间会有一些好的结果。我买了一条船，招募了一批水手，沿着海岸线行走，不知该往哪个方向。有人提出到亚洲，可以弄到香料和瓷器；有人说去美洲，那里有黄金白银。我其实哪里都不想去，只是想散散心。后来去了非洲，我给玛丽买了不少宝石，给她写了不少信。上帝，这些在欧洲价值不菲的宝石让她几乎发了疯，从此，她爱上了社交，整天在一堆无所事事的贵妇中，听她们搬弄是非，看她们争风吃醋，直到有骑士为她宣誓效忠。第一次听到关于她的传言，我的船在法国北部。丑闻就像瘟疫一样越过领地和国界，最后一切无法收拾。那天，我拿出了银色的鳞片，我拍着船舷望着海水，眼里一片模糊……哦，酒，请递一下。等我看清楚身边的事物，我仍然在回来的马车上。他们在城堡前等着我，他们说，伯爵大人，您的船已经下水了，船长在听您的命令呢。我脱口而出：不，不，绝不去非洲！一星期以后，我的船向地中海行去，我打算去那些竖立有希腊石像的岛屿，那儿有上好的美酒。返回的时候，我买了不少红泥陶瓶，瓶上有昂贵的绘画。谁承想，这些令贵族们发了疯，他们经常造访我的城堡，男人们喝酒谈论艺术，而夫人们聚在一起飞短流长。我没想到一切会是这样，接下来的事情正如你们所知道的：我白白浪费了银鳞的神通。我懊恼地来到彭柔斯的湖边，人鱼仰卧在水面，她皱着眉，递给我一个玉色鳞片。

（安塔尔葛泰对着他们挤眼窃笑。）

她说，你回去吧，它将是你最后的快乐，希望你不要再早早用掉。我对她说，这轻飘飘的……难道再没有那像金色一样，至少也像银色一样的恩赐了吗？人鱼的尾巴轻轻翻卷，她说，这都是你心甘情愿的花费，现在，你想要的不正是玛丽的快乐吗？孩子，你打算向玛丽索讨，是吗？我的脑中十分混乱，我不知道是或不是。我最后攥紧了玉鳞离开那里，想来想去，决定离家出走，航行到最远的地方。也就是说，我把玛丽留给了她的情人。我和我的水手在大海上漂游，到过数不清的国家，但是时间和变迁在我身上发生得太晚了，我无法忘掉玛丽，无法忘掉心中的屈辱。五年以后，我又回到我的城堡，然而想不到的是……黑死病，那种来不及准备的死亡……可怜的玛丽病倒了，她就要死了，她那信誓旦旦的情人弃她而去，她仿佛一个灰败的蜡像，呼唤着，低低呼唤着，要亲吻银十字。唉，你们不知道，我的城堡一片黑暗，死寂和陌生，刺鼻的气味，暗淡的画像——她那时多么美丽，高贵，站在通往高处的楼梯上……不用说，我用掉了玉色的鳞片，五年前的那个阴雨天立即回到了我们中间。玛丽在床上熟睡，地毯上留着泥土的痕迹。我改变了主意，不顾她的挣扎、反抗和咒骂，强行把她带上船，一刻不停，直接驶向遥远的香料群岛。情人的影像就如同魔鬼，他控制了玛丽，让她不吃不喝，不说话，不微笑。她郁郁寡欢，整日里朝远方眺望。我试着改变自己，我甘心为她做任何事情，但她还是病倒了，高烧，咳嗽，昏睡不醒，梦中呼唤情人的名字。我只有深深叹息，命令船只掉头返回。我心灰意懒，发誓将她送还她的情人，从此再不想她。虽然我们加快速度，但就在望见大陆的时候，天国还是召去了她。那一刻，我才明白自己犯了一个大错：我终于索讨了玛丽的快乐。船一靠岸，我便拼命赶到彭柔斯的湖边，我要乞求一枚新的鳞片，不管什么条件，我发誓要乞求到——好让玛丽与她的情人相见。

（三个听众已经完全沉浸在故事中。）

人鱼漂浮着听我在倾诉，她听着我的哀求，摇着头。孩子，她的声音十分沙哑，她说，如今我也无能为力了，一旦有死神的气息，再好的鳞片也会化作灰烬。我跪下来求她，眼里流着泪，像一个傻子。人鱼忍不住叹息，她说，看来是我害了你。好吧，用这个鳞片可以恢复金色鳞片、银色鳞片和玉色鳞片的力量，去救你的爱人吧！说完，她用力将自己心口的一个大鳞片揭下交给我，鲜血立刻从深处涌了出来，好比泉水……

我看到三位听众的眼睛里含着泪水。我缓缓伸出手掌，于是三个鳞片又回到了我的匣中。我继续给他们讲着：

啊，我永远也忘不了她揭去鳞片的那一幕。她是如此伤感又如此坚决，她的手，她柔软的手指，颤抖着，触摸着自己的心口，就那么一用力……

听到这儿，三位听众无声地解开衣服，露出一身的鳞甲。他们抓住心口的一片，异口同声地说道：

是不是这样？

六个鳞片的故事·1748

王子爱上了一个美丽的姑娘。哦，这样的故事我们小时候可听过不少。我记得碧丽安姑姑坐在我的床上，左手握着银烛台，它们就像故事里的城堡，闪耀着星星的光芒和龙的火焰。但是这个故事我从来没有听到过，我的儿子也没有。这样，我既要写在这里，还要抄一份在给他的信上，也许能让他回到小时候。

阿斯多里亚的一位王子，哦，那是在很久以前，到处跑着红狐狸；他英俊无比，世上罕见。有一回他去海边散步，当然，他已经不是第一次到海边了，在大海上的航行次数也多得数不过来。因为他喜欢一个人散步，所以把他的卫兵们远远地扔在了岬角后面。海水蓝蓝的，十分清澈，王子觉得就像他卧室里挂着的窗帘一样。后来王子想些什么我们不知道，只能看见他在沙滩上走来走去，对，一个人走来走去。

在另一个地方的海水中，一群人鱼围着她们的公主在快乐地玩耍。人鱼们十分漂亮，和传说里的一模一样，她们的身体仿佛佛罗伦萨最好的吹工拉出的暗花玻璃，她们的蹼薄薄的，如同透过阳光看着的中国瓷器。只是当我们讲述这些可爱的人鱼时，她们的公主一定是在水下潜游。故事的发生总会有上帝的旨意，王子无聊起来，就在他走到这里打算返回时，人鱼公主跃出了水面。一道道奇亮的光芒从海上照到王子脸上，他吃惊地望见一个美丽的女孩子浮在波涛中，整个王宫的美甚至都比不上被她映亮的沙滩。王子一下子便陷入爱情里，他感到自己就像一个乞丐，想到这儿，他的脸变得滚烫，忘了要干什么、要去哪里。这时，人鱼公主瞧见了这个呆呆站着的男孩子，她的心立刻被他俘虏了。啊，一个多么英俊、善良又有点儿傻乎乎的王子！她心里说。她的聪明机灵可是比眼前这位王子强多了，她摆摆手，所有的人鱼聚到了一起，好似一朵缓缓绽开的海葵花。她们悄悄耳语一阵，然后便捂着嘴笑，一齐游到王子跟前。

嗨，人鱼公主对王子说，你为什么要把我们的衣服都藏起来呀？王子没有想到水里有这么多女孩子，他的脸马上就红了。他口吃地说，我，我，我没拿你们的衣服啊！公主喜欢看到王子这个样子，她的眼里充满爱意，她说，我们的衣服一定是丢了，这该怎么办啊？王子抬起头来，他似乎读懂了她的目光。王子说，请等一下。他认真地数清楚她们的人数，一共是九个，然后就像一匹真正的飞马朝王宫跑回去。王子找了八件宫女的衣服，至于另一件，他左挑右选，真是伤透了脑筋。有个老宫女猜到了什么，她告诉王子，有一件衣服应该配得上准备穿它的人，那就是王子的母亲生前过节时穿的礼裙，它是用东方的丝绸和南方的宝石制作的，王子的母亲特别喜欢。王子没有想到这件礼裙穿在女孩的身上是那么合体，就像为她量身定做的。他们立刻就亲近起来，王子握着她的手坐上马车，王子问她，你叫什么名字？人鱼公主想了想说，我叫柯涅蒂珀（knee-deep）。王子重复说道，柯涅蒂珀，诗中之海，多美的名字！你是倭麻亚的公主，还是法兰克的公主？人鱼公主多么聪明，她不回答，只朝王子微笑。于是王子便沉醉了，他无法形容自己有多么快乐。

接下来的事情就不用说，他们举行了盛大的婚礼。那几日，有数不清的大鲸鱼聚集在海面，朝天空喷射好看极了的水礼花。许多星星也从高处飞下来，心甘情愿地做他们婚室墙壁上的宝石。

王子和人鱼公主住到了一起。但公主是人鱼啊，这一点王子还不知道。天就要黑了，公主开始发愁起来。不过她是个聪明机灵的公主，很快便想出了办法。她和她的八位女友一齐动手，把床单、床罩、帐幕的幅摆裁制成一排排大大的鱼尾形，还在上面绣出凸起的鱼鳞。这样的装饰和窗帘的蓝色一下子就融合到了一块儿，王子见了忍不住夸赞她们心灵手巧。人鱼公主还和王子规定好，晚上不许点灯看她，理由是她怕羞。假如王子不遵守诺言的话，她就不再当他的妻子。这样的要求对王子来说算不了什么，为了表示他听她的话，他甚至命令在他们的卧房不准摆放任何烛台一类照明的东西。人鱼公主非常满意。

夜里睡觉的时候，人鱼公主忽然听到王子问她：亲爱的，是什么东西在我的脚上，凉凉的，有分叉，好像鱼的尾巴？公主很快说：你忘了吗，是床罩的幅摆被风吹啊，快睡吧。过了一阵，王子又问她：亲爱的，是什么东西在我的腿上，柔柔的，有分叉，好像鱼的尾巴？公主对他说：你忘了吗，是床单的幅摆被风吹啊，快睡吧。又过了一阵，王子又问她：亲爱的，是什么东西在我的肚子上，腻腻的，有分叉，好像鱼的尾巴？公主打了个呵欠说：你忘了吗，是帐幕的幅摆被风吹啊，快睡吧。不到天亮，公主就早早起来穿好衣裳，给王子做好早餐，然后再叫醒他。一天又一天，人鱼公主都是这样。

三年过去了，王子和人鱼公主幸福地生活着，无忧无虑。可是让公主发愁的事情又来了，那就是她的换鳞期到了。人鱼们每过三年就要把身上的鳞片换一次，平时的鱼鳞十分细密柔软，和皮肤紧紧贴着，根本看不出来，换鳞时的鳞片就不一样了，变得坚硬、零乱，弄得人鱼们很难受，都不好看了。对人鱼公主来说，这些并不重要，她担心的是王子会发现。我们大家都知道，她是一个聪明机灵的公主，很快就想出了办法。她让她的八位女友到花园里摘了一大筐毛栗子果，然后把它们都炒熟。

晚上，王子翻来覆去睡不着，他对公主说：亲爱的，床上是些什么东西啊，扎得我难受，我想拿灯照照看。公主说：难道你忘了自己的诺言吗？那一定是我剥下的栗子壳，不小心弄到了床上。她的女友们马上用小帚扫走了鳞片，在小盘里换上一堆毛栗子壳。过了半天，王子又醒了，他问公主：亲爱的，你还在剥栗子吃吗？公主说：是啊，香喷喷的栗子让人睡不着。于是王子说：你吃吧，只是别再把壳弄到床上了。

这样过了两天，人鱼公主身上的鳞就差不多换好了，只是在她脖颈下的骨突上还有六个最大的鳞片一直掉不下来。它们像钻石的形状，已经翘了起来，有时候王子喜欢她，想要抱抱她，那六个大鳞片会刺得她很疼。王子感觉不到，他穿着铠甲，还那么用力地抱她，公主的泪水都快流下来了。这讨厌的六个大鳞片！公主的女友们想了足有一千个办法，都不能让它们动摇。

夜里人鱼公主失眠了，因为六个大鳞片开始卷曲，完全像钻石了。怎么办？怎么办？再想不出好办法，王子就要发现了。一旦让他知道自己的妻子是一个人鱼，啊，她都不敢继续往后想。公主摸了摸这些鳞片，她试着拔了拔，一阵揪心的疼痛让她差点儿喊出来。她咬咬牙，下决心要把它们拔下来，但她不知道它们已经连在了一起。人鱼公主忍着痛，头上冒着汗，从上面三个开始，一点一点地拔，当它们离开她的皮肤时，她忍不住抖了抖。王子醒了，问她：亲爱的，是什么在摇动我们的床？人鱼公主轻轻地说：没什么，我梦见在跳采摘舞。王子哦了一声又睡着了。她开始拔中间的两个，几乎用尽了力气才做到，结果她又抖了抖，比上一次还要厉害。王子马上醒了，他说：亲爱的，你还在梦见跳舞吗？是的，人鱼公主低低地说，梦里你在和我跳铃铛舞呢。王子笑了笑说：好吧，明天我们便跳铃铛舞。王子说完就睡着了，公主又来拔下面最后一个。啊，这一个真是太顽固了，就像深深地把根种在了公主的血肉里。她的泪水悄悄流着，手指尖发颤，头一阵阵地晕眩，当她听到王子均匀平稳的呼吸，看到帐幕外已有了淡淡的天光，她知道不能再犹豫了。人鱼公主闭上眼，心里一使劲，一阵剧痛后她便失去了知觉。

王子再一次被弄醒了，他翻了个身说：亲爱的，我们跳到第几支曲子了？等了一阵子，王子没有听到回答，便又问：亲爱的，你睡着了吗？公主仍然静悄悄地躺着。王子觉得奇怪，推了推她，还是不见她醒来。王子一下子便坐了起来，他赤着脚奔向其他房间取来一盏灯。王子要看他的妻子是不是病了。结果王子在公主的胸口看到渗出来的鲜血，在鲜血边上又看到了细密的鳞片，不用说，她的尾巴也被王子看到了。王子大大地震惊了，他简直不敢相信自己的爱妻竟会是一条人鱼。王子站在那里，脑子里乱成一团，不知过了多长时间。突然人鱼公主苏醒过来，她惊讶地看见王子举着灯呆呆站在床边，一下子就明白了。公主忍着痛悲伤地对王子说：你违背了你的诺言，我不再是你的妻子了！说完，她跑出了卧室，一路上流着泪离开了王宫，和女友们一起重新回到了大海。

人鱼公主走了，可怜的王子别提有多么后悔、有多么难受了。整整一天、两天、三天，好多天里，王子把自己关在卧室里，什么都不想做。他在床上发现了公主留下来的连在一起的六个鳞片，看到鳞片背后的血痂，他立刻感到了妻子的痛苦。王子把鳞片捧在手里，一遍又一遍地呼唤——柯涅蒂珀，柯涅蒂珀……他多么希望他的妻子马上回来啊！他再也不会想她是不是人鱼了。

王子下决心要把妻子找回来。他一个人来到他和人鱼公主相识的地方，大海却比从前任何时候都空荡，都冷清。王子望不见人鱼们，此后的每一天他都望不见。她就这样永远不再理我了吗？王子的心几乎碎了。王子并不知道，海水之下，他的妻子一直都在悄悄地望着他。人鱼公主见到王子变瘦了，头不梳脸不洗，衣服又乱又脏，哪里还像个王子？于是她就不停地哭。远处的女友们忽然觉着海水深了许多，便猜到她们的公主一定是哭了，她们纷纷游过来安慰她。人鱼公主对她们说，你们干脆去劝他回去吧，以后也不要再来了。她们说，王子真的好可怜啊，他违背诺言也是为了救公主啊！公主把头扭到一边抽泣地说，但他已经知道我是人鱼了，他今后肯定不会对我像过去一样好了。她们全都摇头说，王子是那么爱你，没有你，他都快要死掉了。公主忍不住朝岸上的王子望去，啊，起风了，大风吹打着王子单薄的衣衫，吹着他摇摇晃晃，好像要推他走。但王子不走，他坐了下来，看样子要一直坐下去。人鱼们着急了，对她们的公主说道，再给王子一次机会吧，求求你了，不然的话，王子会变成一尊雕像的！人鱼公主的心软了，她点点头说，好吧。

王子看到妻子和她的女友们从海中缓缓升起，他简直想飞起来。王子甚至忘了自己不会游泳，踩着水便向妻子跑去。可是她为了让他牢记自己的诺言，给他出了一道题：在他们的卧室里，夜晚不许点灯，也不许说话，王子要在这么多人里找出他的妻子，而且不许错。啊，这可真是个难题，人鱼们都暗暗地为王子担心，她们偷偷想着怎样帮助他。王子想，这虽然难，但总是有希望的，只要有一丝的机会，我就要抓住；我一定不能失去我的妻子。王子想啊想，想啊想，终于想出了一个好办法。

这个夜晚格外地黑。人鱼公主藏在她的八个女友中间，她们一样的高矮，一样的胖瘦，并且一样地长着尾巴。她们周围流动着浓浓的海水味道，公主早早就命令她的女友们，不许咳嗽，不许做暗号，尤其不许集体往后退。人鱼们无可奈何，尽管她们快要急坏了。王子胸有成竹，因为他有好办法。什么好办法呢？原来人鱼公主拔去那六个鳞片后，新的鳞片再不会长出来了，这样在原来的地方就留下了一个小凹陷。王子挨个儿轻轻触摸人鱼们脖颈下的骨突，到第七个时，他摸到了那个凹陷。于是王子停下来，从口袋中掏出那六个鳞片——现在，它们的边缘围着金丝络和白金丝络，中间点缀着大大的红宝石，然后由一条珍珠项链串起来；王子把它戴到对面之人的脖颈上，然后紧紧握住她的手，大声说道：

你就是我的妻子！

房间立刻亮了起来，所有的宫女手中都有两个烛台，房间变得比白天还要亮堂。人鱼公主的脸红红的，王子给她戴上的链饰垂下来，正好嵌在凹陷处。她的女友们拼命拍手，公主害羞了，想把手从王子手中抽走。但是哪儿还能抽走呢？一辈子都抽不走了！

王宫里为王子与人鱼公主的重新和好举行了盛大的舞会。王子抱着他的妻子不停地跳着铃铛舞，不知疲倦地跳着铃铛舞。人们都快乐极了，连海里的生物们也非常快乐。记得我的儿子在他四岁的时候问我，父亲，为什么螃蟹们的泡泡这么小啊？现在我知道了，原来螃蟹们的大泡泡在那个夜晚全被吐光了……

五个鳞片的故事·1748

安特列克岛和蒙兰德岛发生战争的时候，我们正在一个最黑暗的地方睡觉——现在，轮到他们熟睡了，我所讲的这些，说不定正好是那星星一样多的梦里的一个。

在战争之前，安特列克岛和蒙兰德岛的关系非常非常好，安特列克岛的维特王子与蒙兰德岛的安妮公主早早就定了亲，如果不是安妮的母亲突然病逝，她的后母又性情古怪的话，他们两个肯定已经幸福地在一起生活了。事情发生得莫名其妙，一个晚上过去后，安妮公主在宫里失踪了。公主的后母相信安妮一定是被急不可待的维特王子诱拐跑了，那几日，蒙兰德岛的港口里停满了安特列克岛的大船。于是，他们便命令维特王子将公主送还，但可怜的王子哪里知道这是怎么一回事，结果战争就开始了。

在王子被迫要把剑拔出来之前，必须要说明白一件事，那就是安妮公主的后母其实是一个女巫。王子又如何能与他的爱人一家动手呢？他想，这里面准有什么误会，迟早会弄清楚的，所以王子一边招架，一边跑开。可是安妮的五个哥哥一改从前对王子的友好态度，他们拼命地追他，手里摇着磨得极亮的长剑，非要捉住他不可。维特王子逃啊逃，最后逃到一个渔夫家里，善良的渔夫把王子藏在鱼堆下面，虽然脏了一些，但看上去十分安全。

这会儿王子的左边、右边、前面、后面，还有头顶上和肩膀上全是鱼，它们的鳞片和短鳍弄得他很难受，他几乎都要晕过去了。就在这时，王子忽然听到耳边有人说，年轻人，帮帮我吧，我就快渴死了。王子觉得奇怪，他费了半天劲想要扭过头去，结果说话者一下子被挤到他眼前。王子仔细一看，原来是一条银光闪闪的大鱼，它的嘴缓缓地一张一合，眼珠子都鼓了出来。王子想了想，于是用自己的口水喂这条鱼，总算是好多了。王子不停地喂它，渐渐地自己也干渴起来。他有些焦急地想，那些追赶的人怎么还不走呢，再不走，别说这条鱼，就连自己也得干死。虽然这样想，但维特王子还是毫不犹豫地把积攒下的一丁点儿口水喂给鱼吃。大鱼又对他说，年轻人，千万不要忘了，走的时候带上我。王子苦笑着说：如果你觉得我们能活着出去，你就想办法到我怀里来吧！

说来也巧，追赶王子的人走远了，渔夫来救王子。在搬动鱼堆时，大鱼借机藏进了王子的衣服中。王子谢过渔夫后到了海边，将大鱼放回水里。大鱼在涟纹内对王子说：记住这三句话，你会有好报的。第一句，是鳞片不是儿子；第二句，是儿子不是鳞片；第三句，让那条怪鱼吃了我吧！王子用心记住了它们，告别大鱼准备回家去。没想到那些人都藏在附近，他们跳了出来，一下子就抓住了王子。

安妮的五个哥哥把维特王子押进蒙兰德的王宫。高高的王座上坐着安妮的后母，没有人知道国王哪里去了。这个女巫用她尖尖的手指指着维特王子说，你一定害死了我的安妮，我决饶不了你！大臣们说，是不是维特王子害死了公主，我们没有证据。女巫喊叫起来，就是他干的，我的五个儿子都可以证明！这时维特王子想起了第一句话，他立刻大声说，不是儿子是鳞片！话音刚落，安妮的五个哥哥纷纷倒在地上变成了鱼鳞片。所有的人都大吃一惊，女巫看到王子识破了自己的法术，恼羞成怒地说，你以为这样就可以活着吗？她从国王的权杖中抽出一根长长的针，王子一眼便瞧见权杖上镶有五个鳞片，于是他极快地说出第二句话，不是鳞片是儿子！人们听到一声巨响，国王的权杖掉到了地上，忽然冒出五个人来，正是安妮的五个哥哥。大家被弄糊涂了，就连那五个王子也无法说清楚，他们在各自的床上睡得好好的，怎么会到了这里？女巫此刻已经感到了害怕，她颤抖地说，卫兵，卫兵，快把这个妖怪吊死，快把他吊死！维特王子想到了第三句话，他推开卫兵们说，让那条怪鱼吃了我吧！

人们更加奇怪了。原来，安妮公主失踪后第二天，花园的大理石喷泉中住进了一条怪鱼。这条鱼的皮肤像绸缎，上面没有一片鱼鳞。它不吃不喝，整天呆呆地卧在池子里，见到大臣们便游到近前，仿佛要与他们说话。人们想，维特王子怎么知道有条怪鱼呢？女巫的脸上却露出了诡异的笑，她盯着王子说，真是太好了，就让她吃了你！卫兵们抬着维特王子向花园走去，后面跟着女巫和五个王子，还有越来越多的人。到了喷泉那儿，他们把维特王子“扑通”往水里一扔，女巫便哈哈大笑起来。

维特王子在溅起的水花中看见那条怪鱼靠在自己身边，眼睛里闪出十分奇妙的光彩。他正纳闷时，女巫的叫声又响起了，快吃了他！快点儿吃了他！几乎同时，王子又听到水底一个低低的声音在说，女儿呀，快咬他一口。王子觉得耳熟，原来正是被自己救了的大鱼。怪鱼下了半天决心，才在王子手指尖上小小地咬了一口，王子的鲜血便流了出来，流进了怪鱼口中。奇迹发生了，两条鱼立刻不见，从水中站起来的正是美丽的安妮公主和威严的蒙兰德国王。女巫一见大事不妙，打算悄悄溜走，早被五个王子围了起来。国王揭穿了女巫的阴谋，感谢维特王子拯救了整个——不，拯救了两个王国。自然，战争停止了，因为受到蒙蔽，据说战死的人又都活了过来。维特王子和安妮公主发誓再也不让时间耽搁了，他们湿漉漉地站在喷泉边上举行了婚礼，从此永不分开。

至于女巫，本该接受火刑的惩罚，由于维特王子和安妮公主的仁慈，她自己变成了一条怪鱼。从此，无论在哪片海域，她总会被渔夫的网捉住，忍受火一样干渴的煎熬和变形之痛，再被扔回海中。世界上没有哪一滴血可以使她摆脱，哦，当然，这一切是她自己造成的，跟火刑比起来，这已经相当不错了。

四个鳞片的故事·1750

大约是在布匿战争时吧，具体是哪一次不记得了。

罗马的港口堰堤设计者伦布莱某一回从灰砂浆里拣出一块砾石。等他冲洗干净后，他看到的是一片厚厚的鱼鳞。

在南方的墨西拿，商人卡吕普斯无意中拾到同样厚的一片鱼鳞，闲暇时他观赏那些精密的梳状雕线，并把它打磨得异常润滑。

现在该讲讲另一个商人了，叙拉古的彼纳克斯，在海上有一次与卡吕普斯的船相错而过。他见到类似的鳞片是在一只养着海鱼的陶瓶里，下面是细细的沙子。

阿累里亚的居癸得斯，一个绝好的牵引机技工，在罗马军队里制作他的多轮式机械。有人送给他这样的鳞片，已经磨得差不多很平了，那人发誓说这一定是两只羊打架时击碎的石头里的一片。

后来，我看到的一本书中记录了罗马的奥克特斯家中的一顿晚餐。他们吃些什么对我而言无关紧要——奥克特斯与他的四个女儿坐在一起，她们分别嫁给了伦布莱、卡吕普斯、彼纳克斯和居癸得斯。

三个鳞片的故事·1750

从前，聪明人哈特·里夫斯住在卡沃尔的一个岛上。那是个小岛，树木很多，果子也很多。哈特靠打鱼生活，他比较穷，唯一的财富就是他的妻子，听话的汉娜。他们没有孩子，每天，哈特到海上去打鱼，汉娜留在家中做果酱。偶尔，他们可以快乐地吃上一顿果酱馅饼。汉娜的果酱又甜又香，哈特非常喜欢吃，他总是一勺接着一勺大口地吃，胡须都被染成玫瑰红了。

有一天，汉娜起床后去厨房，发现昨天晚上刚刚做好的一大罐果酱只剩下一点儿，她以为是哈特夜里醒来吃的。又过了一天，汉娜的果酱又被吃光了，她觉得奇怪，为什么哈特现在喜欢半夜吃果酱呢，他打算胖起来吗？但她是个听话的好妻子，她自言自语地说，也许哈特胖一点儿好。第三天早晨，汉娜看见果酱罐子空空的，而且周围到处洒着果酱，她可是有点儿生气了。她在厨房大声地说，亲爱的，你不觉得过分了吗？哈特正在收拾渔网，听见汉娜的牢骚话，忙跑去看。他是个聪明人，一下子便猜出了汉娜在为什么烦恼，于是说道，亲爱的，这不是我干的。汉娜问，那么昨天呢？哈特摇摇头。前天呢？哈特继续摇着头。汉娜便想，那这一切会是谁干的呢？

晚上睡觉前，哈特和汉娜在厨房的窗子下面悄悄布置了渔网，他们想弄明白到底是怎样一回事。半夜时，汉娜听见厨房里有什么东西在挣扎，急忙推醒哈特。两人拿着渔叉，举着烛台，来到厨房，他们看见一个人鱼被困在网中，表情惊恐万状。人鱼对他们说，求求你们放掉我吧，我只是想吃果酱，那好吃的果酱。哈特给它解开渔网说，你走吧，但是你必须要记住，它是我妻子汉娜做的果酱，好吃的——他想了想——汉娜果酱。人鱼点点头说，好吃的汉娜果酱，口水也比海水多的汉娜果酱。汉娜高兴极了，她对哈特说，不如我们请它吃完果酱再走吧。于是人鱼饱饱地、安心地享用了香甜的果酱。临出门时，人鱼指了指窗下三个亮晶晶的东西说，好心人，那里有我身上掉下来的三个鳞片，拿着它们，我将满足你们三个请求。

人鱼离去后，哈特把三个鳞片用布包起来，交代汉娜仔细收好。汉娜说，亲爱的，难道我们不能请求它给我们一些钱，或者一座结实像样的房子，或者一只稍微大点儿的渔船，至少要一个好看的果酱罐吧？哈特摇摇头说，不，亲爱的，这些都是我们可以做到的，那三个鳞片，是属于我们无法知道和做到的事。听话的汉娜立刻闭住了嘴，转身去摘果子去了。好长时间里，他们再没有提起过这三个鳞片，仿佛从来就没有人鱼拜访过他们似的。

五年，也许是七年过去了，有一天，一艘大船满载着货物经过这里，不小心被大风刮偏了航线，触礁沉没了。船上的人几乎都被淹死了，只有一个小孩子被哈特救了上来。还有几只箱子，哈特弄到它们很不容易，累得筋疲力尽。打开以后，他们惊呆了，箱子里是各种各样的珠宝，上好的金银丝衣料，以及一叠叠青色的不知道是用什么做成的盘子。啊，这些都是汉娜做梦都想要的，特别是那个孩子！但哈特想得不一样，他打算为孩子找到家人。只是孩子实在太小了，什么也记不得。汉娜说，亲爱的，或许这一切就是上帝赐给我们的，难道你没看见船上的人都落入海底了吗？哈特说，也许在陆地上还有他的家人呢。他想了半天，对汉娜说，看来我们要用掉一个鳞片了！

很快响起了敲门声。人鱼站在那里说，好久不见了，好吃的汉娜果酱还有吗？人鱼一边吃着果酱一边说，你们有什么难题吗？哈特说，我和汉娜想知道这个孩子还有没有家人，如果有的话住在哪里？人鱼说，当然有啊，他的父母淹死了，可他的祖父还在。人鱼咽下最后一口果酱，这果酱真好吃，它说，他是洛西亚的国王，你去把他的孙子和噩耗一起带给他吧！

哈特准备了足够一个月吃的鱼，汉娜准备了足够一个月吃的果酱，他们出发去往洛西亚。到达那里后，他们见到了老国王，把小男孩和打捞上来的箱子全交给了他。悲喜交加的老国王感谢哈特和汉娜的诚实和忠心，奖给他们许多金币。回去后，哈特和汉娜重新盖了一座又大又结实的房子，买了一只上好木材造的帆船，汉娜还有了各种果酱罐：玻璃的、瓷器的、红陶的、水晶的……亲爱的，哈特抱着汉娜说，你瞧，这些我们都做到了。

哈特和汉娜的生活更加快乐了，他们有了自己的仆人，还在岛上养了好多的羊。他们的名声传到四面八方，不少经过这里的船只最后都要带走一些好吃的汉娜果酱。但是哈特和汉娜至少又有十年没有见到过人鱼了，有时候汉娜说，难道我们不能请求一个爵位、一块世袭封地以及一座城堡吗？哈特则摇着头说，不，亲爱的，这些都是我们可以做到的，那两个鳞片，我们要留给我们无法知道和做到的事。于是听话的汉娜再不提此事。

这一年，洛西亚的老国王病死了。接着，即将继承王位的孙子奇怪地失踪了。按照洛西亚法律，新国王如果在一百天内不举行即位仪式的话，就被看作自动放弃王权。哈特听到这个消息时，已经过去了六十天。他为那个命运坎坷的小男孩深深地担忧，他对汉娜说，我一定要把国王找到，就像当年我从海水和死神那里救出他来一样。听话的汉娜什么也没说，只把第二个鳞片交给他。

仆人把人鱼领进来，汉娜早已准备好了果酱。人鱼嗅着甜味儿说，果酱的味道越香甜，说出的事情就越难办。哈特说，告诉我，那个男孩怎么了，海水重新吞没了他吗？人鱼咂着嘴，这果酱真好吃，它说，国王的大臣把他关进了一个山洞，外面守着三只凶猛的狮子，就在默迪亚的山上，剩下的日子过得飞快。哈特点点头，原来大臣想篡位，一定要阻止这个阴谋。

哈特杀了许多箭鱼，把它们锋利的鳍装在金枪鱼肉中。汉娜摘了许多荚果的硬毛刺，和果酱搅在一起。他们来到默迪亚的山上，把金枪鱼肉扔给狮子，狮子吃下鱼肉，肉中的鳍针一根根竖起来，扎得它们疼痛难忍，满山狂奔，跌下悬崖摔死了。他们进了山洞，装扮成送饭的人把果酱拿给卫兵吃，结果卫兵也都抱着肚子昏倒了。他们救出了新国王，在拥护者的簇拥下登上宫殿，当众揭露了大臣谋反的罪行，并将他施以石刑处死。随后新国王宣誓就任，同时委派哈特作为他的新大臣，辅佐自己来建设王国。不用说，哈特和汉娜搬离了小岛，住进了国王赏赐的城堡中，不仅有了世袭的封地，而且还有了卫兵队伍。哈特百忙之中总会对汉娜说，亲爱的，这不都做到了吗?

幸福的日子总会过得很快——现在，哈特和汉娜都老了。汉娜说，亲爱的，这一辈子我们多么快乐啊，难道不能用掉最后一个鳞片，趁我们还醒着，请青春再回到我们身上吧！哈特笑了，胡子不停地抖，傻乎乎的汉娜啊，他说，这可是谁也做不到。不如在你还没有老得走不动时，把人鱼请来，好好吃一顿果酱吧!

哦，人鱼也老了，再也不像以前那样狼吞虎咽了。好吃的汉娜果酱，它抹抹嘴说，哈特，汉娜，我的老朋友，说吧，你们有什么请求？哈特和汉娜依偎在一起，两双手握得紧紧的。哈特说，我们没有请求，只想请你来吃汉娜的果酱，这也许是她最后一次做果酱了。是这样，人鱼咕哝了一句，然后摇摇晃晃地走了。

十个月后，六十岁的汉娜生下了一男一女双胞胎。哈特和汉娜仿佛一下子回到了年轻时候。在深深的海底火山口，人鱼一边熬着果酱一边不屑地说，嗨，青春，嗨，青春，谁做不到呢，再来一次又怎么样?

两个鳞片的故事 · 1752

我们的世纪还没有开始之前，有一段短短的人鱼世纪——海上的浓雾就是人鱼世纪的外壳，它们的时间是肉眼能够看得到的。历史学家 H. 温特说，在人类的战争时代，人鱼世纪是一个盲点，要知道，历史学家往往习惯忽略和平岁月的。“就像不幸的肢残者，他们丢掉了原本属于自己的东西，并且从一开始就消逝无踪。”

像我们一样，人鱼也有各自的疆域。当然，其中的一部分会与我们的交叉、重叠，甚至被我们包容。与那些完全属于人鱼的世界里发生的故事相比，这里发生的故事往往要……哦，还是开始吧！

小人鱼史安似乎非常喜欢隔着绿色的水玻璃打量与人类共同

享有的这座城市。这是一座海滨城市，战争毁掉了不少的建筑，但是留下了数不清的喷水池，它们便成了小人鱼史安偷偷进入人类世界的通道。有一天，在其中的一处，史安睡着了；她是在与清清泉水的嬉戏中睡着的。那个正午，阳光就像壁炉一样温暖，西利亚的国王打猎回来，一眼便看见了这个小人鱼。啊，他忍不住惊叹道，多么伟大的雕像啊！泉水使大理石看上去多么温润！国王赞叹着，绕着喷水池左看右看，渐渐地，一种火山般的爱冲出了他的喉咙：啊，她能够活过来，做我的王后，那该多好啊！国王的声音惊醒了小人鱼史安，她突然发现一个陌生的男人站在面前，全身立刻泛起了羞怯的红晕。国王不敢相信自己的眼睛，他极快地从马上跳下来，一把抓住史安的手，连声说道，嫁给我吧，嫁给我吧……

故事本该如此。在盛大的婚礼之后，小人鱼史安来向父亲和母亲辞别。母亲从自己身上摘下一个鳞片对史安说，以后不管你在什么地方，它会帮助你回到妈妈身边。同样，父亲也送给史安一个鳞片，他说，孩子，小心珍藏，它可以帮助你挽回一切。小人鱼史安彻底沉浸在幸福中，根本不去管鳞片有什么力量，回到王宫后，她把父亲的鳞片赠给了丈夫，从此他们快乐地过着每一天。

战争总是要到来的，战争总是双倍于幸福。在打胜了几次重要的战争后，西利亚王国的疆域从海边一直扩展到了内陆的沙漠地带。小人鱼史安跟随丈夫远离了海洋，第一次见到雪花、高山、针一样的树叶和胖胖的棕熊。不过她并不知道丈夫在干什么，他的铠甲每天都擦得亮晶晶的，睡觉时都不脱掉。史安多么想让丈夫抱着自己，她甚至去想，是因为爱，他才会披上这满身的鳞片，就像一个真正的人鱼一样？只是丈夫的鳞片总会刺疼她。史安觉得披上鳞片的丈夫一点儿也不像几天前、几个月前、几年前的丈夫，可她又说不清到底是怎么一回事，所以，她就在大河里游泳，试图使自己的鳞体变得更结实一些。

国王有了野心，他想要全部的陆地和海水。结果，失败就无法避免地降临了。几次失败后，敌方的联盟军队将西利亚军队逼退到雪山脚下的芒斯地区。这是西利亚人不熟悉的地方，寒冷、饥饿，以及强大的孤独感，还有从未有过的怀疑，几乎让他们崩溃。小人鱼史安感受到丈夫的焦虑与愤怒，但她不知道应该怎样去安慰他。史安的身体变得僵硬，神情也出现了恍惚，一天到晚总是泡在温泉里。让史安不能理解的是，自己的丈夫宁愿坐在寒冷的池边看着自己，任凭鳞甲上布满冰霜，也不跳入温暖的水中。生活完全变了样，史安突然发现，不仅是自己没有朋友，就连丈夫的朋友也越来越少了。

小人鱼史安现在非常思念父母。史安想起了父母送的两个鳞片，她想，是该用这两个鳞片呼唤奇迹的时候了。她从温泉中伸出手去，召唤丈夫的双手——来，亲爱的，握紧我，靠近我——然后她闭上眼睛，感到有一种力量将自己拉上了天空，她的眼角忽然流下泪来……

看到女儿终于回来了，小人鱼史安的父母非常高兴。史安左顾右盼，张着空空的双手大声问着：我的丈夫呢？我的丈夫在哪里？而在那个美丽的海滨城市，西利亚的国王打猎回来，正是一个正午时光。国王经过一个喷水池时，忍不住停下来，久久地朝泉水中凝视。他的大臣打了个哈欠说，陛下该走了，午宴早就备好了。国王掉转马头，又向泉水里扫了一眼，低低嘟囔道：那儿好像缺了些什么。

一个鳞片的故事·1752

胡安岛的风景在很久以前可不是今天这个样子。船只太多了，我们看到的帆，前帆和后帆，三角帆，各式各样的旗子，胡安岛被完全遮住了——当然，同样让我们无法望见的，还有很久以前的胡安岛。

人生啊生啊生啊生……最后出生的人只好听故事。

大人物胡里奥从他的房间出来，走到阳台上。胡安岛总督的女儿诺玛和女仆格瑞斯汀娜正好拐过墙角，胡里奥一下子就爱上了其中那个最美丽的姑娘。他抓住阳台边上的葛藤，毫不犹豫地跳下去，落在她们面前，吓了她们一跳。胡里奥不管这些，他紧紧抓住那个美丽的姑娘的手问她，你是谁，仙女一样的姑娘，你叫什么名字？格瑞斯汀娜的脸立刻红了起来，她轻轻抽走自己的手，含羞地躲到后面去。诺玛非常生气，她大声斥责胡里奥，太不像话了，你竟然称呼一个仆人为仙女，那我算什么？胡里奥惊讶地说道，什么，我看你才像是她的仆人哪！诺玛气得脸色都变了，她挥着拳头说，太放肆了，你知道我是谁吗？我是总督的女儿诺玛！胡里奥很不屑地笑笑说，那有什么，你知道我是谁吗，我是大人物胡里奥！什么，格瑞斯汀娜尖叫道，你就是杀死三百头公牛和三百个海盗的胡里奥！她再也不害羞了，马上扑向他，抱紧他，拼命地吻他。胡里奥被幸福击倒了，好半天才想起一句话来。他让她先停下来，然后对她说，嫁给我吧！格瑞斯汀娜毫不犹豫地说，好的，我嫁给你！一旁的诺玛简直就要气疯了，她大叫道，胡里奥，还有你格瑞斯汀娜，我要报复你们！胡里奥转过身去说，噢，亲爱的，原来你叫格瑞斯汀娜。

他们的婚礼持续了七天七夜，诺玛的仇恨燃烧了七天七夜。婚后，胡里奥定做了一只大船，准备带上格瑞斯汀娜周游世界。这件事被诺玛知道了，她想了一个恶毒的主意，派人把粘合船板的胶脂换成了蜜蜡，又把桅杆锯断后粘接好，外面刷上漆，让人看不出来。这样，大船在海上走了两天后遇上了大风，很快就散成了碎片，所有的人全部掉进了深深的海水中，包括大人物胡里奥和他的妻子格瑞斯汀娜。

我们先说说大人物胡里奥。他落海后正好身边有一头鲸鱼，于是他就骑了上去，四处张望，寻找自己的妻子。可是什么也看不见，除了几片木板，海面空荡荡的，就像他痛苦的心。不知过了多久，鲸鱼带他来到了一座珊瑚岛，岛上长着茂密的花草，还有好多的果子。胡里奥在花草丛中找到一条鱼骨铺成的路，他好奇地走下去，不知不觉中走进了一个大房子。这个房子太大了，差不多有三个打谷场那么大，里面摆满了海里的珍宝，都是胡里奥没有见过的。胡里奥很快就眼花了，他瞧来瞧去，左摸右摸，突然他的手被人抓住了。胡里奥的劲儿很大，但他没能挣脱，他奇怪地想：谁的劲儿比我的还要大呢？胡里奥扭头一看，原来是一个穿着金锰石条饰衣服的人鱼。只听人鱼说道，你为什么要偷我的东西？胡里奥不高兴地说，我并没有偷你的任何东西，我只是看看。人鱼说，我不信，你不能走了，直到我数清楚它们的数量，来证明它们确实一件儿不少。胡里奥想，这要数到什么时候啊。不过他还是同意了。

就这样胡里奥在岛上住了下来。他怀念着死去的妻子，每天坐在海边回想与格瑞斯汀娜在一起的分分秒秒。当然，他也不完全闲着，有时去摘果子，有时去钓鱼，更多的时间里他在设计一只船，准备着离开。一年过去了，人鱼才数了不足十分之一的珍宝，胡里奥找来的木头也只够造四分之一的船。三年过去了，人鱼数了三分之一的珍宝，胡里奥的船也只差做龙骨和桅杆的木头了。第五年，人鱼不小心打了个喷嚏，一下子忘了已数了多少，还得重新再来，而胡里奥的船已造好了框架。第八年，胡里奥终于造好了船，就在他打算不辞而别的时候，人鱼出现在他的面前。人鱼说，珍宝在我脑中越丢越多，这样吧，你如果帮助我找回来那头看守珍宝的狮牛兽，我就让你走，并且给你一万颗宝石作为酬劳。胡里奥说，好吧。

可是狮牛兽在哪里呢？胡里奥找遍了整个珊瑚岛，用了整整一年的时间。他想，这个狮牛兽到底是像狮呢还是像牛？是吃肉还是吃草？睡觉时是习惯卧在草丛里还是站在树木旁？胡里奥依照狮子的习性找了一年，依照牛的习性找了一年，还是一无所获。于是，他下决心驾船到海上去寻找。十几天后，胡里奥来到一座岛上，这座名叫大狮王的岛有一尊大狮王青金石像，远近闻名。胡里奥见到这尊石像，心想，用它来作压舱石正好。但是有五百头海狮守卫着大狮王像，他与它们搏斗了七天七夜，终于搬走了石像。胡里奥的船行走了快一个月的时间，靠上一座名叫大牛王的岛，这座岛上同样有一尊大牛王青金石像，由五百只海牛守卫。七天七夜过去，胡里奥的船舱里有了两尊石像。他认真打量，发现它们一样高矮，一样胖瘦，狮头朝左，牛首向右，就像是一对儿。胡里奥一下子跳了起来：狮牛兽！狮牛兽！原来是这样的啊！

胡里奥高兴地返回人鱼的住处。他把石像安装在大房子的门上，门立刻关得紧紧的，只有人鱼的力量才能推开。人鱼说，你帮我做到了这件事，你可以走了。人鱼赠给胡里奥一万颗宝石，又送给他一个银光闪闪的鳞片，对他说，你只要说一声——心如明镜，你就可以知道一切。胡里奥笑笑说，要真像你说的那么神奇，你还用得着去数你的珍宝吗？还用得着把我当成小偷吗？还会不知道狮牛兽在哪里吗？人鱼不好意思地说，那不是因为我太孤独了，不想让你走嘛。

差不多又是一年的时间，胡里奥来到加西亚王国。正巧国王在征召卫队长，胡里奥被选中了。他穿上了铠甲，手执长矛，骑马巡视大街小巷。所有见到他的市民都惊叹他的威严，很快，大家又感受到了他的仁慈。因为总有贫穷的人被当作盗贼送到胡里奥面前接受惩罚，而这位大人总会取出一些宝石交到犯人手里，并释放他们。乞丐们也不例外。于是，当胡里奥的一万颗宝石所剩无几时，这个王国再不见盗贼和乞丐。后来，老国王去世后，人们便推举胡里奥做了加西亚国王。

在老国王的葬礼上，胡里奥见到了老国王的侄女玛特伦蒂——她告诉别人现在她成了一个孤儿，哭得十分伤心。胡里奥便留下她，让她作王宫的总管。大臣们劝他娶了玛特伦蒂，但他的心里只有他的妻子。哦，我们再说一说幸运的格瑞斯汀娜吧，最大的一块船板托着她漂浮，直到被意大利人救起。她女扮男装，为一位有名望的商人做记账员……长话短说，现在她来到了加西亚王国。玛特伦蒂负责接待商人和他的随从，她一眼就认出了格瑞斯汀娜——哪里是什么玛特伦蒂，她就是胡安岛总督的女儿诺玛。胡里奥又怎会知道，他问过鳞片，他的妻子虽然活着，却在遥远的意大利。这么多年过去了，胡里奥相信妻子已经完全适应了新的生活，他宁愿当妻子早早被海水吞没。所以，尽管在款待商人一行的宴席上，胡里奥和他的妻子面对面坐着，可谁也没有认出对方。

也许是喝了太多酒的缘故，回到卧房的胡里奥特别想念自己的妻子。他坐在窗口，忍不住又拿出那个鳞片。他说了一声——心如明镜，接着便问，我的格瑞斯汀娜过得好吗？鳞片回答道，陛下，她很好。胡里奥叹口气又问，她住在意大利什么地方？鳞片回答说，陛下，她此时就在你的王国。胡里奥听了大吃一惊，在他身后偷听的诺玛更为惊讶。这时，胡里奥激动地说，快告诉我，她在哪里？快告诉我，她在哪里？诺玛不等鳞片回答，猛地扑向胡里奥，那个鳞片便从他手里掉出了窗外，正好落入抬着经过的垃圾筐内。胡里奥顾不上听诺玛解释，急忙跑去翻找，然而筐里满满的全是刮下来的鱼鳞片，又怎能找见呢？胡里奥的心里难过极了。

但是国王自有国王的办法。胡里奥亲自写了一张告示，上面写着：寻找我的爱妻，胡安岛的格瑞斯汀娜。他命令士兵把它贴到城门那里，谁知半夜里诺玛偷偷跑去，一把火烧掉了。然后诺玛在原处贴上另一张告示：捉拿意大利人，国王谕告。第二天，所有在加西亚王国的意大利商人连同他们的随从都被关进了监狱，格瑞斯汀娜也不例外。

这一天，一只猫跑进了监狱，它浑身沾满发灰的鱼鳞，张着嘴拼命呕吐，像被食物卡住了咽喉。格瑞斯汀娜见小猫可怜，便抱起它来，用手指替它取出咽喉里的东西，原来是一个大大的鳞片。格瑞斯汀娜奇怪鳞片之大，便用衣襟擦干净，见它银光闪闪，又温润可爱，于是装入衣袋。不知道为什么被关这么久的商人很是生气，他对格瑞斯汀娜说，这个国王真是太无理了，我们千里迢迢为他送来上好的石材和美酒，却换来这样的下场。他的记账员安慰他说，恐怕是国王弄错了，我想我们很快就会被释放的。商人失望地说，不会的，加西亚国王一定打算向意大利宣战了。格瑞斯汀娜说，大人多虑了，怎么会这样呢，人人都说这位国王仁慈勇敢，心如明镜。

不一会儿，格瑞斯汀娜的衣袋中响起一个声音：你想知道什么？你想知道什么？她好奇地摸了摸，啊，是那个鳞片！她小心地取出它来捧在手里，想了想问道，为什么要关起我们来？鳞片说，有人换了国王的告示。格瑞斯汀娜又问，什么告示？鳞片说，是国王寻找妻子格瑞斯汀娜的告示。听话的人不禁大惊，她颤抖地说，国王，国王是谁？鳞片嗡嗡道，大人物胡里奥。格瑞斯汀娜的泪一下子流满了面颊，她喃喃自语，胡里奥，我的胡里奥……这时她看见周围人疑惑的表情，便立刻止住了哭泣。她定了定神，问道，那么，是谁换了国王的告示？鳞片说，玛特伦蒂，王宫总管，胡安岛总督的女儿诺玛。

格瑞斯汀娜完全明白了。她知道诺玛认出了自己，虽然自己是女扮男装。可怜的胡里奥还被蒙在鼓里呢！她的心里泛着柔情，眼中闪动着丈夫那威严的身影，忍不住低声问着，那么，国王这时在想些什么？鳞片说，他仍然想念他的妻子。格瑞斯汀娜努力控制着自己，她停了停，问道，国王从来不到监狱的，是吗？不，鳞片说，仁慈的国王每隔七天就要来监狱一趟，他救了好多的人哪。众人立刻高兴起来，格瑞斯汀娜说道，这样的话，国王明天就会到这里来了，真是谢天谢地。鳞片说，你说得一点儿也不错，不过你们无法看到明天，因为诺玛已经私自决定处死你们，她派来的人已拿了国王的权杖出发了。

话音刚落，一群士兵和刽子手闯了进来，领头的人举起国王的权杖大声宣布处死命令。趁着骚乱，格瑞斯汀娜悄声问道，国王此时在哪里？鳞片说，国王在他的窗口发呆呢！于是，格瑞斯汀娜便对士兵们说，感谢国王的恩典，在我们去往刑场时，请求你们让我们绕行国王的居所，以目睹陛下荣光神采。士兵们都是仁慈的，他们不明白国王这次为什么要大开杀戒。在他们眼里，这些意大利人友善无辜，死得真有些莫名其妙，所以他们很痛快地答应了。当格瑞斯汀娜远远望见窗口丈夫的剪影，急忙吩咐大家齐声高喊：了不起的大人物，三百头公牛！了不起的大人物，三百个海盗！高处的胡里奥一下子就被惊动了，他的心怦怦直跳。他抓住窗边的藤蔓，像从前一样，飞落到队伍前方。怎么回事，国王奇怪地问道，谁要杀死这些意大利人？而你们，又怎会知道我的故事？

……一切该结束了，哦不，他们还要重新开始。有趣的是，国王向鳞片问询诺玛的命运，他让她亲耳听听未来的判决——她将被驱逐，回胡安岛去，鳞片不紧不慢地说，在海上，她将被海盗捉去卖为别人的奴仆，一辈子混在肮脏和耻辱中；正如一个大鳞片落进垃圾筐里。

二分之一个鳞片的故事·1752

很有些年头了，这件事情当初发生时，人们并不觉得奇怪，因为那个时候海域十分广大，鱼人可以从各个港口、河口以及岬角登上陆地，走进城市。据一份人口统计表的推算，城市里每一百人中至少有近十人是长官们不知道的，他们包括鱼人、狼人和远道而来的水手。

在海洋中的岛屿里有一座竖琴岛，在蓝蔻城的西面，归蓝蔻城管辖。岛上住着一个养蜂人古尔特，这是个脾气凶暴的人，天晓得他怎会有耐心把蜜蜂养得那么好，酿出的桶蜜远近闻名，成了抢手货。有一天，海里的鱼人诺阿经不住蜜香的诱惑悄悄登上岸来偷吃，不走运地被捉住了。古尔特把它绑在树上，用鞭子狠狠地抽打，直到它反复求饶才肯罢休。诺阿狼狈地逃回水里，足足养了一个月的时间才好。过了一些天，它忍不住又去偷吃蜂蜜，古尔特毫不留情地痛打了它一顿，并且用漆涂了它的鳍羽，再拿粗大的园艺剪剪了个精光。这下子有半年左右诺阿不敢出门去见别的鱼人，它很不高兴地想，如果我也有这么多的蜂蜜，一定会送一些请人吃的，古尔特这样做简直太过分了。等到新鳍长出来的那一天，诺阿从箱子里找到一颗珍珠，于是便去见古尔特。它对他说，我来买你的蜂蜜，这颗珍珠给你，你要给我满满一大桶。古尔特一把抢去珍珠，把手攥成拳头比画说，什么，这个东西作为赔偿还差不多，快从我这里滚开，不然的话我扒了你的皮！

蜂蜜没有吃到，珍珠还被抢走了，诺阿很不甘心。趁着天黑，它再次爬上岸来，古尔特好像就知道鱼人会来似的，一下子从树后跳出，把它摁倒在地上。这是你自找的！这是你自找的！古尔特嘴里一边念叨着，一边拿出一个特大号的木工刨子，吭哧吭哧几下子就把诺阿身上的鳞片推掉了。在鱼人脖颈上面有一个硬鳞，刨子推不动，古尔特一用力，咔吧一声，硬鳞被折成了两半，掉下来的一半卡在刨槽里，另一半仍在诺阿体内，但已经翘起来了。鱼人的心里痛极了，它颤抖着向海洋爬去，身后传来古尔特的大笑。

就算有比海水还要多的蜂蜜送给我吃，也不能冲淡我内心的耻辱！鱼人咬着牙说道。

第二天，诺阿来到蓝蔻城去见大法官。它对法官说，请您主持公正，我要让古尔特也尝到同样的痛苦。法官摸着修饰得很好的大胡子，对他的书记员说，法律上有这一条吗？书记员回答说，法律并没有规定不准抢劫鱼人的财物和不准刮掉鱼人的鳞，要知道，我们的法律是为人制定的。法官便说，那么，诺阿，你的请求不能被批准。诺阿觉得不能理解，它说，但是古尔特的确抢了我的珍珠，刮掉了我身上的鳞啊！鱼人说完解开了纱衣，露出满身的血淤给法官看。法官摇摇头，摸着胡子说，很遗憾，我们的法律不保护鱼人，这样跟你说吧，假如是你抢走了古尔特的蜂蜜并且伤害了他，那么我们就要把你关进监狱。

诺阿非常疑惑，也非常不满，它决定去见总督。总督问道，你说的是哪个古尔特？旁边的士兵悄悄告诉他，大人，就是为我们提供蜂蜜的竖琴岛的古尔特。总督点点头说，那么，鱼人，你想告这个古尔特抢劫你吗？诺阿说，他抢了我的珍珠。总督说，你可以把证人叫上来。诺阿奇怪地说，什么证人，古尔特他知道抢了我的。总督说，你是说，古尔特他自己证明自己抢了你吗？诺阿说，当然是的。总督和士兵们一起大笑起来。诺阿想了想，又一次解开纱衣说，他还用刨子刮掉了我全身的鳞片。哦？总督亲自过来查看，忽然，他指着鱼人脖颈处问道，这个是什么？诺阿用手摸了摸说，是我的鳞片。总督说，你的鳞片不是说被古尔特刮掉了吗？不，诺阿说，只留下这半个了。总督便问，这是你的鳞片吗？诺阿说，是的。总督又问，还长在你的身上吗？诺阿说，是的，还在呢。总督于是大声说道，那你为什么说鳞片被古尔特刮掉了？诺阿更加奇怪了，他说，是啊，他用刨子刮的。总督说，你刚才说鳞片还在，是不是？诺阿点头说，没错，但只有那半个了，其他的全被刮掉了。总督说，鱼人，你有多少个鳞片？诺阿说，我不知道，我从来没有数过。总督说，这么说你是不知道自己有多少个鳞片了？诺阿觉得有趣，说道，鱼人从来不数身上的鳞片的，也从来不数星星和贻贝。总督说，根据你所说的，你身上的鳞片也可能是一万个，也可能是一个，更可能就是这半个，对不对？诺阿忍不住说，您错了，我有很多的鳞片……那么，总督打断了他，鱼人，告诉我，你的鳞片究竟是多少？

诺阿决定去见国王。它对国王说，陛下，我不了解法律，我也不知道身上有多少鳞片，但我必须要让古尔特得到惩罚。国王说，你不要着急，我会给你一个公正的判决。国王命令大臣从库房里抬出厚厚的法典，一页一页地翻着。啊，这里，国王念道，不许用烧开的水泼向猫——哦，你是鱼人。啊，这里，国王念道，不许用任何手段从狗的嘴里夺走骨头——哦，又忘了你是一个鱼人。鱼人，鱼人，鱼……啊，这里，国王念道，在鱼还活着的时候不许取出鱼的骨刺——哦，鱼人，你是鱼人，真是头疼，我们从来也没有拿鱼人做美食……哦，对不起，法典中并没有跟鱼人有关的条文，看上去这真是个难题。国王抬起头来，对诺阿说，你瞧，这么厚重的法典，我一定会召集全体大臣和法官开会，为鱼人增补法律条文，我绝不允许国家法律留有空白！诺阿说，那么现在，陛下，您打算怎么惩罚古尔特？国王说，古尔特，他也是鱼人吗？诺阿答道，不，陛下，他养蜂造蜜，是住在岛上的人。好的，国王说，我也要为养蜂造蜜住在岛上的人规定法律，让他们看管好自个儿的蜜蜂，不许随便蜇人。不，不是蜇人，诺阿说，古尔特用刨子刮掉了我的鳞片。国王说，好吧，这一条我也会写入法典，你放心，今后再不会有人用刨子来欺侮鱼人了，噢，也不会用斧子、锤子，还有镰刀！

离开国王后，诺阿直接去找海盗。海盗们杀入古尔特的家，把他捆在树上鞭打，剃掉了他的头发、眉毛和胡子，剥光他的衣服，给他身上用靛青刺满了鱼鳞饰纹，然后瓜分了他的蜂蜜。鱼人这下子相当满意。

四分之一鳞片的故事 · 1753

人鱼世纪时，海疆是被分封的。在地中海，包括更为广大的幽暗世界，由一个人鱼家族掌握。王位是世袭的，乌多传给赫特，赫特传给伦特，伦特传给罗兰特，再传给休恩，再传给切恩，再传给雅尔，再传给马约尔，再传给汉斯和德格斯，再传给顿伯斯，再传给约即。王位的凭证是一个能够发出荧光的鳞片，盾形，据说采自海神的锁骨。数代王位几乎都是单传，只有汉斯和德格斯时代是兄弟昼夜分理。这一回轮到约即传位，他却不知该怎么办了，原因是他有四个儿子。要知道人鱼并不依照长幼次序，人鱼之间也不用角力比拼。约即犯愁了。于是，有人提出，可以效仿陆地人类的四分领方法，把海疆划为四等份，每个儿子掌管一份。这个提议很快就被通过了。按现在的格局来看，大儿子伊斯特掌管亚速海、黑海和爱琴海；二儿子掌管塞浦斯岛、克里特岛以南地中海和红海，并为自己取名为尼罗；三儿子诺斯掌管亚得里亚海和撒丁岛以东地中海；小儿子维斯特安掌管梅诺卡岛以西地中海和休达地域。自然，作为王位凭证的鳞片也被分为四等份，四个王各自拥有鳞片的四分之一。分封后不久，约即夫妇便去世了，他们活了三百多岁，一直过得幸福安宁。

在伊兹米特有一个巫师，名叫埃罗。四分领地的消息很快就被知道了，于是他化装成一个渔夫，驾着小船来到黑海上。这一天正好是大儿子伊斯特王的巡视日，埃罗守在他要经过的地方，撒下了渔网。伊斯特王看到这个渔夫便问，你今天的收获怎么样啊？埃罗假装皱着眉说，不太好，那些红纹鱼不知道躲在哪里了。伊斯特王听了笑着对他说，你搞错了，黑海里没有红纹鱼的，只有中国的海里才有。埃罗摇着头说，不，是你错了，黑海里有红纹鱼。伊斯特王不高兴地说，我怎会错？我是这海中的王，我会不知道吗？你今天如果能打上一条红纹鱼，我就不做王了！话音刚落，埃罗便从海里提起渔网，网里的红纹鱼活蹦乱跳，把伊斯特王惊呆了。这是怎么一回事？他奇怪地自语。没办法，他只好把象征王位的四分之一鳞片给了埃罗。

埃罗又来到克里特的礁石上，当远远看见二儿子尼罗王的海豚车时，他向海中投下钓篓。尼罗王瞧见他，停下车子打招呼说，嗨，勤快的老头，别把我的鱼儿全捉光。埃罗打了个哈欠说，我不捉你的鱼，我在钓冻冻虾呢。什么？尼罗王大声叫道，这个老头不会是疯子吧，冻冻虾只在南面的冰海里才有，你就是钓一辈子也钓不到的。埃罗懒洋洋地说，这个年轻人，我看你才是疯子呢，这里有很多很多的冻冻虾，你快走吧，别打扰了我。尼罗王气恼地说，什么？我掌管的海里有什么我会不知道？好吧，我就在这儿看着，你要能从这儿钓上冻冻虾来，我把王位给了你！埃罗笑了笑，暗地里使用魔法弄了满满一篓子冻冻虾，然后提出水面给尼罗王看。尼罗王不敢相信自己的眼睛，但真的是这样，他只好交出了自己的鳞片。

巫师得意地来到了撒丁岛，三儿子诺斯王正在这里与他的王妃游玩。海面上有几千只雪白的天鹅，它们都是诺斯王豢养的宠物。看到陌生的船划了过来，诺斯王忍不住问道，你是什么人，到这儿来干什么？埃罗一边划着桨，一边假装叹着气说，唉，我在找我的母鸡。诺斯王说，你的母鸡在哪里，怎么会在海上找呢，你应该去燕麦田和森林里去找。埃罗朝不远处指了指说，你不知道，我的母鸡和那些天鹅们混在一起，根本不想回到窝里。诺斯王刚喝的一口葡萄酒立刻喷了出来，他笑得都直不起腰来了，这个老糊涂，你瞧，他对他的王妃说，这个老糊涂，竟然以为母鸡可以像天鹅那样游泳，真是笑死人了！埃罗反问道，怎么，你们没有听说吗？诺斯王拍拍胸口说，我是这海上的王，从来就没听说母鸡在海里自由自在地玩，你呀你，老糊涂了，要从天鹅里找回来母鸡，笑话，除非我不做这个王。埃罗诡异地向海面挥了挥手，马上有一行天鹅——不，是一行母鸡飞过来，降落在船头。诺斯王差点儿没喊出来，天啊，母鸡！好奇怪的事情！

埃罗如愿获得了三个四分之一的鳞片，现在，他要出发，到小儿子维斯特安王那里，去骗取最后一个四分之一的鳞片。但是，一个巫师要这些鳞片干什么，他是专门和人鱼过不去吗？反正我们现在还不知道……埃罗高兴地唱起了歌儿，把小船划得就像时间一样快，不多时就来到了巴利阿里岛。他左看右看，不见维斯特安王的影子。这个懒惰的王！巡海的时候也不早点儿出来，不像话！埃罗自言自语道。他等啊等，等啊等，都快要睡着了，海面仍然一个影子也没有。埃罗又累又饿，他想：看来今天是等不到了，不如去填饱肚子，明天再说。

埃罗走进新迦太基城，在一家酒店里坐下，要了些酒菜和水果。白等了一天，埃罗心情十分糟糕，很快就有点儿醉了。这时，有一个玩把戏的年轻人进了酒店，巫师便招呼道，嗨，小伙子，你会变些什么？年轻人说，老人家，你想看什么，世界上的所有东西我都可以变给你看。埃罗又说，你给我变一个老鼠。年轻人马上变出老鼠给他。埃罗又说，再变一只玻璃罐。年轻人就给他变出一只玻璃罐。接下来，什么刺猬、蝰蛇、夜莺、郁金草、奥格斯堡棉布、爱尔兰羊毛剪、红陶瓶、水晶球、黄金耳饰、镜子等，根本难不住年轻人。埃罗非常生气，他心想：哪里来的一个小伙子，竟然比一个巫师还有本事，岂有此理！于是他掏出三个四分之一的鳞片，拍到桌子上说，小伙子，你若能变出鳞片缺的那一部分，我把头割下来给你！

这个年轻人正是维斯特安王。因为这一天，新迦太基城有一对情人举行盛大的婚礼，维斯特安王特意穿上普通人的衣裳去参加，给宾客们表演助兴。他一眼就认出了这些鳞片正是三个哥哥的，可是怎么会到了别人手里呢？维斯特王是四王中最聪明的，他捏起一个看了看便扔到桌子上说：这不就是鱼鳞嘛，有什么稀罕的？不变，不变！埃罗瞪大了眼睛说，什么？你懂什么，这是海神的鳞片，它上面的十字，就是打开海底火山宝库的钥匙，到那时，年轻人，你可以买下整个世界！维斯特安有些奇怪地想，这个鳞片上没有十字呀？他又仔细看桌上摆着的三个四分之一的鳞片，一下子就明白了：再把自己那一个加上去，拼好的大鳞片上不是有了一个十字吗？

巫师大口喝着酒，得意地说，有谁能比得上伟大的埃罗？伊斯特王比不上，尼罗王比不上，诺斯王比不上，还有，还有……会变老鼠的小家伙，你也比不上。维斯特安王对他说，看来你的鳞片还没有凑齐，不过，如果你没有了头，你还能做什么？埃罗哈哈笑着说，小家伙，你想割我的头吗？你有力量变出最后一个鳞片吗？哈哈，除非我成了一只青蛙。维斯特安王什么也没说，轻轻拿出了自己的那个四分之一鳞片。埃罗一下子呆住了，他想到了刚才的许诺，急忙跳起来要跑，但落在地上变成了青蛙。维斯特安王抓住它装进袋子里，他开心地说，下一次如果再有哪个巫师请我变青蛙，你才可以被拿出来。

伊斯特王、尼罗王、诺斯王和维斯特安王用他们的鳞片打开了海底火山宝库，噢，不，那里面完全是另一个世界，美丽无比，整个人鱼家族全部搬了进去——四分领地自然取消了，随着不同季节的到来，四王轮流在人类海洋上出现，进行巡视。维斯特安王是第一个升上水面的，正值春天，爱玩把戏的他一路走，一路不停地为我们变出好多东西。现在，还有不少东西留在科茨沃尔德丘陵呢，树木、花草、松鼠、红狐狸、溪水、讲故事的人……

补注

人物：

斯坦霍普伯爵：（？ -1757），英国收藏家。长居科茨沃尔德丘陵。热爱冒险。编纂《鲛典》一书。

J. Tang：生卒不详。中国学者。曾经长期活动于亚洲南部。为斯坦霍普伯爵好友兼秘书。《鲛典》中译本译者。

范德萨：（？ -1689），荷兰探险家。对海洋生物有研究兴趣。其手稿《航海日志》被斯坦霍普伯爵发现并收藏，成为《鲛典》一书的重要资料。

邓恩博士：生卒不详。博物学家。斯坦霍普伯爵的人生挚友兼收藏顾问。

博廷医生：生卒不详。斯坦霍普伯爵的挚友兼主治医生。热爱自然科学。

格雷斐斯博士：生卒不详。邓恩博士的同事。生物学家和解剖学家。

梅州缫衣居士：生卒不详。中国广东梅州人，大约生活在元末明初。著有《南海鲛异灵志》，后佚失。

典籍：

《海异典集》：中国古代文化典籍一种，主要记录海洋生物相关的奇闻逸事，作者、卷数、写作年代均不详。已佚。《鲛典》中译本译者 J. Tang 也仅仅通过斯坦霍普伯爵的作品知道，曾经有这样一本古籍存在。

《梦境航记》：著者为西西里岛的卢佩蒂，五卷，公元 3 世纪前后成书。主要记录人类的梦境回忆，以及各种奇异传说。已佚。

《太平广记》：宋代李昉等人奉宋太宗之命编纂。共 500 卷，目录 10 卷，全书按题材分为 92 类，又分 150 余细目。取材于汉代至宋初的纪实故事。神怪故事所占比重最大。

《鱼类的历史》：纪尧姆·龙德莱著。成书于 1558 年，法国里昂。也有人认为该书在四年前就完成了。属于近代早期博物学著作。其中，除了《鲛典》中引用的那些资料，纪尧姆在书中还描述了许多奇特的海洋生物和事件，例如能够吞噬整个人的巨型鲨鱼，以及在鲨鱼腹部发现的一个穿着全套盔甲的男人。

“里维尔抄页”：原藏于阿塔戈尼亚的一个修道院，曾经被认为毁于火灾。有两本手卷 13 世纪时在诺特兰的诺姆纳被发现，属于一套百科辞典。其中之一成为法国的私人收藏。在斯坦霍普伯爵收到的一份文件里附有几张抄页，在第一页的某个角落有一个名字：里维尔，伯爵因此将它们称作“里维尔抄页”。

《酉阳杂俎》：唐代段成式创作的笔记小说集。有前卷20卷，续集10卷。所记有仙佛鬼怪、人事以至动物、植物、酒食、寺庙等等，分类编录，一部分内容属志怪传奇类，另一些记载各地与异域珍异之物。

《皮洛朗手稿》：不详。斯坦霍普伯爵所搜集的资料一种，顾名思义应该与法国皮洛朗有关。

《自然史》：普林尼著。涉及古罗马时代一切关于自然知识的领域，征引古代文献两千多种。西方古代博物学杰作，百科全书的源头。

其他：

土人：指土著居民。

斯坦霍普号：五桅帆船，由斯坦霍普伯爵出资修造并装备，1746年5月下水，驶向东印度群岛。船上载有英国知名的生物学家和标本制作家。七个月后，别的船只捎回了“斯坦霍普号”遭遇不幸的消息。1749年10月，伯爵的儿子在给他的信中提到，“东印度公司的人在澳洲见到过它，那是在清晨，几百英尺间看不清东西，雾气太大了——它就在雾气中突然冒出，与内心惊惧的目睹者们擦身而过。他们看到那空空的甲板，还有几乎全新的大炮。”

金棕榈号：船体不详。1749 年 3 月，斯坦霍普伯爵的儿子和几位伙伴租用了它，驶往东印度群岛，进行科学考察。1751 年 6 月，在东南亚毁于飓风。

图书在版编目（CIP）数据

鲛典 / 唐晋著. 一北京：中国工人出版社，2022.4

ISBN 978-7-5008-7591-8

Ⅰ. ①鲛… Ⅱ. ①唐… Ⅲ. ①长篇小说－中国－当代 Ⅳ. ①I247.5

中国版本图书馆CIP数据核字（2022）第035276号

鲛 典

出 版 人 王娇萍

责任编辑 宋 杨 李 骁

责任印制 黄 丽

出版发行 中国工人出版社

地 址 北京市东城区鼓楼外大街45号 邮编：100120

网 址 http://www.wp-china.com

电 话 （010）62005043（总编室）

（010）62005039（印制管理中心）

（010）62379038（社科文艺分社）

发行热线 （010）82029051 62383056

经 销 各地书店

印 刷 北京盛通印刷股份有限公司

开 本 880毫米×1230毫米 1/32

印 张 10.125

字 数 240千字

版 次 2022年5月第1版 2024年12月第2次印刷

定 价 88.00元

本书如有破损、缺页、装订错误，请与本社印制管理中心联系更换